EINHUNDERT HERZSCHLÄGE

EIN ROMAN DER ASPEN COVE-REIHE
BUCH 2

KELLY COLLINS

Übersetzt von

SABINE MOLDENHAUER

BOOK NOOK PRESS

Siebensachen und zog von Dallas, Texas, nach Aspen Cove in Colorado.

Für ihre Familie und Freunde war es ein Schock, als sie ohne ein Sterbenswörtchen zu verraten an einem Ort verschwand, den sie ihnen nicht verraten hatte. Sie weigerte sich, jemand anderem die Kontrolle über ihr Leben zu überlassen. Krankheit war ihr Gefängniswärter gewesen – ihre Eltern ihre Bewährungshelfer. Sie kritzelte das Wort „Unabhängigkeit" an das Ende ihrer Liste. Katie wusste, dass sie ihr Glück in sich selbst finden würde. Familie war großartig. Freunde waren fabelhaft. Aber um sich wirklich unabhängig zu fühlen, musste sie die Helfende sein und nicht diejenige, die Hilfe empfing. War es nicht paradox, dass die großzügigste Unterstützung, die sie erhalten hatte, von einer Fremden stammte? Es war ein Geschenk, das es ihr ermöglichte, ihre Vergangenheit zu begraben und das gleichzeitig ihre Zukunft werden konnte.

„Warum ich, Bea?"

Ihre Stimme hallte von den Wänden der leeren Bäckerei wider. Es war eine Frage, die sie sich in den letzten sieben Wochen unzählige Male gestellt hatte. Warum sollte ihr eine Frau, die sie nie getroffen hatte, eine Bäckerei in einer Stadt hinterlassen, in der sie noch nie gewesen war?

Katie blätterte zum hinteren Teil ihres Tagebuchs, wo ein Stück abgenutztes rosafarbenes Briefpapier dicht an den Einband geklemmt war. Das dreifach gefaltete Papier war viele Hundert Male geöffnet und wieder verschlossen worden. Sie hatte jede Zeile gelesen und dabei nach Anhaltspunkten gesucht. Es gab eine Liste mit einhundert Gründen, warum Bea Katie die Bäckerei schenkte, aber kein einziger machte Sinn.

Diese begann mit: *Du hast ein gutes Herz*, aber woher wusste Bea das? Das war vielleicht der wichtigste Hinweis,

EINFÜHRUNG

Willkommen zurück in Aspen Cove, wo der Herzschlag der Stadt in den Menschen zu spüren ist ...

Auszuziehen. Backen zu lernen. Sich zu verlieben.

Nicht die klassischen Wünsche auf einer Liste mit Lebensträumen ...

Katie Middleton ist bereit zu leben. Mit einem schweren Herzfehler aufzuwachsen bedeutet, dass jeder Herzschlag zählt, und als sie von einer völlig Fremden eine Bäckerei erbt, zögert Katie keine Sekunde, in das fast zweitausend Kilometer entfernte Aspen Cove zu ziehen. Punkt eins auf ihrer Wunschliste: abgehakt.

Bowie Bishop gibt sich die Schuld am Tod seiner Highschool-Liebe und hat geschworen, sich niemals wieder zu verlieben. Doch als eine Verletzung seine Militärkarriere beendet, findet er sich an dem letzten Ort wieder, an dem er sein möchte – zu Hause in Aspen Cove, wo ihn seine Erinnerungen unerbittlich verfolgen.

Als er ein Auge auf die bildhübsche Bäckereibesitzerin wirft, ahnt Bowie, dass sein Gelübde in Gefahr ist, erkennt aber, dass er sie so sehr braucht wie eine Torte die Buttercreme. Und für Katie ist dieser übellaunige Veteran genau die Wahl, die sie schon immer treffen wollte, auch wenn es die falsche ist.

Doch gerade als Katie sich sicher ist, dass ihr Herz nur für Bowie schlägt, macht sie eine Entdeckung, die das Fundament ihrer jungen Beziehung erschüttern wird. Wird das Geheimnis, das beide verbindet, sie für immer voneinander trennen?

KAPITEL EINS

Es gab drei Dinge, die Katie Middleton mit absoluter Sicherheit wusste:

Die Hoffnung steckte in einem rosafarbenen Briefumschlag.

Der Traumprinz fuhr eine Harley.

Manche Geheimnisse sollte man besser für sich behalte

Katie hatte es sich an ihrem Lieblingstisch in der Bäcke – direkt unter der Wunschwand – bequem gemacht und hakte Punkte auf ihrer Lebenstraum-Liste ab. Sie war nich wie die Liste der meisten Menschen, die vielleicht von der Besteigung des Kilimandscharo, einem Marathonlauf oder dem Schreiben eines Romans träumten. Auf ihrer Liste standen die einfachen Dinge, die sie noch nie gemacht hat wie Drachen steigen zu lassen, ein Boot zu rudern oder Muffins zu backen.

Katies Leben war, solange sie zurückdenken konnte, voller Wünsche gewesen, von denen sich die meisten nie erfüllt hatten. Als sie also einen rosafarbenen Umschlag m der Besitzurkunde für eine Bäckerei erhielt, packte sie ihre weil er an erster Stelle stand, aber er lieferte Katie kein eindeutiges Ergebnis. *Du bist ein guter Mensch,* lautete der zweite Eintrag. Obwohl Katie versuchte, mehr zu geben, als sie nahm, glaubte sie nicht, dass sie irgendetwas mehr verdiente als andere. Sie hatte unzählige Stunden als ehrenamtliche Mitarbeiterin auf einer Kinderherzstation in Dallas verbracht, aber es hatte sich nie wie Arbeit angefühlt, und sie tat es aus keinem anderen Beweggrund, als ihre Mitmenschen zum Lächeln zu bringen. Hatte Bea das gemeint, als sie den ersten Grund aufschrieb?

Katie blätterte in der Liste nach unten.

Es ist eine Freude, in ihrer Nähe zu sein.

Hübsches Lächeln.

Belastbar.

„Woher weißt du das, Bea?", fragte sie mit leiser Stimme.

Ein Teil von ihr war glücklich über diese positiven Beurteilungen. Der andere Teil konnte nicht verstehen, woher diese Frau sie kannte. Hatte Bea sie verfolgt oder sie beobachten lassen? Zu welchem Zweck? Das war die entscheidende Frage.

Katie sah sich in der Bäckerei um. Sie war zwar keine Millionen-Dollar-Immobilie, aber etwas Besonderes. Wo einst die Streifentapete prangte, fand sich ein frischer Anstrich, der die Farbe von weicher Butter hatte. An den Wänden hingen Bilder von Muffins, die sie gebacken hatte. Fotos der sieben verschiedenen Tagesangebote hingen in einer Reihe nebeneinander.

Hinter dem Verkaufstresen stand die neue Kaffeemaschine, die sie gekauft hatte. Es war zwar nicht die Espressomaschine, die ihre Freundin Sage empfohlen hatte, aber sie war besser als die Maschine, die einst sprudelnd und zischend auf der Arbeitsplatte gestanden hatte.

Nein, dieses Geschäft war keine Million Dollar wert. Es war mehr wert, weil es Katies Leben verändert hatte.

Letztendlich war es egal, warum die ältere Frau ihr das Geschenk gemacht hatte. Es war nur wichtig, was Katie damit anfing.

Sie steckte die rosafarbene Seite in ihr Notizbuch zurück, blätterte dann wieder zu ihrer Lebenstraum-Liste und schrieb die Dinge auf, die ihr in den Sinn kamen.

Achterbahn fahren.

Einen Prominenten kennenlernen.

Meinen eigenen Weihnachtsbaum fällen.

Mich verlieben.

Ihre oberste Priorität bestand darin, niemals eine Gelegenheit auszulassen, etwas Neues auszuprobieren.

Während Katie sich weiter Notizen machte, sah sie aus den Augenwinkeln einen roten Schimmer. Ihre Freundin Sage war in der Nähe von *Bishop's Brewhouse* aus ihrem Geländewagen gesprungen und auf dem Weg zu ihr. Ihre roten Korkenzieherlocken wippten bei jedem Schritt.

Die Türglocke der Bäckerei klingelte, als Sage hereinstürzte. Ihr strahlendes Lächeln und ihre rosigen Wangen waren Ausdruck ihres glücklichen Lebens mit Cannon. Katie konnte nicht glauben, dass Sage vor nur sieben Wochen ein blaues Auge und den unstillbaren Wunsch gehabt hatte, Aspen Cove so schnell wie möglich zu verlassen, aber niemand wusste besser als sie, wie sich das Schicksal im Handumdrehen ändern konnte. Innerhalb eines einzigen Atemzuges konnte sich Gutes in Schlechtes verwandeln und Schreckliches in Fantastisches.

„Was gibts Neues?"

Katie erhob sich von ihrem Platz, um Sage zu umarmen. Mit ihren knapp ein Meter siebzig sah sie im Vergleich zu ihrer zierlichen Freundin wie eine Riesin aus.

„Sheriff Coopers Freunde sind morgen wieder im *Bed & Breakfast* und als sie das letzte Mal dort waren, haben sie alles außer den Möbeln verdrückt. Kann ich mitnehmen, was du hier hast, oder willst du mir zwei Dutzend Muffins machen?"

„Ich mache sie frisch und bringe sie heute Abend in der Bar vorbei." Katie sah sich an, was sie noch in der Vitrine hatte. Es waren etwas mehr als zwei Dutzend Muffins übrig. Sie würde sowieso für die Nachmittagskunden eine zusätzliche Ladung backen müssen. „Wird Cannons Bruder tatsächlich heute Abend nach Hause kommen?"

„Soweit ich weiß, ja." Sage schnappte sich eine Kostprobe von dem Tablett, das auf der Glastheke stand, und steckte sie sich in den Mund.

„Das ist ja großartig. Ich hoffe, dass er es dieses Mal auch tatsächlich tut."

Cannon erwartete seinen Bruder bereits seit zwei Wochen. Bowie hatte ihm zweimal Bescheid gegeben, dass er auf dem Weg sei, und dann jeweils am Tag seiner geplanten Ankunft kurzfristig abgesagt.

Katie konnte sich vorstellen, wie schwierig es sein würde, in die Stadt zurückzukehren, in der sowohl seine Mutter als auch seine Verlobte gestorben waren. Laut Doktor Parker war Bowie schon seit zehn Jahren nicht mehr zu Hause gewesen. War es nicht langsam Zeit, die Vergangenheit zu begraben, so wie Katie es getan hatte, als sie Dallas verließ?

Sages hellgrüne Augen leuchteten auf. „Hey, ich weiß, dass Kuchen nicht so dein Ding sind … noch nicht, aber vielleicht kannst du einen Willkommenskuchen für Bowie backen?"

Als Katie in Aspen Cove auftauchte, wusste sie kaum, wie man Wasser kocht. Jetzt machte sie die besten Muffins der Stadt. Es waren zwar auch die *einzigen* Muffins, die es in der Stadt gab, aber trotzdem …

„Ich habe noch nie einen Kuchen gebacken.“

Sage legte ihren Kopf zur Seite. „Noch nie? Nicht einmal mit einer Fertigbackmischung?“

„Ich habe ein sehr behütetes Leben geführt. Öfen waren heiß und gefährlich.“

Seit ihrem dreizehnten Lebensjahr war Katie kränklich gewesen. Ihre Mutter klebte an ihr wie Flusen an Stoff, schwebte wie ein aseptischer Ballon über ihr und wehrte alles ab, was Katies Gesundheitszustand verschlechtern oder sie in Gefahr bringen könnte.

„Unfassbar. Sogar *ich* habe schon Kuchen gebacken. Obwohl ich ja eher für meine Aufwärmkünste berühmt bin.“

„Hm, ‚berühmt‘ ist nicht gerade das Wort, das ich verwenden würde. Das lässt es ja positiv klingen. ‚Berüchtigt‘ trifft es wohl eher.“

Sage lachte, als sie um die Ecke ging, um sich eine Tasse Kaffee zu holen.

Katie hatte eine Regel für ihre Freunde. Wenn sie ihnen mindestens einmal eine Tasse serviert hatte, gehörten sie zur Familie und durften sich selbst bedienen. Sollte jedoch ein Fremder hinter der Verkaufsvitrine auftauchen, dann würde sie ihn mit einem Nudelholz verscheuchen. Auch würde sie nicht davor zurückschrecken, einem Angreifer mit einer Backform über den Schädel zu schlagen.

„Wir können nicht alle *Betty Crocker* sein“, sagte Sage.

Sie folgte ihrer Freundin auf die andere Seite der Verkaufstheke und bereitete ihre neue Kaffeemaschine für eine Tasse koffeinfreien Kaffees vor. Sage liebte ihren Kaffee mit einer Extraportion Koffein, während Katie die herzfreundlichere Variante bevorzugte.

Sage sah zu, wie der Kaffee in die Tasse tropfte. „Ich weiß nicht, warum du dir die Mühe machst, so was zu trinken. Das ist schmutziges Wasser.“ Sie hob ihre eigene, mit hochtourigem Inhalt gefüllte Tasse an ihre Lippen.

„Ich fühle mich dadurch erwachsen, ohne dass meine Organe leiden müssen.“ Katie legte ihre Hand auf ihre Brust. Unter der Baumwolle fühlte sie das leicht wulstige Narbengewebe von ihrer Operation.

„Ich bin Krankenschwester und passe nicht so gut auf mich auf, wie du auf dich.“

„Man muss sich um den Körper kümmern, den man hat.“

Katie hatte niemandem von ihrer Krankengeschichte erzählt. Sie hatte sie geheim gehalten, denn sie wollte nicht, dass man sie bemutterte. Zum ersten Mal wollte sie ihr Leben wie alle anderen leben. Ihre Anonymität in Aspen Cove hatte ihr das ermöglicht. Was niemand wusste, konnte Katie nicht verletzen oder beeinflussen, wie man sie wahrnahm oder behandelte.

„Was ist jetzt mit dem Kuchen? Bist du bereit für die Herausforderung?“

Katie schaute über den Ladentisch auf ihr Tagebuch, das offen auf dem Tisch lag. Dieser konkrete Anlass eignete sich als neue Erfahrung. Wie schwer konnte es schon sein, einen Kuchen selbst zu backen?

„Ja, ich mache es. Welche Sorte?“

„Lass es uns nicht zu kompliziert machen. Einen einfachen Teig mit Zuckerguss.“

„Du willst auch noch Zuckerguss?“, neckte sie.

Sage schüttelte den Kopf. Katie hatte diesen ungläubigen Ausdruck schon häufiger auf Sages Gesicht gesehen. Es war derjenige, der bedeutete *Du machst Witze, oder?*

„Ohne Zuckerguss ist Kuchen einfach nur Brot mit Geschmack.“

„Also gut, mit Zuckerguss.“ Sie zog ihre Tasse aus der

Kaffeemaschine und nahm einen Schluck. „Was machen Ben und Cannon heute?"

Die beiden Frauen lehnten sich an den Ladentisch und schauten aus dem Fenster. Die einstige Geisterstadt war mit neuem Leben erfüllt. Jedes Jahr im Mai, wenn die Touristen und Angler auftauchten, erlebte die Stadt eine Wiedergeburt. Die einst weiß gestrichenen Fenster des geschlossenen Kurzwarenladens auf der anderen Straßenseite waren sauber und funkelten nun in der Nachmittagssonne. Es war nämlich so, dass die Frauen von Aspen Cove von Mai bis Oktober ihre Waren in die Stadt brachten, um sie an die Touristen zu verkaufen. Sie boten alles an, von Sojakerzen bis hin zu Bienenwachsseife.

„Sie sind auf dem Friedhof. Der neue Grabstein für die Bennetts wird heute aufgestellt und die Namen von Bill, Bea und Brandy sind jetzt in den Granit eingemeißelt. Bowie wird irgendwann hingehen, um sich von Brandy zu verabschieden, also wollte Cannon, dass alles perfekt ist."

Katie war bei der Grabstätte gewesen, als es dort nur eine provisorische Holzmarkierung gegeben hatte, auf die der Name Bennett in Druckbuchstaben aufgemalt war. Es brach ihr das Herz, dass diese kleine Stadt so viel verloren hatte.

„Wenigstens kommt Bowie nicht zu einem betrunkenen Vater nach Hause", sagte Katie. Ben war trocken geworden und hatte wieder die Rollen als Vater und Freund übernommen. „Für den Laden hier ist er ein absoluter Glücksfall. Ohne ihn würde ich sieben Tage die Woche arbeiten." Katie hatte ihn in der Bäckerei auf Trab gehalten und ihm beigebracht, wie man die Wochenendmuffins zubereitet, was ihr die dringend benötigte Freizeit verschaffte.

„Das ist auf jeden Fall ein Segen." Sage schnappte sich noch einen Muffin von dem Teller mit den Probierhäppchen. „Ich kann mir nicht vorstellen, wie Bowie sich wieder in der

Stadt einleben wird. Nach Brandys Tod wollte er niemals zurückkehren. Was seine Erlebnisse in Afghanistan angeht, hält er sich bedeckt, aber er wurde aus gesundheitlichen Gründen aus der US-Armee in den Ruhestand versetzt, und das kann nichts Gutes bedeuten. Es ist eine Sache, wieder nach Hause zu kommen, weil er es will, aber eine ganz andere, wenn er nur zurückkommt, weil er keine andere Wahl hat."

„Das ist so traurig. Eine Verwundung zusätzlich zu einem gebrochenen Herzen." Katie konnte sich vorstellen, dass beides eine gewisse Zeit der Erholung erforderte, aber sie hätte nie gedacht, dass es so lange dauern würde, sich mit den veränderten Lebensumständen abzufinden. „Man sollte meinen, dass genug Zeit vergangen ist, um die Trauer zu bewältigen und neu anzufangen. Ben hat es getan, also hoffe ich, dass es sein Sohn auch schafft."

Katie hatte absolut keine Ahnung, wie lange man brauchte, um über den Verlust der Liebe seines Lebens hinwegzukommen. Sie war noch nie verliebt gewesen, aber sie hatte es ihrer Lebenstraum-Liste hinzugefügt.

Sage trank ihren restlichen Kaffee und warf den Pappbecher in den nächsten Abfalleimer. „Wer weiß schon, wie lange das dauert? Jeder Mensch hat sein eigenes Tempo."

„Apropos Tempo." Katie brauchte Zeit, um herauszufinden, wie man einen Kuchen backt. Sie betrachtete die Muffins in der Vitrine. Da Ben heute den ganzen Tag nicht da war, musste sie allein zurechtkommen. „Wenn ich diesen Kuchen tatsächlich backen will, sollte ich mich besser an die Arbeit machen." Sie öffnete die Vitrine und packte die noch verbliebenen Muffins in eine Schachtel. „Wenn ich es mir recht überlege, vielleicht nimmst du doch die hier? Ich werde früher schließen, damit ich mich Bowies Willkommenskuchen widmen kann." Das Mindeste, was sie tun konnte, war, einem zweifellos verbitterten Mann etwas Süßes zu bescheren.

Sage warf ihr einen Blick von der Seite zu. „Bist du sicher? Du hast noch nie früher geschlossen."

„Du kennst mich seit sieben Wochen."

„Ich glaube, ich kann dich ganz gut einschätzen."

Was Katie eigentlich sagen wollte, war „Du kennst mich überhaupt nicht", aber sie tat es nicht, weil das einen völlig anderen Dialog in Gang setzen würde. Sie war nicht bereit, ihre Geheimnisse preiszugeben.

„Manchmal glaube ich, ich kenne mich selbst nicht." Sie wusste, wer sie sein wollte, aber es gab einen Teil von ihr, der ein Geheimnis war. Ein Teil von ihr, der jemand anderem gehört hatte – ihr Herz.

Organspender blieben anonym, sodass Katie keinerlei Informationen darüber hatte. Betreffende Dokumente wurden unter Verschluss gehalten. Sie hatte angenommen, dass das Herz von Beas Tochter in ihrer Brust schlagen könnte. Ihr Todestag im April fiel auf unheimliche Weise mit Katies Chance auf ein neues Leben zusammen, aber die restliche Zeitachse passte nicht. Katies zweite Lebenschance ereignete sich Jahre nach Brandys Tod.

Sage nahm den Gebäckkarton und drückte Katie mit einem Arm an sich. „Die Party beginnt um sieben. Alle werden da sein."

Sobald Sage gegangen war, schloss Katie die Türen ab und machte das Licht aus. Es gab nur noch eine Sache zu erledigen. Sie würde den bestmöglichen Kuchen für Bowie backen, indem sie einen Schuss Mut, eine Prise Belastbarkeit und das Mitgefühl und die Liebe hinzufügte, die sie in ihrem geliehenen Herzen empfand.

KAPITEL ZWEI

Bowie Bishop hätte niemals geglaubt, dass er im Alter von vierunddreißig Jahren wieder zu Hause leben würde. Er hatte nie vorgehabt, nach Aspen Cove zurückzukehren, aber andererseits hatte er auch nicht erwartet, erneut in Afghanistan verwundet zu werden. Als diese Kugeln seinen Oberschenkelknochen trafen und ihn zertrümmerten, änderte sich alles.

Er saß am Ende des Bootsstegs und ließ seine Beine über die Seite baumeln. Seine Stiefelsohlen streiften das Wasser und erzeugten Wellen, die über die glatte Oberfläche tanzten.

Er hatte vergessen, wie stark der See nach der Schneeschmelze ansteigen konnte; nun, nicht gerade vergessen, eher aus seinem Gedächtnis verbannt. Er schaute über das Wasser dorthin, wo sich die Baumgrenze teilte – es war die einzige Stelle, an der eine Seite des Berges in den See herabfiel. Er hasste diesen Straßenabschnitt. Eigentlich hasste er so gut wie alles.

Nachts in seinen Träumen sah er sie immer noch. Bernsteinfarbene Augen, kastanienbraunes Haar und ein Lachen, das selbst das kälteste Herz erwärmen konnte. Brandy war sein Ein und Alles gewesen, und als er sie verlor, wusste er, dass er nie wieder glücklich sein würde.

Das vertraute Geräusch einer Getränkedose, die geöffnet wurde und das Zischen der entweichenden Kohlensäure bedeuteten, dass er mit seinen Gedanken nicht länger allein war.

„Ich dachte, du möchtest vielleicht ein Bier, bevor wir in die Bar gehen." Cannon setzte sich neben ihn und reichte ihm die Dose.

„Ich bin nicht wirklich in der Stimmung, meine Rückkehr zu feiern. Ich denke, ich bleibe hier."

„Das geht nicht, Bruderherz. Es gibt viele Leute, die sich darauf freuen, dich zu sehen. Wenn du nicht auftauchst, werden sie hierherkommen. Das lässt sich nicht vermeiden."

Bowie hob die Dose an seine Lippen und nahm mehrere große Schlucke. Um ihn die Nacht überstehen zu lassen, würde er sehr viel mehr brauchen als eine Dose Bier.

„Warum hast du ihnen gesagt, dass ich zurückkomme?" Diese Reise hatte keinen geselligen Anlass. Er wollte hier nur vorübergehend unterkommen, bis die Veteranenbehörde seine Invaliditätseinstufung beurteilte, und dann würde er wieder verschwinden.

„Weil dich wieder in der Stadt zu sehen so wäre, als würde man einen Geist sehen."

Cannon hatte es treffend beschrieben. Er war ein Geist gewesen. Der wichtigste Teil von ihm war in dem Moment gestorben, als Brandy es tat.

„Ich will diese Aufmerksamkeit nicht."

„In Ordnung, dann komm einfach vorbei und bleib ein Weilchen. Setz ein falsches Lächeln auf. Dann kommst du hierher zurück und versteckst dich im Haus bis morgen früh, wenn du aufstehst, um im Köder- und Angelladen zu arbeiten. Ich habe das alles jahrelang allein bewältigt. Du bist zurück, also kannst du auch helfen."

Bowie kannte seinen Bruder nicht so energisch, aber er konnte sich vorstellen, dass der jahrelange Umgang mit ihrem betrunkenen Vater ihm alles Weiche genommen hatte. Er hatte sich immer schuldig gefühlt, dass er seinem Bruder die Verantwortung für alles überlassen hatte, aber Bowie konnte es damals nicht ertragen, noch eine weitere Sekunde in der Stadt zu verbringen, die ihn an seinen Verlust erinnerte.

„Ich bleibe nicht. Außerdem sieht Paps aus, als hätte er die Dinge im Griff. Er kann den Köder- und Angelladen übernehmen." Cannon hatte Bowie erzählt, wie schlimm es um seinen Vater gestanden hatte, aber wenn er ihn jetzt sah, konnte er es nicht glauben. Er wusste, dass sein Bruder nicht der Typ war, der zu Übertreibungen neigte, aber Ben sah gut aus.

„Nein, er hilft Katie in der Bäckerei. Dort ist er wieder nüchtern geworden. Es ist am besten, wenn sich die Dinge für ihn nicht zu drastisch verändern."

Cannon hob ein paar Kieselsteine vom Bootssteg auf und warf sie ins Wasser. Ringe bildeten sich dort, wo sie auf das Wasser trafen, und breiteten sich immer weiter aus. Es war wie das Leben. Etwas erzeugte eine Welle, und ein ganzes Leben veränderte sich.

„Veränderung ist nicht gut für Paps, aber es ist okay, wenn *ich* in einen Albtraum zurückversetzt werde?"

Er drückte den Stiefel seines unverletzten Beines unter die Wasseroberfläche und trat nach vorne, sodass ein kräftiger Schwall nach außen spritzte. Drei Meter vor ihm sprang ein Fisch aus dem Wasser, um ein Insekt zu fangen.

„Ich habe nicht die Absicht, Salz in deine Wunden zu streuen, aber ich will auch ein Leben haben. Ich habe alles aufgegeben – meine Karriere, mein Leben. Das alles habe ich geopfert, um hierher zurückzukommen und zu versuchen, das zu retten, was wir hatten. Wann bin ich an der Reihe, etwas zu bekommen?" Er trank sein Bier aus und zerdrückte die Dose in seiner Faust. „Sage tauchte in meinem Leben auf und hat alles verändert. Ich liebe sie, aber ich brauche Zeit mit ihr. Die werde ich nicht bekommen, wenn ich zwei Läden führe und auf Paps aufpasse."

Cannon hatte recht. Bowie hatte seinen Bruder im Stich gelassen, aber zu jener Zeit war er innerlich leer gewesen und hatte nichts mehr zu geben. Als er auf dem Bootssteg saß und sich umsah, befürchtete er, dass es jetzt sogar noch weniger war als damals.

„Ich bleibe nicht", wiederholte er.

„Ich hab dich verstanden. Aber vergiss nicht, dass ich eingesprungen bin, als du es nicht konntest und jetzt bitte ich dich einzuspringen, solange du hier bist. Ich bin selten egoistisch, aber verdammt Bowie, du schuldest mir was."

Das war eine weitere Tatsache, die er nicht leugnen konnte. Er war Cannon etwas schuldig. Er hatte seinen Traumjob aufgegeben, um nach Hause zu kommen und für die Familie Verantwortung zu übernehmen. Er war erst vierundzwanzig Jahre alt gewesen, als alles den Bach hinunterging. Zu jung, um vollständig erwachsen, aber zu alt, um noch ein Kind zu sein.

„Du hast recht. Ich schulde dir mehr, als ich jemals zurückzahlen könnte."

Er drehte sich nach links und musterte seinen Bruder eindringlich. Er war in Bowies Abwesenheit zum Mann herangewachsen. Sie hatten sich als Kinder nahegestanden, aber sich voneinander entfernt, als Bowie sich in Brandy verliebte. Er hatte seine ganze Zeit mit ihr verbracht. Das war das Schlimmste an seinem Verlust. Er wusste nicht, wie er ohne sie leben sollte. Er hatte sich an dem Tag, an dem sie begraben wurde, ein Versprechen gegeben. Er würde niemals einer anderen Frau erlauben, einen Platz in seinem Herzen einzunehmen.

„Ich verlange nichts Unmögliches. Ich bitte dich nur für eine Weile hierzubleiben. Ich habe meinen Bruder vermisst." Cannon streckte einen Arm aus und umarmte ihn brüderlich.

„Lass uns einen Tag nach dem anderen angehen. Jetzt erzähl mir von deiner Freundin."

Hinter ihnen ertönten Schritte. Sie drehten sich um, damit sie sehen konnten, wer sich ihnen näherte.

Cannons stoischer Gesichtsausdruck wurde weicher und ein Lächeln breitete sich auf seinem Gesicht aus. „Wie wäre es, wenn du sie kennenlernst?"

Er stand auf und schlenderte den Steg halb hinunter, um der zierlichen Rothaarigen entgegenzugehen. Er hob sie hoch und wirbelte sie herum. Das einzige Stück von Bowie's Herz, das ihm geblieben war, krampfte sich so stark zusammen, dass es beinahe wehtat. Er sah, wie die beiden sich küssten.

Es war nicht so, als hätte Bowie seit Brandys Tod keine weibliche Gesellschaft mehr gehabt. Er hatte viele Erfahrungen gemacht, aber er war sich immer im Klaren darüber gewesen, wohin diese Beziehungen führen würden. Bowie war wie ein Boot mit vielen Löchern, und ein undichtes Boot konnte man nicht befüllen. Er war ein sinkendes Schiff und weigerte sich, andere mit in den Untergang zu reißen.

Er erhob sich mühsam auf die Beine und humpelte den Steg hinunter, um Sage zu begrüßen. Sie stand vor ihm und stellte sich auf ihre Zehenspitzen, um ihn auf die Wange zu küssen. Es war eine seltsame Begrüßung von einer völlig Fremden, aber er mochte ihre Offenheit.

„Endlich lerne ich den berüchtigten Bowie kennen."

Er blickte auf das winzige Etwas vor ihm herunter. „*Berüchtigt*, hm?"

Sie lächelte und Bowie konnte sehen, warum es seinen Bruder so heftig erwischt hatte. Wenn sie lächelte, war es, als würde die Sonne aus ihren Poren strahlen.

„Oh ja. Ich habe alles gehört. Angefangen damit, wie du ihn als Kind terrorisiert, aber in der Schule beschützt hast."

Cannon sah sie an und schüttelte den Kopf. „Liebling, das war Bettgeflüster und hätte im Schlafzimmer bleiben sollen."

Sage verdrehte die Augen. „Das würde bedeuten, dass wir über nichts reden könnten. Du arbeitest so viel, dass ich mich nur im Bett mit dir unterhalten kann."

Cannon sah seinen Bruder mit einem Hab-ich-es-dir-nicht-gesagt-Blick an. Obwohl Bowie wusste, dass er sich nie wieder verlieben würde, gab es keinen Grund, warum Cannon es nicht tun sollte. Wenigstens einer in ihrer Familie hatte es verdient, glücklich zu sein.

„Mal sehen, ob wir das ändern können. Ich werde für ein Weilchen hierbleiben, damit Cannon mehr Zeit außerhalb des Schlafzimmers verbringen kann."

„Kumpel, ich möchte nicht weniger Zeit im Schlafzimmer verbringen. Ich möchte insgesamt mehr Zeit zur Verfügung haben, und wer weiß, vielleicht möchte ich ja auch diese Zeit im Schlafzimmer verbringen."

Sage holte aus und schlug Cannon gegen die Brust. „Ich bin auch noch hier. Sprich nicht mit deinem Bruder über unsere Schlafzimmeraktivitäten."

Es war schwer, ernst zu bleiben. Hier war eine Frau, die Cannon an einem guten Tag knapp bis zum Hals reichte, und ihn dennoch im Griff hatte. Gott, wie er diese Zeiten vermisste.

„Wegen deiner Größe könnte man dich zwar leicht übersehen, aber nachdem ich dich gerade boxen sehen habe, bist du schwer zu ignorieren." Bowie legte seinen Arm um Sage und machte sich auf den Weg zum Haus. „Eines solltest du wissen. Keiner der Bishop-Männer plaudert aus dem Nähkästchen. Deine nächtlichen Geheimnisse sind sicher. Aber nichts anderes ist heilig, also erzähl mir ruhig ein paar schmutzige Details über meinen Bruder. Ich bin schon seit Ewigkeiten nicht mehr auf dem Laufenden."

Sage erzählte ihm von Cannons einäugigem Kater. Sie lachte darüber, dass ein so hart gesottener Mann eine solche Schwäche für ein Haustier mit einer Behinderung haben könnte, aber sie hatte wirklich keinen Grund zum Lästern, denn als sie das Haus betraten, lag ihr dreibeiniger Hund Otis zu Bens Füßen.

„Das scheint mir ein klarer Fall von ‚Wer im Glashaus sitzt ...' zu sein."

Während Bowie zu seinem Vater ging, verschwanden Sage und Cannon in der Küche und sagten irgendetwas davon, Abendessen in der Mikrowelle zuzubereiten.

„Hey, Paps. Gut siehst du aus." Sein Vater hatte eine ganz schöne Narbe auf der Stirn, die von seinem Sturz auf dem Friedhof herrührte.

„Ich lebe. Das ist ein Anfang." Ben drehte sich auf der alten Ledercouch zu ihm herum. „Ich habe mich gefragt, wann du kommen würdest, um mich zu begrüßen."

„Du hättest rauskommen können."

Ben blickte auf das Bier in Bowies Hand herunter. „Ich versuche, mich von Alkohol fernzuhalten."

„Mist, Paps. Das tut mir leid. Ich habe nicht nachgedacht." Bowie rutschte nach vorne, um aufzustehen, aber sein Vater zog ihn wieder herunter.

„Es ist mein Problem, nicht deins. Ich kann nicht erwarten, dass sich die Welt ändert, nur weil ich ein Problem mit etwas habe. Ich lerne dazu."

Bowie nahm sein Bier und reichte über die Stuhllehne,

um es außer Sichtweite abzustellen. „Du hast recht, aber ich muss dir deine Schwäche nicht unter die Nase reiben."

Ben tat etwas Unerwartetes. Er beugte sich vor, zog seinen Sohn an sich und umarmte ihn fest. „Ich bin so froh, dass du hier bist. Ich hoffe, du bleibst eine Weile."

Seine Pläne bezogen sich auf die nahe Zukunft, aber bevor er das seinem Vater sagen konnte, riefen Cannon und Sage sie zum Abendessen.

Genau wie in alten Zeiten saß Bowie an seinem Platz am Familienesstisch neben dem Fenster. Während sie Rindfleisch Stroganoff aus der Mikrowelle aßen, berichteten Cannon und Ben ihm alles, was sich im Laufe der Jahre ereignet hatte.

Louise Smith hatte Bobby Williams geheiratet und sie hatten kürzlich ihr siebtes Kind bekommen. Doktor Parker betrieb die Praxis immer noch, obwohl er steinalt war. Dalton hatte wegen Mordes im Gefängnis gesessen. Die Stadt hatte endlich einen Sheriff, Aiden Cooper, und Mark Bancroft war sein Stellvertreter. Zachariah Thomas hatte sich selbst in Brand gesetzt, als eine seiner Schnapspressen explodiert war. Während sich einige Dinge geändert hatten, waren andere gleich geblieben. Er hatte es vermisst, einen Ort zu haben, an den er gehörte. Er hatte seine Familie vermisst. So sehr er es auch hasste, es zuzugeben, aber egal, wo er irgendwann einmal sesshaft wurde, Aspen Cove würde immer Zuhause sein.

KAPITEL DREI

Würde es jemandem auffallen, wie schief der Kuchen war? Katie versuchte das Missgeschick mit einer Extraportion Zuckerguss zu tarnen. Während die Zuckergussschicht der einen Kuchenhälfte etwa einen halben Zentimeter maß, war sie auf der anderen ungefähr fünfmal so dick.

Selbst nachdem sie ein Dutzend YouTube-Videos und eine Episode von „Das große Backen“ angeschaut hatte, sah er immer noch so aus, als hätte ihn ein Amateur gebacken. In diesem Fall entsprach das ja auch der Wahrheit. Ihr einziger Trost war, dass er gut schmeckte und hoffentlich jeder über die Schönheitsfehler hinwegsehen und den Kuchen genießen würde.

Wenn die Party um sieben Uhr begann, würde Katie zehn Minuten später erscheinen. Dann hätten alle genug Zeit, so hoffte sie wenigstens, um Bowie Hallo zu sagen.

Sie redete sich ein, dass sie nur aus dem Grund hinginge, weil Sage sie darum gebeten hatte, aber sie war neugierig auf den Mann, der die Stadt vor einem Jahrzehnt verlassen hatte und nie zurückgekehrt war.

In gewisser Weise waren sie sich ähnlich. Sie hatte ihre

Sachen gepackt und Dallas verlassen, und obwohl ihr Weggang abrupt gewesen war, hatte sie ihn jahrelang in Erwägung gezogen.

Es gab viele Gründe, warum Menschen flüchteten, aber immer ging es entweder darum, vor etwas davonzulaufen oder auf etwas zuzulaufen. In ihrem Fall ging es darum, ein richtiges Leben zu führen. Eines, das sie in Dallas nicht haben konnte.

Katie sah auf die Uhr; es war Zeit zu gehen. Mit Bluejeans und einer geblümten Thermobluse bekleidet, trat sie in die Kälte der Mainacht hinaus und ging über die Straße zu *Bishop's Brewhouse*. Sie hatte die Bar noch nie so voll gesehen, außer an dem Tag, an dem man Bea begraben hatte. Es schien, als träfe sich die Stadt bei Todesfällen und Geburten. Bowies Rückkehr nach Aspen Cove war eine Art Wiedergeburt.

Katie wusste, dass seine Anwesenheit für Ben wichtig war. Sie konnte nur erahnen, was sie für Cannon bedeutete. Mit dem Kuchen in den Händen schlängelte sie sich durch die Menge hindurch, bis sie die Theke erreichte.

Sage stand hinter den Zapfhähnen und füllte einen Krug mit Bier. „Da bist du ja."

„Hast du gedacht, ich würde nicht kommen? Dem Gerede in der Stadt nach zu urteilen, ist die Heimkehr dieses Mannes vergleichbar mit der zweiten Wiederkehr Christi – ein Wunder." Sie stellte den Kuchen auf die abgenutzte Holzoberfläche und sah sich in der Menge um. „Ich glaube wirklich an Wunder." Katie hatte nie an irgendetwas geglaubt, bis zu dem Tag, an dem ihr Herz sie im Stich ließ. Von diesem Zeitpunkt an war der Glaube alles, was sie hatte.

„Der Kuchen sieht toll aus." Sage nahm ihn und stellte ihn auf die hintere Theke. „War es schwer?"

„Schwer" war eine Frage der Perspektive. Es war schwer,

den Mut aufzubringen, etwas Neues auszuprobieren, aber leicht, es zu tun, sobald sie sich entschieden hatte. Schwer zu verkraften, dass er nicht perfekt war, aber leicht, ihren Fehler zu verbergen.

„Überhaupt nicht schwer", sagte sie und verdrehte die Augen. „Ich denke, es ist wie bei allem, was man zum ersten Mal macht – furchteinflößend, aber es lohnt sich."

Sie schaute zum Ende des Tresens und zu dem Mann, den alle umlagerten. Den Kuchen zu backen war bei Weitem nicht so schwer gewesen wie das, was Bowie erlebt hatte. Obwohl sie ihn nicht kannte, waren die verräterischen Anzeichen von Stress deutlich auf seinem attraktiven Gesicht zu erkennen. Kalte Augen. Gerunzelte Stirn. Das angespannte Zucken eines falschen Lächelns. Katie wusste nur zu gut, was es bedeutete, für alle anderen präsent zu sein, wenn man eigentlich nur allein sein wollte. *Armer Bowie.*

„Willst du ihn kennenlernen?"

Sage schenkte den zweiten Krug Bier ein. Sie sah aus, als fühlte sie sich wohl hinter dem Tresen. Katie war neidisch, dass Sage sich so leicht in Aspen Cove eingelebt hatte, besonders weil sie diejenige gewesen war, die nicht bleiben wollte. Katie dagegen hatte von Anfang an hierbleiben wollen. Sie hatte in Aspen Cove viele Dinge entdeckt, nach denen sie gesucht hatte. Sie hatte Freunde gefunden. Ein Gefühl der Zugehörigkeit. Einen Sinn im Leben. Das Einzige, was sich nicht abzeichnete, war Liebe. Es war unwahrscheinlich, dass sie hier darauf stoßen würde, da es sich bei den meisten Männern um Saisongäste handelte und sie diejenigen, die es nicht waren, eher wie Brüder oder einen Vater betrachtete. Außerdem war Liebe zu finden nicht ihre oberste Priorität. Unabhängigkeit hatte Vorrang vor allem anderen.

„Ich warte damit. Er sieht überfordert aus."

Sie schaute wieder zu Bowie zurück, der mit Cannon

sprach. Sie konnte nur sein Profil sehen. Ausgeprägte Nase. Markante Kieferpartie. Gebräunte Haut. Braune Haare. Er saß auf einem Barhocker und war trotzdem größer als die meisten Männer, die um ihn herumstanden. Sein aufgesetztes Lächeln war charmant und sie konnte sich vorstellen, dass sein echtes atemberaubend sein würde.

Sie kletterte auf den Barhocker am anderen Ende des Raumes.

„Ich bin mir sicher, dass er das ist." Sage brachte den Krug zu Bowie und Cannon, kam zurück und blieb bei Katie stehen. „Er wollte nicht kommen."

Katie beobachtete, wie der Mann lächelte und mit den Stadtbewohnern plauderte. Es erinnerte sie an die vielen Besucher, die sie im Krankenhaus gehabt hatte. Sie hatte gelächelt und genickt, belanglose Unterhaltungen geführt, aber alles, was sie gewollt hatte, war allein zu sein.

„Es muss überwältigend sein."

Die Menge zerstreute sich und gab ihr die Möglichkeit, einen Blick auf den Rest von ihm zu werfen. Als Sage erzählt hatte, er sei aus gesundheitlichen Gründen in den Ruhestand versetzt worden, dachte Katie, er hätte vielleicht eine Gliedmaße verloren, aber er schien völlig unversehrt zu sein.

Ein enges, olivfarbenes T-Shirt spannte sich über seiner Brust und ließ ihrer lebhaften Fantasie wenig Spielraum. Sein Bizeps war ausgeprägt und dehnte das Baumwollbündchen bis an seine Grenzen. Ihre Augen folgten seiner Körpersilhouette. Er befand sich halb auf und halb neben dem Stuhl. Ein Bein war ausgestreckt, als ob er bereit wäre, bei der ersten Gelegenheit das Weite zu suchen. Seine Jeans waren zwar abgetragen, sahen aber aus, als wären sie für ihn maßgeschneidert worden. Er war einfach perfekt, von seinen kurz geschnittenen Haaren bis hin zu seinen schwarzen Stiefeln. Das Einzige, was fehlte, war eine Harley. Er machte den

Eindruck eines harten Kerls. Sie hätte ihn beinahe für zu perfekt gehalten, aber dann hatte er seinen Kopf zu ihr gedreht und ihr Herz setzte einen Schlag aus. Eine gezackte Narbe verlief von seiner Schläfe bis zu seinem Kinn und unterteilte seine Wange.

Männermodels waren nicht ihr Fall. Männer, die bei sich selbst nach Perfektion strebten, suchten sie oft auch bei anderen, und Katie war alles andere als perfekt. Sie hatte vor langer Zeit gelernt, dass der wahre Charaktertest eines Mannes darin bestand, wie er mit seinen Unzulänglichkeiten umging. Bowies Narbe war das Reizvollste an ihm. Er trug sie wie eine Auszeichnung. Sie war neugierig, woher er sie hatte.

„Kann ich ein Wasser haben?" Katie hätte gerne mit den anderen mitgefeiert, aber sie trank selten Alkohol. Wegen ihres Gesundheitszustandes wurde davon abgeraten.

Sage goss ihr das Wasser ein. „Lass uns Bowie deinen Kuchen geben."

„Mach du das bitte. Ich fühle mich sehr wohl hier."

Sage seufzte resigniert. „Wie du willst. Er ist viel süßer, als er aussieht. Andererseits hast du mir nicht erzählt, dass es dir gefällt, wenn sie wie Mörder aussehen?"

Sage nahm den Kuchen und brachte ihn zu Bowie hinüber. Sie sagte etwas, das die gesamte Gruppe zu Katie schauen ließ. Sie schenkte allen ein halbherziges Lächeln und winkte, blieb aber, wo sie war.

Katie saß gern in der Ecke und ließ alles auf sich wirken. Selten hatte sie die Gelegenheit gehabt, Beobachterin zu sein. Ein Mädchen konnte viel über die Menschen in Aspen Cove lernen, wenn es nur lange genug zusah. Zum Beispiel war es offensichtlich, welche Männer in der Stadt mit Bowie aufgewachsen waren. Mark Bancroft, Bobby Williams und Dalton Black strahlten eine bestimmte Unbekümmertheit aus. Diese Leichtigkeit, die ausdrückte „Ich stehe hinter dir". Sie redeten und lachten, als wären sie keinen Tag getrennt gewesen.

Die Männer, die sich zurückhielten, wie Sheriff Aiden Cooper und der ansässige Anwalt Frank Arden, verfolgten alles, genau wie Katie. Lehnten sich zurück und schauten zu. In der Ecke befand sich eine Gruppe, zu der Zachariah Thomas und Tilden Cool gehörten, die oben in den Bergen lebten und Schnaps brannten. Der einzige Grund für ihr Erscheinen war das Freibier.

Dann waren da noch die Frauen. Abby, die Imkerin, war zu alt für Bowie, aber das hinderte sie nicht daran, an seinen Lippen zu hängen. Lloyd Dawson, ein Viehzüchter, war mit seiner Familie im Schlepptau in die Stadt gekommen. Er und seine Frau Maggie hatten fünf Töchter im Alter von acht bis achtundzwanzig Jahren. Armer Mann. Es war seine älteste Tochter Poppy, die das größte Interesse an Bowie zeigte. Katie konnte es ihr nicht verübeln. Mit achtundzwanzig noch bei den Eltern zu leben, machte keinen Spaß. Katie vermutete, dass die Ehe Poppys einfachster Weg heraus aus dem Elternhaus wäre. Ihre Schwestern säumten die Wände wie Mauerblümchen mit Namen wie Rose, Lily, Daisy und Violet. Ihr einziger Bruder, Basil, hielt sich im Hintergrund und trank Bier mit dem Sheriff.

Sage winkte Katie zu sich herüber. Wenn Katie gedacht hatte, sie würde ohne eine Vorstellung davonkommen, hatte sie sich gründlich getäuscht. Zumindest, bis ihr Telefon klingelte. Sie wusste, wer es war. Nur wenige Leute hatten ihre neue Handynummer, und neunzig Prozent von ihnen hielten sich gerade in der Bar auf. Als sie also ihr Telefon aus der Tasche zog, war es keine Überraschung, dass es ihre Mutter war.

Sie drückte auf Abheben. „Hey, Mama. Warte mal kurz, okay?“

Ihre Mutter redete weiter, aber Katie zog das Telefon weg von ihrem Ohr. Sie sah Sage an und zeigte auf ihr Telefon, formte mit den Lippen das Wort „Mutter“ und verschwand aus der Tür, um in Ruhe zu telefonieren. Die Leute standen bis auf den Bürgersteig, also ging sie um das Gebäude herum, zur Rückseite der Bar.

„Bist du da?“, fragte ihre Mutter.

„Ja, ich hatte doch gesagt, du sollst dranbleiben. Ich musste an einen ruhigen Ort gehen, damit ich dich hören kann.“

„Es klingt wie eine Party.“

„Es ist eine Willkommensparty für den Bruder eines Freundes.“ Katie zählte bis fünf, weil sie wusste, dass es nicht länger dauern würde, bis die nächste Frage käme.

Sie war erst bei drei, als ihre Mutter fragte: „Wo bist du?“

„Du weißt, dass ich dir das nicht erzähle. Du kannst mich jederzeit erreichen.“

„Warum hast du deine Telefonnummer geändert? Papa und ich haben gerne Deine Rechnung bezahlt.“

Katie atmete tief ein und langsam aus. Sie hatte sich immer für eine geduldige Person gehalten, aber ihre Mutter könnte selbst die Geduld eines Heiligen an einem Sonntag auf die Probe stellen.

„Ihr habt gerne für mein Handy bezahlt, als ihr damit nachverfolgen konntet, wo ich mich aufhalte. Ich bin eine erwachsene Frau, Mama. Welchen Sinn macht das Leben, wenn ich kein Leben habe?“

An dieser Stelle würde ihre Mutter eine Träne vergießen. „Wir wollen nur das Beste für dich.“

Katie hörte Leute hinter sich, als hätte jemand eine Tür zur Bar geöffnet, aber das Geräusch wurde sofort wieder leiser, also ignorierte sie es und antwortete ihrer Mutter: „Du willst das, was am Sichersten ist, aber das Sicherste ist nicht immer das Beste. Ich musste vor dir und Papa davonlaufen, nur um atmen zu können. Mama, ich liebe dich, aber ich kann nicht leben, wenn ich nicht atmen kann."

„Und ich kann nicht atmen, ohne zu wissen, dass es dir gut geht."

Es gab niemanden, der sehen konnte, wie sie die Augen verdrehte, aber Katie tat es trotzdem. Sie stand da und starrte auf den Wald hinter der Bar und verdrehte sie in alle möglichen Richtungen.

„Du redest mit mir. Es geht mir gut. Ich bin so munter wie ein Fisch im Wasser."

„Nimmst du deine Medikamente?"

„Ja, Verehrteste. Ich ernähre mich gesund. Ich schließe Freundschaften. Ich habe heute sogar einen Kuchen für die Party gebacken. Ich bin zum ersten Mal seit langer Zeit glücklich. Bitte freue dich für mich." Katie hörte ein Geräusch hinter sich, drehte sich um und entdeckte Bowie, der im Schatten des Gebäudes stand. Er hob sein Bier, als würde er ihr zuprosten. Sie nickte ihm zu. „Ich muss Schluss machen. Bitte verlass dich darauf, dass ich weiß, was gut für mich ist, okay?"

Das Ausatmen ihrer Mutter war ein Zeichen der Kapitulation. Katie hätte ihren Eltern gerne erzählt, wohin sie verschwunden war, aber sie wusste, dass beide in dem Moment, in dem sie es tat, vor ihrer Tür stehen würden, bereit, sie zurück nach Dallas zu schleppen. Sie würde es ihnen irgendwann sagen, aber zu ihren Bedingungen.

„Ich liebe dich, Schatz. Ich vertraue dir. Ich bin einfach nur so einsam wie eine Fichte auf einem Parkplatz." Katie war mit den Redewendungen der Südstaaten aufgewachsen, aber ihre Mutter hörte nie auf, sich regelmäßig eigene auszudenken.

„Ich rufe bald an", sagte Katie. Sie meldete sich mindestens einmal in der Woche bei ihnen. Es hatte keinen Sinn, sie zu beunruhigen, aber es war ebenso unsinnig, täglich mit ihnen zu sprechen. Wenn sie das täte, könnte sie genauso gut wieder nach Hause ziehen.

„Komm bald nach Hause", antwortete ihre Mutter.

Das hatte keine Antwort verdient, denn wenn Katie etwas anderes sagen würde, als *das werde ich*, würde das Gespräch wieder von vorne anfangen.

„Hab dich lieb und sag Papa, dass ich ihn auch lieb habe." Sie wartete das *ich dich auch* ihrer Mutter ab, bevor sie auflegte.

Katie ging hinüber zu der Stelle, an der Bowie im Schatten des Dachvorsprungs stand. Sein Rücken war an das Backsteingebäude gelehnt, ein Bein auf dem Boden verankert, das andere am Knie gebeugt, seine Stiefelsohle gegen die Wand gestützt. Der Mond glitzerte auf seiner Haut und ließ ihn fast golden und wie ein Gott aussehen.

„Willkommen zu Hause, Bowie." Sie streckte ihm ihre Hand zur Begrüßung entgegen. „Ich bin Katie Middleton."

Er lächelte.

Hilf mir, Jesus, schoss es ihr durch den Kopf. Sie hatte recht, es gab einen Unterschied zwischen seinem erzwungenen Lächeln und seinem natürlichen. Dieses Lächeln entsprang seinen Augen und nicht seinen Lippen.

„Schön dich kennenzulernen, Herzogin."

Seine Hand war so groß, dass sie ihre umschloss, als er sie schüttelte. Er hatte Hände, die Arbeit gewohnt waren. Sie waren nicht weich und geschmeidig wie die der Kundenbetreuer in dem Versicherungsbüro, in dem sie früher gearbeitet hatte. Nein, Bowies Hände waren schwielig und männlich und warm und kräftig.

„Herzogin, hm? Damit kann ich leben." Sie mochte es, dass er sie nicht wie alle anderen „Prinzessin" nannte. Er war der Erste, der sie „Herzogin“ nannte. „Ich bin mir sicher, dass du versuchst, dich von dem Trubel zu erholen, also lasse ich dich besser allein.“

Sie drehte sich, um wegzugehen, aber er stoppte sie mit einer Frage. „Du hast den Kuchen gebacken?“

„Habe ich.“ Sie lachte und erinnerte sich an den Zustand der Küche, als sie mit der Arbeit fertig gewesen war. Sie könnte schwören, dass sich mehr Mehl auf dem Boden befand als im Kuchen. „Wenn er schrecklich war, sag einfach, dass du Diabetiker bist und keinen essen konntest. Auf diese Weise werde ich mich nicht schrecklich fühlen.“

„Mir hat er geschmeckt ... sehr sogar. Woher wusstest du, dass ich eine Extraportion Glasur mag?“

„Das war entweder Intuition ... oder ich habe einfach einen schiefen Kuchen gebacken und ihn mit dem süßen Zeug ausgebessert. Das kannst du dir aussuchen.“

Er schenkte ihr ein weiteres strahlendes Lächeln. „Dann entscheide ich mich für Intuition.“ Er bot ihr sein Bier an. „Kleinen Schluck gefällig?“

Katie wollte nicht unhöflich erscheinen. „Danke.“

Sie nahm ihm den Krug aus der Hand. Er war nicht mehr eisgekühlt, aber das Bier war noch kalt. Sie hob ihn an ihren Mund und ließ den Schaum ihre Oberlippe berühren.

„Hat Aspen Cove dich gut behandelt?“, fragte er.

Seine Augen lösten sich von ihr und starrten hinaus in die Dunkelheit der Nacht. Oben in den Bergen wurde es dunkel, sobald die Sonne unterging. Heute Nacht war der Mond nur eine kleine Sichel und spendete kein Licht.

„Ich liebe es hier. Die Menschen sind gut. Es war ein wahrer Segen herzukommen.“

„Ich habe gehört, Bea hat dir die Bäckerei vermacht.“ Er griff nach seinem Bier und nahm einen langen Schluck. „Welche Verbindung hast du zu Bea?“

Einen Moment lang herrschte Unsicherheit zwischen ihnen. Sie kannten sich nicht, aber sie hatten etwas gemeinsam. Sie beide hatten eine Verbindung zu Bea, nur war Katies immer noch ein Rätsel.

„Mein innerer Spürhund versucht immer noch, das herauszufinden."

„Das wirst du. Mir war immer klar, dass Bea nichts ohne triftigen Grund tut."

Katie lachte. „Sie gab mir eine Liste mit einhundert Gründen, aber keiner ergibt Sinn. Das Einzige, was mir einfällt, ist, dass sie herausgefunden hat, dass ich viele Stunden freiwillig in einem Kinderkrankenhaus gearbeitet habe."

Bowie stieß sich von der Wand ab. „Das würde Sinn machen. Bea liebte Kinder und hat gutes Betragen immer schnell belohnt." Er drehte sich um und ging zur Hintertür der Bar. „Ich denke, ich sollte an meiner eigenen Party teilnehmen. Kommst du mit, Herzogin?"

Katie bemerkte sein leichtes Hinken beim Gehen, ignorierte es aber. Sie betraten die Bar, in der sich jetzt weniger Menschen befanden als zuvor. Alle, die noch dort waren, gehörten zur Kategorie der engen Freunde und Verwandten. Es machte Katie traurig, dass Bowies Vater Ben sich fernhalten musste, aber sie zollte ihm Anerkennung dafür, dass er seine Grenzen kannte.

„Alles in Ordnung mit deiner Mutter?", fragte Sage, als Katie sich auf den Barhocker neben ihrem setzte.

„Sie kümmert sich immer noch wie eine echte Helikopter-Mutter, aber hey, sie liebt mich."

„Ich kann ihr das nicht zum Vorwurf machen." Sage blickte die Theke hinunter, wo sich die Männer versammelt hatten. Sie hielten jeweils einen Teller mit Kuchen in der Hand. Bowie war bei seinem zweiten Stück. „Bowie scheint ihn zu mögen. Ich sah euch beide zusammen reinkommen. Hattest du die Gelegenheit, ihn kennenzulernen?"

„Flüchtig. Er scheint nett zu sein."

„Er ist nett. Ich würde mich freuen, wenn ihr beide euch verstehen würdet. Wäre das nicht großartig?"

Absolut großartig, aber das Timing ist falsch. Sie musste erst einmal selbst Fuß fassen. In den fünf Minuten, in denen sie gesprochen hatten, konnte sich Katie ein besseres Bild von Bowie machen. Sie hatte immer geahnt, dass sie es wissen würde, wenn sie *den einen* traf, und etwas in ihrem Inneren verriet ihr, dass er es war. Es war mehr als sein Aussehen. Seine Verwundbarkeit zog sie an. Sie wusste, wie es sich anfühlte, Schmerz zu empfinden – dabei zuzusehen, wie einem das Leben entglitt und eine zweite Chance zu bekommen, um es zu nutzen. Vielleicht würde Aspen Cove genau das für Bowie sein. Nach Hause zu kommen war vielleicht seine zweite Chance.

„Bleibt es beim Angeln morgen?" Als Sage das Wort „Angeln" sagte, schnupperte sie in der Luft, als könne sie ihren Fang bereits riechen.

„Ja."

Katie rutschte vor Aufregung auf ihrem Hocker herum. Angeln stand auf ihrer Lebenstraum-Liste, und nach morgen könnte sie es abstreichen. Wenn sie Glück hatte, würde sie auch bald *ein Boot rudern* als erledigt abhaken. Sie sah Bowie an und fragte sich, ob er eine Liste hätte; wenn ja, würde sie so alberne Dinge beinhalten wie ihre? Dinge, wie sich zu verlieben?

KAPITEL VIER

Der Fisch klatschte auf den Bootssteg, während Katie um ihn herumhüpfte und sicherstellte, dass das schleimige Ding sie nicht berührte.

Sage war die Erste, die einen Fang an Land zog. Sie nahm ihn vom Haken, aber er glitt ihr aus den Fingern und fiel auf den Holzboden. Zuerst dachten die beiden Frauen, er sei tot. Über ihn gebeugt schauten sie auf seinen leblosen Körper und kreischten, als das arme Ding aus seiner Schockstarre erwachte und um ihre Füße herumzappelte.

„Rette ihn", flehte Sage Cannon an, der am Geländer stand und lachte.

„Was bringt das? Du wirst ihn später ja sowieso grillen." Er hob den Fisch auf und hielt ihn ihr hin. „Wenn du ihn allerdings nicht essen willst, dann solltest du ihn retten."

Sage erschauderte, bevor sie den Fisch auf ihre Handfläche legte und an ihr Gesicht hob. Katie sah aus der Ferne zu, wie ihre Freundin den Mund betrachtete, der sich öffnete und schloss. „Es tut mir so leid, kleiner Guppy. Zurück mit dir." Sage warf ihn in den See und sah zu, wie er davonschwamm. „Besuch uns mal wieder, wenn du kannst“, rief sie ihm nach.

„Warum hast du ihn wieder reingeworfen?“, fragte Cannon. „Es ging doch darum, ihn zu fangen und zu essen.“

„Nein“, sagte Sage. „Es ging darum, einen Fisch zu fangen. Das habe ich getan. Mein Leben ist vollkommen.“

Cannon zog Sage in seine Arme und küsste sie. „Ich mache dein Leben vollkommen.“

Katie beobachtete, wie die beiden miteinander umgingen. Ein Funken Neid kroch ihren Rücken hinauf und legte sich um ihr Herz. Ihnen zuzusehen war, wie Zeuge zu werden, wenn sich zwei Seelenverwandte miteinander verbanden. Da war eine gewisse Energie, die unter der Oberfläche knisterte, wenn diese beiden zusammen waren. Sie war so glücklich, dass ihre Freundin Liebe gefunden hatte und gleichzeitig traurig, dass sie noch nie etwas so Wunderbares erlebt hatte.

„Besorgt euch ein Zimmer“, ertönte eine tiefe Stimme vom Ende des Stegs.

Katie drehte sich um und entdeckte Bowie, der auf sie zuging, sein Hinken am heutigen Tag weniger auffällig.

„Von mir aus gerne.“ Cannon sah Katie an. „Sie hat immer noch nichts gefangen. Möchtest du ihre Angelstunde übernehmen?“

Bowie sah seinen Bruder missbilligend an. „Ich bin zum Mittagessen nach Hause gekommen, nicht, um Unterricht zu geben.“

Er sah Katie an. Seine Augen wanderten über ihren Körper, von ihrem langärmligen T-Shirt bis zu ihren Tennisschuhen. Sie spürte, wie ihr die Röte in die Wangen schoss, als sein Blick auf ihren nackten Beinen verharrte. Sie hatte sie immer für ihr bestes Attribut gehalten, und jetzt, da die Sonne schien und die Temperatur in Aspen Cove auf etwa sechzehn Grad gestiegen war, trug sie gerne Shorts und zeigte sie.

„Ich brauche keinen Babysitter", sagte Katie. Sie wandte sich dem Wasser zu und machte sich bereit, ihre Angel auszuwerfen.

Die Stimmen von Sage und Cannon wurden leiser, als sie das Haus betraten. Sie musste sich nicht umdrehen, um zu sehen, ob Bowie noch da war. Sie spürte seine Anwesenheit. Er war wie Hitze, die sie umfing. Sie bemerkte, wie sich ihr Magen zusammenzog und ihr Herzschlag beschleunigte. Seit ihrer Operation war sie empfänglicher für manche Empfindungen. Jede Art von Anspannung oder Erregung fühlte sich zehnmal intensiver an. Sie war sich nicht sicher, ob es daran lag, dass ihr Spenderherz schneller schlug als ihr ursprüngliches Herz, oder weil sie mehr im Einklang mit dem war, was ihr Körper ihr mitteilte. Sie wusste nur, dass ihre Zuneigung zu Bowie nicht zu leugnen war. Er entsprach ihrem Typ – groß, kräftig und grüblerisch. Sie mochte ihre Männer verletzlich. Nicht, dass sie viel Erfahrung mit Männern gehabt hätte. Mit Eltern, die gewissenhafter waren als Gefängniswärter, hatte sie nie viel Gelegenheit gehabt, mit dem anderen Geschlecht in Kontakt zu treten. Aber bei Männern, die selbst Probleme hatten, schienen ihre nicht so schwerwiegend zu sein. Seine und ihre Sorgen hatten sie einander von Anfang an ebenbürtig gemacht.

Mit der Angel in ihrer Hand ging sie die Abläufe durch, die Cannon ihr beigebracht hatte: *Halte die Rute in Hüfthöhe und die Spule darüber. Drücke deinen Finger auf die Schnur, damit das Gewicht nicht zu Boden fällt, wenn du den Dingsbums-Knopf drückst. Zieh die Angel zurück und schwing sie nach vorne, wobei du mit der Spitze der Rute schnell auf dein Ziel zeigst. Nimm deinen Finger von der Schnur, damit sie fliegen kann.*

Katie lächelte, als das Gewicht auf dem Wasser aufschlug. Sie zählte bis drei und wickelte dann die Spule auf, genau wie Cannon es ihr gezeigt hatte.

Mit dem Gefühl, etwas geleistet zu haben, drehte sie sich zu Bowie um. Seine Hand bedeckte seinen Mund, um sein Lachen zu unterdrücken. Seine Schultern zitterten, als würde er irgendeinen Anfall erleiden.

„Was?" Sie guckte ihn aus schmalen Augen an. „Das war ein perfekter Wurf."

Er stellte sich neben sie und umfasste das Holzgeländer des Stegs „Du hast recht. Das war ein perfekter Wurf."

Sie wandte sich ihm zu. Mit einer Größe von einem Meter achtundsechzig war sie durchschnittlich groß, aber Bowie überragte sie, wodurch sie sich klein fühlte. „Warum lachst du?" Sie versuchte, streng zu klingen, aber es war schwer, weil das Lächeln auf Bowies Gesicht ihr Innerstes schmelzen ließ. Sie hatte noch nie etwas so Wunderschönes gesehen.

„Was willst du denn fangen?" Er ging auf ihre andere Seite und lehnte sich ans Geländer. Sie fragte sich, ob er die Position wechselte, damit sie seine Narbe nicht sehen konnte.

„Irgendwas. Ich gehe erst, wenn ich etwas erwischt habe."

Er blickte auf ihre Beine herunter, auf denen jetzt Gänsehaut von ihren Oberschenkeln nach oben wanderte. „Du wirst dir eher eine Erkältung einfangen als einen Fisch."

Er wusste nicht, dass die Gänsehaut ganz einfach die Folge seiner Nähe zu ihr war.

„Sage hat einen Fisch gefangen. Warum hältst du mich für unfähig?"

Sein Lachen kam aus seinem tiefsten Inneren. Es bewegte sich wie ein Zittern durch seinen Körper. „Ich bin mir ziemlich sicher, dass sie einen Köder benutzt hat."

Wenn es jemals einen Moment gegeben hatte, in dem

Katie wollte, dass sich der Boden öffnet und sie verschluckt, dann war er jetzt. Bowie hatte recht; sie hatte einen leeren Haken ausgeworfen.

Sie wandte sich dem Wasser zu und wickelte die Schnur auf. In der leichten Brise schwang ihr leerer Haken hin und her. „Ich kann nicht glauben, dass ich das getan habe." Es war schwierig, sich allzu lange zu schämen, weil es so lustig war. Sie griff in den offenen Angelkasten und zog einen neongelben Köder heraus.

„Das ist Schummeln."

„Ich verstehe nicht." Sie stellte den Behälter auf den Rand des Geländers. „Es ist das, was Sage benutzt hat."

Bowie öffnete das Glas, zog ein Pellet heraus und hielt es ihr vor die Nase. „Das zu benutzen ist nicht wirklich Angeln." Er warf den leuchtenden Köderball ins Wasser. „Es ist, als würdest du nackt die Straße entlang spazieren und nicht erwarten, dass Männer dich anstarren."

Katie runzelte die Stirn und lehnte sich gegen das Geländer. Sie verstand nicht, worauf er hinauswollte. „Kannst du das genauer erklären?"

Bowie kehrte dem See den Rücken zu und lehnte sich neben ihr ans Geländer. „Ich sage nur, dass es nicht wirklich Angeln ist. Angeln ist eine Kunst für sich. Es zählt nicht wirklich, wenn man die Mahlzeit vor der Beute fallen lässt und eine blinkende Leuchtreklame mit der Aufschrift ‚friss mich' einschaltet."

„Welche Rolle spielt das, wenn ich am Ende einen Fisch fange?"

„Warte hier." Bowie verschwand für ein paar Minuten, während Katie auf das Wasser hinausschaute. Als er zurückkam, baumelte ein Wurm zwischen seinen Fingern. „Benutz das hier."

Sie machte einen Schritt zurück. Katie hatte weder etwas

für Käfer noch für Schlangen übrig und ein Wurm war ihrer Meinung nach eine Kreuzung aus beidem. „Den fasse ich nicht an."

Er trat auf sie zu. „Ach, komm schon. Es ist nur ein Wurm. Wenn du Sage übertrumpfen willst, dann wirst du ihn benutzen."

„Ich bin nicht daran interessiert, Sage zu übertreffen. Ich möchte einen Fisch fangen."

„Wie wäre es mit einem Kompromiss? Ich befestige ihn am Haken. Du wirfst die Angel aus. Du darfst dich auch damit brüsten, wenn du deinen Fisch fängst."

Katie sah sich den neonfarbenen Behälter an, der auf dem Geländer stand. Es war etwas Unnatürliches daran, einen Köder mit der Textur eines Marshmallows und dem Glanz der Sonne zu verwenden.

„Gut, aber wenn ich keinen Fisch fange, ist es deine Schuld. Dann wirst du damit leben müssen, dass ich das nicht von meiner Lebenstraum-Liste streichen kann."

„Du hast keine sehr ehrgeizige Liste." Er durchbohrte den Wurm und sah zu, wie er am Haken baumelte.

Sie stellte sich vor, dass seine Liste, falls er eine hätte, Dinge wie durchs Feuer laufen, Drachenfliegen oder Schwimmen mit Haien beinhalten würde. Er hatte eine gefährliche Ausstrahlung. Nicht, dass er gefährlich aussah, aber er schien nicht der Typ zu sein, der einer Herausforderung aus dem Weg ging.

„Ich möchte alltäglichere Dinge erleben, bevor ich versuche, aus einem Flugzeug zu springen."

Sie griff nach der Angelrute und ging die Abläufe eines perfekten Wurfes durch. Als der Haken auf das Wasser traf, wusste sie, dass sie dieses Mal erfolgreich sein würde. Wie konnte es nicht so sein, wenn sie mit dem Mann angelte, der den Köder- und Angelladen betrieb?

„Das habe ich schon Hunderte Male gemacht. Der Sprung ist immer aufregend. Der Flug ist belebend. Die Landung ist furchteinflößend. Zumindest für mich."

Sie holte die überschüssige Schnur ein und wartete. „Du hast wohl die Landung nicht perfektioniert?" Sie wusste von Cannon, dass Bowie in einer Spezialtruppe der Armee gewesen war. Zweifellos war er aus vielen Dingen herausgesprungen, einschließlich Flugzeugen.

„Die Landung kann verdammt knifflig sein, wenn man dabei Kugeln ausweichen muss."

„Ich kann mir das nicht vorstellen, aber ich bewundere dich für deinen Einsatz. Es tut mir leid, dass du wegen einer Verletzung aus der Armee ausscheiden musstest." Sie blickte auf sein Bein herunter. Eine rote Narbe verlief von der Unterseite seines Knies, und verschwand unter dem ausgefransten Rand seiner abgeschnittenen Freizeithose. „Bereitet dir das große Schmerzen?"

„Schon, hauptsächlich die Steifheit, aber ich komme damit zurecht."

„Manchmal ist sich mit etwas abzufinden alles, was wir tun können."

Katie verstand dieses Konzept nur zu gut. Sie hatte noch nie so schreckliche Schmerzen erlebt wie die, als man ihr den Brustkorb durchschnitt, um ihr Herz herauszunehmen. Die Genesung hatte Monate gedauert. Gelegentlich spürte sie noch die Phantomschmerzen der Heilung. Das scharfe Stechen von Knochen, die von allein zusammenwuchsen. Es war Jahre her, aber einige Dinge vergaß sie niemals.

Eine Welle im Wasser und das Wackeln ihrer Schnur erregten ihre Aufmerksamkeit. „Es hat was angebissen."

„Da knabbert nur was. Warte eine Sekunde." Er stand hinter ihr, schlang seine Arme um ihren Körper und zeigte ihr, wie man die Angel hielt. „Beim nächsten Knabbern ziehen wir fest daran."

Sein Kinn lag auf ihrer Schulter, und eine Glückswelle durchströmte ihren Körper. Katie wusste nicht, was ihr Herz schneller schlagen ließ. War es Bowie, der sich an sie drückte, oder dass sie einen Fisch am Haken hatte?

Das Ende ihrer Angelrute bog sich und mit seiner Hilfe riss sie an der Leine. Innerhalb von Sekunden befand sie sich in einem Kampf mit dem Fisch. So wie sich das Ding wehrte, war sie sicher, dass es hundert Pfund wog. Zu ihrer Überraschung war der Fisch, als sie es endlich geschafft hatte, ihn einzuholen, nicht größer als ihr Schuh in Größe neununddreißig.

„Er hat eine gute Größe. Willst du ihn behalten?" Bowie packte den schleimigen Fisch und entfernte geschickt den Haken aus seinem Maul. Das arme Ding durfte nicht einmal den Wurm behalten, der mit dem Haken herauskam.

Ihr Kopf schüttelte sich, noch bevor die Worte draußen waren. „Nee. Es reicht mir zu wissen, dass ich ihn gefangen habe." Sie war so euphorisch von ihrer Leistung, dass sie ihre Arme um Bowies Hals warf, sobald er den Fisch zurück ins Wasser befördert hatte und seine vernarbte Wange küsste. „Vielen Dank für deine Hilfe."

Er trat zurück und starrte sie an. „Du bist einfach glücklich zu machen, Herzogin."

„Ja, aber man sagt, ich sei nicht anspruchslos." Sie kicherte, als sie sich auf den Steg kniete und die Köderbox zusammenpackte.

„Und witzig bist du auch noch." Er stand über ihr und warf einen Schatten über den Steg, während sie alles einpackte.

„Nur samstags." Sie verschloss die Box und stand auf. „Ich sollte zurück in die Bäckerei gehen, damit dein Vater auch zu Mittag essen kann." Sie nahm die Angelrute und die Kiste und ging auf das Haus zu.

„Wie hast du ihn dazu gebracht, dort zu arbeiten?" Bowie folgte ihr zur Veranda, wo sie die Angelrute und Köderbox absetzte und dann weiter zu ihrem Geländewagen ging.

„Das war Sage. Sie brachte ihn dazu, bei mir anzufangen. Er bleibt nur, weil er kostenlose Muffins bekommt."

Das war nicht die Wahrheit. Er blieb, weil sie ihn brauchte, trotz Katies Wunsch, unabhängig zu sein. Eine Sache, die sie über Ben gelernt hatte, war, dass er nach einem Sinn im Leben suchte und selbst wenn sich die Dinge im Laufe der Zeit ändern könnten, bot Katie ihm diesen.

„Wirst du bleiben?"

Bowie sah sich um. Sein Blick fiel auf die Frühstückspension. „Es gibt einfach zu viele Erinnerungen für mich." Er öffnete ihre Autotür. „Ich bleibe den Sommer über. Cannon braucht die Unterstützung." Seine Augen ruhten auf ihren Beinen, als sie in ihr Auto stieg.

Er steht auf Beine. „Du könntest neue Erinnerungen schaffen", sagte sie mit hoffnungsvollem Ton. Obwohl sie Bowie gerade erst getroffen hatte, gab es eine Verletzlichkeit, die sie zu ihm hinzog.

„Für mich gibt es hier nichts mehr." Er wartete darauf, dass sie ihren Sicherheitsgurt anlegte, bevor er die Tür schloss.

Sie fuhr rückwärts aus der Einfahrt heraus. Als sie mit ihrem Auto die *Main Street* entlangfuhr, gab es nur den einen einzigen Gedanken in ihrem Kopf. *Ich werde dir beweisen, dass du dich irrst.*

Sie konnte es kaum erwarten, nach Hause zu kommen und einen neuen Punkt auf ihre Liste zu setzen. Irgendwie würde sie Bowie dazu bringen, Aspen Cove in einem anderen Licht zu sehen.

KAPITEL FÜNF

„Willst du heute Abend in der Bar helfen?“, fragte Cannon. Beide Brüder waren in der Küche und plünderten den Kühlschrank. Bowie holte das Brathähnchen heraus, während Cannon nach der Marmelade griff.

„Du brauchst Hilfe in der Bar?“ Er riss ein Hühnerbein ab und biss hinein. Er hatte tatsächlich eine Vorliebe für Beine.

„Es ist Samstag. Ich kann jede Hilfe gebrauchen, die ich bekommen kann.“

Nachdem Katie gegangen war, hatte Bowie sich ein Stück Obst geschnappt und war wieder in den Köder- und Angelladen zurückgekehrt. Er war mit dem Touristenansturm beschäftigt gewesen. Dieser begann im Frühjahr und ließ erst beim ersten Schneefall nach.

Der Duft von Backwaren drang durch die Wände der Bäckerei nebenan und war eine ständige Erinnerung an seine Vergangenheit. Er dachte an eine Zeit zurück, als der Geruch von Süßwaren bedeutete, dass Brandy nebenan etwas Leckeres zauberte. Es war eine bittersüße Erinnerung, den perfekten Duft seiner Vergangenheit einzuatmen und zu wissen, dass sie niemals Teil seiner Zukunft sein würde.

Im Laufe der Jahre hatte er sich an die Idee gewöhnt, dass sein Leben eine Reihe von *One-Night-Stands* sein würde. Das beste Mittel, ein gebrochenes Herz zu vermeiden, war, seines nicht zu zeigen. Verdammt, nach Brandys Tod war sein Herz vertrocknet und verkümmert. Es war eine Einöde. So manche Frau hatte versucht, den Samen der Liebe in sein Herz zu pflanzen, aber er hatte nie Wurzeln geschlagen. Auf unfruchtbarem Boden konnte nichts wachsen.

„Lass mich duschen und umziehen. Wir treffen uns dort."

Cannon bestrich ein Brot dick mit Erdnussbutter und gab einen Klecks Marmelade in die Mitte, bevor er die beiden Hälften zusammenklappte. Dann nahm er einen Bissen. „Hat Katie einen Fisch gefangen?", fragte er undeutlich, mit vollem Mund.

Bowie lächelte bei der Erinnerung. Wie stolz sie aussah, als er den Fisch hochhielt. „Ja, sie hat eine ganz anständige Forelle gefangen – und das richtig, mit einem Wurm." Er warf den Hühnerbeinknochen in den Mülleimer. „Ich kann nicht glauben, dass du sie diesen bescheuerten Köder hast benutzen lassen."

Dieser verschmitzte Blick machte sich wieder auf Cannons Gesicht breit. Wenn Cannons Augen so riesig wurden und dieses Glitzern in ihnen aufflammte, heckte er entweder etwas aus, verheimlichte etwas oder hatte irgendetwas ausgefressen. Bowie hatte diesen Blick vermisst.

„Ich hatte andere Pläne, und Angeln gehörte nicht dazu."

„Du liebst Sage wirklich, oder?"

Es war eine blöde Frage. Cannon konnte seine Hände nicht von ihr lassen. Wenn er nicht bei ihr war, dann sprach er ununterbrochen von ihr. Es erinnerte Bowie daran, wie es sich anfühlte, verliebt zu sein.

Besser er als ich.

„Was hältst du von Katie?“ Cannon hob die Augenbrauen.

„Fang nicht mit so was an. Die Herzogin scheint ein nettes Mädchen zu sein, aber ich bin nicht interessiert.“

Er meinte damit, dass er kein langfristiges Interesse an ihr hatte. Es gab aber viel, woran man interessiert sein könnte, um sich zu amüsieren. Sie hatte Beine, die wie dazu geschaffen waren, sich um seine Hüften zu legen. Er konnte nicht umhin zu bemerken, dass sie an den richtigen Stellen durchtrainiert und wohlgeformt war. Trotz ihrer hochgeschlossenen T-Shirts konnte sie ihre Brüste nur schwer verstecken. Brüste, von denen Bowie überzeugt war, dass sie die perfekte Größe haben würden, um seine großen Hände auszufüllen.

„Es würde dir nicht schaden, jemanden an dich heranzulassen.“

„Ratschläge von dem Mann, der weniger verloren hat und jahrelang damit gewartet hat, dasselbe zu tun. Ich verzichte.“

„Wie du meinst.“ Cannon schnappte sich seine Schlüssel und ging zur Tür. „Ist irgendwie ein feiger Schachzug, wenn du mich fragst. Du bist bereit, Kugeln auszuweichen, aber nicht gewillt, das Risiko einer Beziehung einzugehen.“ Cannon ging hinaus.

Bowie konnte ihm nicht widersprechen. Kugeln waren kein Problem, es sei denn, sie beendeten eine Karriere. Er blickte auf sein Knie herunter. Die Narbe begann dort und reichte bis zu seiner Hüfte. Er hasste es, dass sein Bruder ihn für einen Feigling hielt, aber er hatte keine Ahnung, wie er Cannons Meinung ändern sollte. Er hatte nicht vor, sich noch einmal zu verlieben.

Er betrat sein altes Schlafzimmer. Nichts hatte sich geändert. Es war, als wäre er erst gestern gegangen. Auf seiner

Kommode befand sich seine Sammlung mit Modellflugzeugen – eine Besessenheit seit seiner Kindheit. Neben dem B-1-Bomber lag der Abriss einer Kinoeintrittskarte für einen Film, den er in der Woche vor dem Unfall gesehen hatte. Er und Brandy hatten sich *Witch Mountain* angesehen, weil sie eine Vorliebe für alles gehabt hatte, das mit *Disney* zusammenhing.

Er ging unter die Dusche, stand unter dem heißen Wasserstrahl und versuchte, die Erinnerungen wegzuspülen. Als das Wasser über seinen Körper rann, schloss er die Augen und sah nicht Brandy; er sah Katie. Er erlebte den Moment noch einmal, als sie sagte, sie sei zwar einfach glücklich zu machen, aber nicht anspruchslos.

Sein Körper reagierte auf die einzige Art und Weise, wie ein Mann es tun konnte, der an diese langen Beine dachte, die um seine Taille geschlungen waren. Er wurde immer härter und erregter, bis er keine andere Wahl hatte, als sich selbst zu erleichtern. Bowie hatte im Laufe der Jahre oft auf Selbstbefriedigung zurückgegriffen, aber noch nie hatte er sie so intensiv und lustvoll empfunden.

Nach diesem Erlebnis wollte er eigentlich nur noch ins Bett kriechen und schlafen, aber sein Vater war zu Hause, also zog er sich an und ging zu ihm ins Wohnzimmer.

„Hallo, Paps." Bowie setzte sich neben seinen Vater auf das Sofa.

Ben stellte den Fernsehapparat leiser und wandte sich seinem Sohn zu. „Du hast deine ersten vierundzwanzig Stunden überstanden. Ich würde sagen, das sind die Schwierigsten." Er beugte sich vor und tätschelte Bowie die Schulter. „Es wird nicht einfach sein, mein Sohn."

„Du hast recht, aber du musst wissen, dass ich nur lange genug bleibe, um meinen nächsten Schritt zu planen."

Das Strahlen in Bens Augen erlosch. Er senkte den Kopf. „Ich bin kein gutes Vorbild für den richtigen Umgang mit Trauer. Wir alle haben unsere eigenen Methoden. Meine war das Betäuben mit Alkohol. Ich denke, deine ist der Adrenalinschub, den du bekommst, wenn du um dein Leben rennen musst." Er schüttelte den Kopf. „Beides ist nicht gesund. Meine Methode hätte mich meine Leber kosten können. Deine hätte dich auf der Stelle töten können. Haben wir nicht schon genug Tod erlebt?"

„Ja, das haben wir."

Sein Vater hatte recht. Bowies Leben war vom Tod umgeben gewesen, angefangen mit seiner Mutter und Brandy. Dann trat er in die US-Armee ein, wurde Ranger in einer Elitetruppe und erlebte regelmäßig den Tod. Er war immun dagegen geworden. Bowie hatte seit Jahren nur wenig empfunden – bis er sie traf. Irgendetwas an Katie weckte Gefühle in ihm. Die Anziehungskraft war spürbar, aber noch mehr als das gab es etwas an ihr, das ihm unter die Haut ging. Er war sich nicht sicher, ob es ihm gefiel oder ob er es hasste. Alles, was er wusste, war, dass er ihr nichts anderes zu bieten hatte als eine schöne Zeit mit ihm. Wenn sie damit einverstanden wäre, dann würde sein kurzer Aufenthalt in Aspen Cove erträglich sein.

„Hilfst du heute Abend in der Bar?" Sein Vater griff nach seiner Tasse Kaffee.

„Es sei denn, du brauchst mich hier."

Bowie betete, dass sein Vater ihn bitten würde zu bleiben, aber er war sich sicher, dass er das nicht tun würde. Er wusste, dass sein Vater egoistisch gewesen war, jeden einzelnen Tag in den letzten Jahren, und dabei hatte er es nicht einmal selbst miterlebt. Doch dieser selbstsüchtige Mann existierte nicht mehr, und an dessen Stelle war wieder der Vater getreten, den er immer geliebt hatte.

„Geh und hilf deinem Bruder. Ich wünschte, ich könnte euch zur Hand gehen, aber es ist nicht klug, einen Alkoholiker in eine Bar zu stellen. Die Bäckerei schließt morgen früher als sonst. Wie wäre es, wenn ich dir im Laden helfe?"

Bowie lachte. „Ich kann immer noch nicht glauben, dass du Bäcker bist."

„Ich musste meine Energie eben woanders einsetzen." Er tätschelte sich den Bauch. „Ich kann nicht sagen, dass es eine bessere Sucht ist, diesen ganzen Süßkram zu essen, aber wenigstens wache ich nicht an seltsamen Orten auf. Außerdem ist diese Katie ... sie ist etwas Besonderes. Ich kann nicht genau sagen, warum, aber ich glaube, sie braucht Hilfe. Obwohl sie die Letzte sein wird, die darum bittet. Was hältst du von ihr?"

„Zu früh, um das zu beurteilen. Sie scheint in Ordnung zu sein."

Er würde seinem Vater nicht auf die Nase binden, dass seine Gedanken jedes Mal, wenn er sie sah, um Sex kreisten. Erstens würde ihn das hoffen lassen, dass es eine Chance für Bowie gab, wieder zu lieben, und das war ausgeschlossen. Zweitens vermutete er ganz stark, dass sein Vater es nicht tolerieren würde, wenn seine Absichten nicht ehrenhaft wären.

Bowie hatte nicht den Wunsch, unehrenhaft zu sein. Er würde jeden Zentimeter ihres Körpers ehren und jeden Zentimeter seines Körpers mit ihr teilen, bis auf sein Herz.

„Du machst dich besser auf den Weg. Dieses Wochenende sind eine Menge Leute in der Stadt. Außerdem babysitte ich heute Abend."

Bowies Augenbrauen hoben sich. „Zuerst Bäcker und jetzt auch noch Babysitter. Ich kann es nicht glauben."

„Es ist nicht das, was du denkst. Ich passe auf Sages Hund, Otis, auf. Sie sollte ihn jeden Moment vorbeibringen."

Kaum hatte er das letzte Wort ausgesprochen, da öffnete sich die Tür und Sage steckte ihren Kopf herein. „Ben, ich bin es mit Otis. Bist du so weit?"

Bowie hatte nicht erwartet, angegriffen zu werden, aber sobald das haarige Ungetüm die Tür hinter sich gelassen hatte, rannte es direkt auf die Couch zu. Als der Hund in die Luft sprang, begutachtete Bowie sein fehlendes Hinterbein.

Cannon ist also nicht der einzige Streuner, den sie aufgelesen hat.

Er drehte seinen Kopf von einer Seite zur anderen und versuchte, der nassen Hundezunge auszuweichen, aber es nützte nichts. Otis wollte Bowie einen Kuss geben.

„Otis", schimpfte Sage. „Stopp."

Der Hund schaute eine Sekunde zu ihr hin und leckte dann wieder über Bowies Gesicht. Er lachte, denn egal wie sehr Sage sich auch bemühte, ihre Stimme zu erheben, sie könnte anderen trotzdem keine Angst einflößen. Die Frau war wie ein winziger Kobold, mit roten Haaren und überhaupt.

Bowie hob den Hund hoch und setzte ihn auf Bens Schoß. „Du bist dran." Otis zögerte keine Sekunde. Er war nicht besonders wählerisch, wen er liebte, solange er jemanden ablecken durfte. Bowie schaute an dem Fellknäuel vorbei zu seinem Vater. „Bis später, Paps."

Immer noch lachend verabschiedete sich Bowie von seinem Vater und Sage.

Draußen holte er seine Harley aus der Garage. Er hatte sie hinter seinem Truck nach Aspen Cove hergezogen und konnte es nicht erwarten, darauf zu fahren. Heute Abend war das Wetter perfekt.

„Ist das eine Harley?" Sage lachte die Worte heraus.

Er sah sie neugierig an. Er verstand nicht, was so lustig war. „Willst du mitfahren?"

„Oh nein. Du hast das falsche Mädchen. Das wäre Katie. Sie liebt die harten Kerle auf Motorrädern." Sage ging zu ihrem Geländewagen und öffnete ihre Tür, während Bowie seinen Helm aufsetzte. „Du bist nicht zufällig vorbestraft, oder?" Sie wartete seine Antwort nicht ab, sondern lachte und schloss ihre Tür.

Bowie hatte keine Ahnung, was er von diesem Gespräch halten sollte. Er hatte keine Gefängnisakte. Er sah vielleicht wie ein Mörder aus, aber er war nicht so ein Typ. Er startete sein Motorrad und gab Gas, bis es aufheulte. Er könnte den harten Kerl geben. Er könnte es Katie geben.

Er machte die kurze Fahrt die *Main Street* hinunter und parkte vor der Bar. Die Sonne stand tief am Himmel und würde sich innerhalb weniger Minuten hinter dem Gipfel verstecken und die Stadt in Dunkelheit hüllen. Er schaute zu den verdunkelten Fenstern der Bäckerei hinüber und fragte sich, wie Katie ihre Abende verbrachte. Es war nicht so, als wäre Aspen Cove ein Unterhaltungsmekka. Da gab es die Bar, und das war es auch schon.

Er wandte sich von der Finsternis ab und betrat das helle Lokal. Seine Frage wurde beantwortet, als er sich umsah und Katie mit Dalton und seinen Freunden Billard spielen sah. Vielleicht war er zu spät, um bei Katie zum Zug zu kommen. Hatte Sage ihm einen Hinweis geben wollen?

Wenn er sich die kurvenreiche Blondine so anschaute, wirkte sie eher wie eine Schönheitskönigin als eine Motorradbraut. Wenn sie die harten Kerle mochte, dann war Dalton nicht wirklich gefährlich. Er war der Beschützertyp. Konnte man den Gerüchten Glauben schenken, dann hatte er sich eher wie ein Retter und nicht wie ein Täter verhalten, als er diesen Mann tötete. Bowie hätte das Gleiche getan. Es gab Dinge, die ein Mann niemals tolerieren sollte, und der Missbrauch von Frauen, Kindern und Tieren fiel in diese Kategorie.

Er ging an der Gruppe vorbei, die Billard spielte, aber er wusste, dass die Augen der Herzogin auf ihn gerichtet waren. Die Hitze ihres starren Blicks brannte durch seine Lederjacke hindurch. Sie stand physisch bei Dalton, aber sie hatte ihn im Visier.

„Das wurde aber auch Zeit", sagte Cannon. „Ich dachte schon, du hättest mich versetzt." Er nickte zum Ende des Tresens, wo die Anglergruppe saß, der er an diesem Morgen Ruten verkauft hatte. „Nimm ihre Bestellung auf und tausche dann das Fass gegen das mit Pils aus."

Bowies erster Instinkt war, seinem Bruder zu sagen, er solle sich zum Teufel scheren. Er hatte noch nie Befehle von Cannon entgegengenommen. Der Bruder, an den er sich erinnerte, war nicht der Mann, der vor ihm stand. Er war von einem vierundzwanzigjährigen Kind zu einem Mann herangewachsen.

Sobald sich die Eingangstür wieder öffnete, wusste er, dass Sage gekommen war, weil Cannons Augen diesen albernen, verliebten Ausdruck bekamen. Er wusste auch, dass er sich alleine um die Bar kümmern würde.

Sobald sie die Thekenbestände aufgefüllt hatten, verschwanden Cannon und Sage den Flur hinunter zum Lagerraum.

„Kann ich Nachschub bekommen?" Katie stellte ihr Glas auf die Theke.

„*Jack Daniels* und Cola?" Angesichts der dunklen Flüssigkeit unten im Glas war das für ihn am wahrscheinlichsten.

„Ja, aber ich nehme es ohne den Jack. Ich mochte diesen Mann noch nie."

Sie lächelte und seine Knie wurden weich. Es war lächerlich, dass er sich durch ihre bloße Anwesenheit wie ein kleiner Junge fühlte. Er war weit über die Pubertät hinaus.

„Dann also Cola." Er schaute an ihr vorbei zu Dalton. „Läuft da was zwischen dir und Dalton?"

Ihr Parfüm stieg ihm in die Nase, als sie sich umdrehte und den Mann ansah, den jeder als menschliche Eiche bezeichnete. Mit seinen ein Meter dreiundneunzig war Bowie schon groß, aber Dalton überragte ihn noch. In Aspen Cove gab es große Männer.

„Dalton und ich?" Sie kicherte. „Nein." Sie schüttelte den Kopf. „Er ist der ältere Bruder, den ich gerne hätte."

Dalton tat Bowie leid. Nichts ließ die Potenz eines Mannes schneller schrumpfen als ein Mädchen, das die „Bruderkarte" ausspielte. Das war genauso schlimm wie die „Freundeskarte".

„Ich habe gehört, du magst die harten Kerle." Er stellte ihre Limonade auf den Tresen.

Sie hob das Glas an ihre Lippen und nahm einen Schluck. „Das tue ich, aber Dalton ist kein harter Kerl. Er ist wie Bambi mit Testosteron. Was ist mit dir? Bist du ein harter Kerl?"

Bowie wollte ihr am liebsten zeigen, wie hart er sein könnte. „Ich bin *der* harte Kerl schlechthin."

„Angeber." Sie drehte sich um und ging.

Cannon tauchte eine Stunde später wieder auf. Für den Rest der Nacht zapften die Brüder Bier und schenkten Schnaps ein.

Egal, wo Katie sich in der Bar aufhielt, Bowie kannte ihren genauen Standort. Er konnte kein Auge von ihr lassen. Als sie sich fertigmachte, um zu gehen, bat Cannon ihn, sie nach Hause zu bringen.

„Ich möchte nicht, dass sie alleine hinter dem Gebäude

herumläuft. Es gibt zu viele Fremde in der Stadt, um das zu riskieren."

Es war ein gutes Argument, aber Cannon hatte gesehen, dass Bowie sie die ganze Nacht beobachtet hatte. Er hatte es ein paar Mal kommentiert. Bowie wusste, dass sein Bruder etwas anderes im Sinn hatte.

„Kuppelei steht dir nicht", sagte Bowie.

„Wenn ich es dir selbst überlasse, wird gar nichts passieren. Große Klappe, nichts dahinter, oder wie man in Katies Heimatstaat Texas sagt: ‚Großen Cowboyhut haben, aber keine Rinder'."

„Du kannst mich mal." Bowie schnappte sich seine Jacke und rannte hinter Katie aus der Tür. „Warte." Er erreichte sie mit drei langen Schritten. „Du solltest hier nicht alleine rausgehen. Es ist gefährlich."

Sie blickte die verlassene Straße auf und ab. „Ich sehe nirgendwo eine Gefahr."

Sie gingen hinter der Bar herum zur Bäckerei. Als er sie an die Tür brachte, die zu ihrer Wohnung im Obergeschoss führte, drehte er sie um, lehnte sich an die Wand und hielt sie zwischen seinen Armen gefangen.

„Die Gefahr steht direkt vor dir, Herzogin, und du erkennst sie nicht einmal." Er beugte sich vor und streifte mit seinen Lippen über ihre. „Ich möchte dich küssen, aber du musst wissen, dass wir nie mehr als nur eine gute Zeit miteinander haben werden."

Sie fuhr mit den Händen über seine Brust. „Das ist alles, was sich ein Mädchen erhoffen kann."

Bowie brauchte keine weitere Ermutigung. Er drückte seinen Mund auf ihren, bis sie diese schönen Lippen öffnete und ihm Zugang gewährte. Als seine Zunge über die samtige Weichheit von ihrer tanzte, überkam ihn eine tiefe Ruhe. Wenn er gedacht hatte, sie wäre ihm unter die Haut gegangen, dann verankerte sie dieser Kuss tief in seinem Inneren. Jede Zelle, die er für tot gehalten hatte, wurde lebendig. Katie Middleton würde ein Problem für ihn sein. Verdammt, wie sollte sie das nicht sein? Sie fühlte sich an wie der Himmel, duftete nach Blumen und schmeckte nach Ärger.

KAPITEL SECHS

Dieser verdammte Mann küsste Katie, als hinge sein Leben davon ab, und dann ging er einfach. Das war am Samstag. Seitdem war er wie vom Erdboden verschluckt. Klar, sie hatte ihn im Köder- und Angelladen gesehen. Sie war ihm auch in der Bar begegnet, aber jetzt war Mittwoch. Seit jener Nacht hatte sie nicht mehr mit ihm gesprochen, geschweige denn ihn wieder geküsst.

Es machte ihr Angst, dass sie nach beidem so sehr verlangte. War es, weil seine Küsse alle bisherigen, die sie erlebt hatte, in den Schatten stellten? Oder war es so, dass sie eine Verbundenheit mit ihm spürte, die das bestätigte, was sie auf den ersten Blick gewusst hatte – dass er der Richtige war? Sie spürte die Anziehung zwischen ihnen, ein unsichtbares Band, das sie zusammenschweißte. Obwohl es unmöglich war, schien sie ihn irgendwie zu kennen, als wären sie durch etwas ganz Besonderes miteinander verknüpft.

Jedes Mal, wenn sie unten am Treppenaufgang zu ihrer Wohnung stand, schloss sie die Augen und erlebte diesen kurzen, aber perfekten Moment wieder.

„Wir haben keine Muffins mehr“, rief Ben von vorne.

Katie war hinten in der Backstube gewesen und hatte ihre Fähigkeiten im Kuchenbacken perfektioniert. Wegen des Touristenzustroms in der Stadt musste sie eine größere Gebäckauswahl anbieten. In einer Regalecke hatte sie mehrere winzige Kastenformen gefunden. Gestern hatte sie Mini-Sandkuchen gebacken. Heute versuchte sie sich an Karottenkuchen.

„Ich bin gerade dabei."

Schweißtröpfchen sammelten sich auf ihrer Stirn. Da beide Öfen liefen und Katie hart daran arbeitete, den Rückstand aufzuholen, war ihr heiß. Sie öffnete die Hintertür und kam zurück, um die Zutaten für die Schokoladen-Muffins in den Mixer zu werfen.

Ein Schatten fiel über den Boden. Ihre Augen folgten dem länglichen grauen Umriss eines Körpers, bis sie den Mann erspähte, der in der Tür stand – Bowie. Seine Hände packten den Türpfosten. Er lehnte sich einige Male vor und zurück. Sein Blick wanderte zu ihr und dann zu der Treppe, die zu ihrer Wohnung hinaufführte.

Er versteckte seinen zwiegespaltenen Blick hinter einem Lächeln. „Was machst du da?"

Ihr Herz schlug dreimal so schnell wie sonst. Es war, als hätte sie ihn herbeigezaubert, nur weil sie an ihn gedacht hatte. „Muffins mit Schokoladenstückchen."

Obwohl sie überglücklich war, ihn zu sehen, zeigte sie es nicht; zumindest hoffte sie, dass sie es nicht tat. In den letzten Tagen hatte sie sich immer wieder gesagt, dass sie sich nicht beirren lassen sollte. Ihr Streben nach Unabhängigkeit ließ keinen Platz für einen Mann, der ihr Herz allein durch seine Anwesenheit zum Rasen brachte.

„Die liebe ich. Gibst du auch Orange dazu?" Er sah sich in der Backstube um, betrat sie aber nicht.

„Du kannst ruhig reinkommen", sagte sie.

Er machte einen halbherzigen Schritt nach vorne, ging dann aber rückwärts aus der Tür heraus. „Ich kann wirklich nicht. Es fühlt sich nicht richtig an."

Katie zuckte mit den Schultern. „Es ist okay, ich verstehe. Möchtest du, dass ich deinen Vater mit ein paar Muffins zu dir schicke, wenn sie fertig sind?"

Bowie sah zu, wie sich die Zutaten im Mixer drehten. „Nur, wenn du Orange in die Mischung gibst. Bea hat sie immer hineingetan, und niemand konnte sich erklären, was die Muffins so besonders machte. Brandy hat mir dann mal verraten, dass die Geheimzutat Orangenessenz sei."

„Ich werde es ausprobieren." Beim Aufräumen der Vorräte hatte Katie viele aromatisierte Öle gefunden. Sie hatte keine Ahnung gehabt, wofür sie verwendet wurden, aber jetzt wusste sie es.

Er stand da und starrte sie an. Es gab noch etwas, das er sagen wollte; man konnte es an seinem Gesichtsausdruck ablesen, aber er schwieg.

Sie stellte den Mixer ab und ging zur Tür hinüber, wo er sich immer noch am Türrahmen festhielt. „Dieser Kuss neulich Abend."

Sie wusste, dass sie mit dem Feuer spielte, denn er hatte ihr gesagt, dass er sich nur amüsieren wollte. Sie hatte lange und intensiv über Bowies Platz in ihrem Leben nachgedacht. Er hatte klargestellt, dass sie für ihn nur ein Zeitvertreib sein würde.

Er beugte sich vor. „Was das angeht." Er schaute hoch an die Decke, als wären die Worte, die er suchte, dort abgedruckt.

Egal, wie sehr sie versuchte, sich eine gemeinsame Zeit mit Bowie aus dem Kopf zu schlagen, sie war machtlos. Sie rechtfertigte ihre Handlungsweise, indem sie sich selbst einredete, dass er für sie dasselbe sein würde. Bowie Bishop war nichts als ein Zeitvertreib, und wenn es etwas gab, das sie gerade in ihrem Leben brauchte, dann war es eine schöne Zeit.

„Ja, der Kuss." Sie stellte sich auf die Zehenspitzen und strich mit ihren Lippen über seine, bevor sie sich von ihm zurückzog. „Ich bin mir ziemlich sicher, dass du das besser kannst." Sie war überzeugt davon, dass ein Mann wie Bowie es nicht besonders schätzen würde, wenn ein Mädchen ihn auf seine Schwächen hinwies. Sein Kuss war zwar perfekt gewesen, aber zu kurz. Also ... könnte er es tatsächlich besser machen.

„Was du nicht sagst." Er zog sie an sich und trat in den Sonnenschein. „Dir hat mein Kuss also nicht gefallen?"

Er drückte sie gegen das Backsteingebäude und presste seinen Körper an ihren. Seine harte Brust stieß gegen ihre weichen Brüste. Sein Bein machte es sich zwischen ihren Schenkeln bequem.

Sie saß so gut wie in der Falle, aber es gefiel ihr. „Doch, hat er, aber ihm fehlte Länge." Sie hatte ihre Worte sorgfältig gewählt, da sie wusste, dass er mehr in ihre Worte hineinlesen würde als den Kuss.

„Herzogin, ich kann dir nicht viel geben, aber Länge ist vorhanden." Er schob seine Hüften näher an sie heran.

Es fehlt ihm definitiv nicht an Länge.

Sie konnte seine wiederholten Warnungen nicht ignorieren. Er hatte nichts zu geben außer seinem Körper. Das war eine Lüge, die er sich selbst auftischte, aber es war nicht ihre Pflicht, ihn darauf hinzuweisen. Ihre einzige Aufgabe bestand darin, herauszufinden, ob ihr das, was er anbot, auch wirklich genügte.

Konnte sie sich mit nur einem Teil von ihm zufriedengeben – dem langen, harten Teil? Sie hatte noch nie einen *One-Night-Stand* gehabt. Vielleicht gehörte das auch auf ihre Liste. Andererseits lag es in ihrer Natur, alles zu geben. Was wäre, wenn sie ihm alles gäbe und er ihr nichts als eine schöne Zeit bereiten würde? Sie hatte ihm am Samstagabend gesagt, dass ein paar nette Stunden das Einzige wären, was ein Mädchen sich erhoffen könnte, aber das war eine Lüge. Sie wollte mehr. Brauchte mehr, aber sie hatte kein Recht, mehr zu verlangen. Man hatte ihr bereits so viel gegeben, darunter die Chance auf ein zweites Leben, das sie nicht verschwenden wollte. Sie hatte gelernt, dass das Leben flüchtig war und sie für den Augenblick leben musste.

„Ich nehme das, was du hast." Ihre Finger wanderten über seine Brust, bis sie sich um seinen Nacken legten. Katie zog ihn für einen Kuss zu sich herunter.

„Ich nehme das, was du anbietest." Er küsste sie rau und lustvoll. Sein Mund lag glühend heiß auf ihrem. Seine Zunge strich so langsam über ihre geschwungenen Lippen, dass ihre Schenkel sein Bein umklammerten.

Als er sich von ihr löste, funkelten seine Augen mit gefährlicher Absicht.

„Ist der Teig fertig?", rief Ben aus der Bäckerei.

Bowie zeichnete ihre Unterlippe mit seiner Zunge nach und knabberte dann grob mit den Zähnen daran, bevor er sich umdrehte und in den Laden nebenan ging.

Sie leckte über die Stelle, wo er sie gebissen hatte, und genoss seinen Geschmack. Es dauerte mehrere tiefe Atemzüge, bis sich ihr Herzschlag normalisierte. Als sie wieder hineinging, prallte sie mit Ben zusammen und brachte sie beide aus dem Gleichgewicht. Sie fiel auf den Hintern, während Ben das Glück hatte, sich an der Theke festhalten zu können.

„Es tut mir so leid, Katie. Ich sah die Tür offenstehen und dachte, ich sehe besser nach dir." Er reichte ihr seine Hand und zog sie auf die Füße. „Ist dir zu heiß geworden?"

„Heiß" war nicht ganz das richtige Wort für ihren Zustand. Sie war nur etwa zwei Grad von einer inneren Selbstentzündung entfernt. Wenn Bowie allein mit einem Kuss solche Gefühle in ihr entfachte, konnte sie es kaum erwarten, seine anderen Talente zu entdecken.

„Ja, ich habe mich wohl etwas erhitzt."

„Es wird nur noch schlimmer werden, wenn der Sommer näher rückt. Im Abstellraum ist ein Ventilator. Ich werde ihn aufstellen."

Ben drehte sich um und überließ sie dem Muffinteig. Sie durchsuchte die Flaschen mit verschiedenen Aromen und fand die mit Orange. Nachdem sie dem Teig einen Spritzer hinzugefügt und untergemischt hatte, füllte sie den Teig in Muffinförmchen und stellte sie in den Ofen. Es dauerte nicht lange, bis sich der Geruch von Orangen mit dem der Schokolade vermischte.

„Ist das Orange, die ich da rieche?" Ben ging mit einem kleinen Ventilator hinter die Theke. Er schaute durch das Ofenglas und seufzte. „Orangen-Schokoladenmuffins mag Bowie am liebsten."

Katie lächelte. „Ich hatte keine Ahnung. Schokolade und Orange schienen eine logische Kombination zu sein." Ihre kleine Lüge würde nie auffliegen. Die Geschwindigkeit, mit der sich Bowie bewegt hatte, sobald Ben rief, hatte deutlich gemacht, dass er nicht wollte, dass irgendjemand erfuhr, was zwischen ihnen lief. „Wenn sie fertig sind, kannst du ihm welche vorbeibringen."

Ben runzelte die Stirn. „Oh, ich weiß nicht. Es ist vielleicht keine gute Idee. Könnte zu viele Erinnerungen wecken." Ben steckte den Ventilator in die Steckdose und sah zu, wie er sich drehte.

Katie stellte sich vor den Luftstrom. Sie war immer noch

stark erhitzt, aber es hatte wenig mit der Temperatur in der Küche zu tun.

Zwanzig Minuten später klingelte der Timer und Katie holte drei Dutzend perfekt aussehende Muffins aus dem Ofen. Die Leute auf der Straße mussten sie auch gerochen haben, denn innerhalb weniger Minuten wanderten zwei Dutzend von ihnen mit glücklichen Kunden hinaus. Sie packte vier Stück ein und reichte sie Ben. „Bring sie deinem Sohn vorbei. Sie werden ihm schmecken."

Skepsis war Ben ins Gesicht geschrieben. „Ich weiß nicht."

Sie legte die Schachtel in seine Hand und brachte ihn zur Tür. „Vertrau mir." Katie wusste, dass Bowie die Muffins mögen würde. Er hatte es ihr gesagt, aber das war nichts, was sie Ben erzählen würde.

Zehn Minuten später kam er mit einem Lächeln im Gesicht zurück. „Du hattest recht. Er war begeistert. Er sagte noch, sie bräuchten mehr Orange, aber was weiß er schon?" Ben griff nach einem der Muffins, die als Kostprobe angeboten wurden, und steckte ihn sich in den Mund. „Ich finde, sie sind gut so."

Katie nahm den Ofenhandschuh und schlug Ben damit spielerisch auf die Schulter. „Wir servieren keine Muffins, die nur *gut* sind, Ben. Wir wollen, dass sie *fabelhaft* sind. Wenn Bowie sagt, dass sie mehr Orange vertragen können, dann ist es vielleicht so."

„Sie schmecken gut." Ben nahm noch einen Bissen und schluckte. „Er sagte auch, dass sich alle um fünf Uhr bei *Maisey's* zum Abendessen treffen."

„Ist das so? Wer sind ‚alle'?" Ein warmes Gefühl machte sich in ihrem Inneren breit. Es war süß und köstlich wie warmer Sirup auf Pfannkuchen. War das Bowies Art, sie um eine Verabredung zu bitten?

Ben stellte die Backöfen aus. Es war kurz vor Ladenschluss. „Du, Cannon, Sage, Bowie und ich."

„Hört sich großartig an."

Sie packte den Inhalt der Vitrine auf ein einziges Tablett zusammen mit Keksen und den acht Muffins, die noch übrig waren. Nach Geschäftsschluss brachte sie immer alles, was nicht verkauft wurde, zu Sage. Das arme Mädchen konnte nicht kochen – ein echtes Problem, weil sie eine Gästepension besaß, in der Frühstück serviert wurde. Wie gut, dass es übrig gebliebene Muffins und Cannons Fähigkeiten gab, leckere Aufläufe im Schmortopf zuzubereiten. Ohne das und die Paletten voll mit Joghurt, die sie kaufte, würden ihre Gäste verhungern.

„Du kommst also?" Ben sah hoffnungsvoll aus.

„Kocht Dalton?"

„Keine Ahnung. Ich weiß nur, dass es heute Hackbraten gibt."

Ben hatte es in kurzer Zeit so weit gebracht. Er ertränkte seine Trauer nicht mehr in Alkohol. Er stellte sich ihr mit einer Tasse Kaffee und einem Muffin. „Einen Tag nach dem anderen angehen", lautete sein Mantra, und heute war ein guter Tag, weil Ben Hackbraten mochte.

„Ich werde da sein. Jetzt verschwinde und hilf deinem Sohn, damit er den Angelladen schließen kann." Katie scheuchte ihn aus der Tür und schloss die Bäckerei ab.

Die Mini-Karottenkuchen konnten warten. Sie packte Sages Leckereien zusammen und rannte nach oben, um sich hübsch zu machen. Kein Mädchen, das etwas auf sich hielt, erschien in Jeans und T-Shirt zum Abendessen.

Sie zog ein pinkfarbenes Kleid aus ihrem Schrank. Es war perfekt mit seinem herzförmigen Ausschnitt und dem Saum, der bis zur Mitte des Oberschenkels reichte. Über der Taille schrie es: *Unschuld*. Unterhalb der Taille flüsterte es: *Zu allem bereit*.

In ihrem Alter hatte sie viel Erfahrung im Flirten. Tatsächlich würde sie ein Sehr gut in Verführung bekommen – und ein Ungenügend in allem anderen. Mit einer überbesorgten Mutter und einem Vater, der eine ansehnliche Waffensammlung hatte, die es mit der von *Rambo* aufnehmen konnte, war es nahezu unmöglich gewesen, über das Flirten hinauszugehen.

Sie richtete ihre Haare und trug einen Spritzer Parfüm und etwas Lipgloss auf. Heute Abend würde Bowie nicht wissen, wie ihm geschah.

Sie schlüpfte in ein Paar Schuhe mit Keilabsatz und ging über die Straße. Sie würde als Letzte ankommen, weil es wichtig war, einen perfekten Auftritt zu haben. Jedes anständige Mädchen wusste, dass „um fünf Uhr da sein" in Wirklichkeit bedeutete, mit angemessener Verspätung zu kommen, um Aufmerksamkeit zu erregen.

Dem Ausdruck auf Bowies Gesicht nach zu urteilen, ging ihr Plan auf. Er war nicht der Einzige, der einen Köder baumeln lassen konnte.

Vorne stand Dalton, an der Schwingtür zur Küche. Er sah sie an und lächelte. Auf dem Weg zu ihm, um ihn zu begrüßen, winkte sie ihrer Gruppe zu. Er war ein wichtiger Teil ihres Plans. Sie kannte Bowie nicht gut, aber sie hatte Verzweiflung in seinem Kuss geschmeckt und die Kraft seiner harten Länge an ihrer Hüfte gespürt. Er war bereit, aber einer der besten Ratschläge, die Katie je gehört hatte, war der von ihrer Großmutter Pearl. Sie brachte Katie bei, dass ein Mädchen, das das gute Porzellan zu früh präsentierte, nie in den Genuss des Teetrinkens kam.

„Hallo, Dalton. Was machst du heute Abend?"

Sie sah über ihre Schulter. Sage, Cannon und Ben waren

in ihr Gespräch vertieft. Bowie achtete auf niemanden in seiner unmittelbaren Nähe. Seine Augen waren auf sie gerichtet, und ihr gefiel die Aufmerksamkeit.

„Ich gehe in die Bar."

„Kannst du das heute Abend mal ausfallen lassen?"

Dalton lehnte sich an die Theke. „Was brauchst du, Schätzchen?"

Sie beugte sich vor und flüsterte ihm ins Ohr. „Ich brauche eine Abwechslung." Sie sah über die Schulter zu Bowie. „Ich dachte, wir könnten nach Copper Creek fahren. Ein Trip zum *Target*-Kaufhaus wäre toll."

Er sah an ihr vorbei zu Bowie. „Weißt du, was du tust?"

Sie schüttelte den Kopf. „Nö. Ich verfolge die Lerne-während-du-etwas-tust-Strategie."

„Du weißt schon, dass er nicht mehr ganz der Alte ist, oder?"

Sie küsste Dalton auf die Wange. „Wir sind alle nicht mehr die, die wir mal waren."

„Ich schätze, du hast recht."

Sie ging zum Tisch und setzte sich auf den einzigen freien Platz – den auf der Sitzbank neben Bowie.

„Die Muffins waren fantastisch", sagte Bowie. Alle Augen am Tisch richteten sich auf ihn, sobald er sprach.

Sie rutschte näher an ihn heran, bis sein in Jeans steckender Oberschenkel gegen ihr nacktes Bein rieb. „Mir wurde gesagt, sie bräuchten mehr Orange."

Bowie warf seinem Vater einen finsteren Blick zu. „Musstest du ihr erzählen, dass ich das gesagt habe?"

Ben zuckte mit den Schultern. „Ich habe den Alkohol aufgegeben. Ich übernachte nicht mehr auf der Veranda von Fremden. Ich habe aufgehört zu lügen." Er winkte Dalton zu sich und bestellte fünfmal das Blaue-Platte-Spezialgericht. „Gutes Essen gebe ich allerdings nicht auf."

Während Ben sprach, legte Bowie seine Hand auf ihr nacktes Knie. Niemand außer Katie bemerkte es. Ihr ganzer Körper reagierte auf die leichte Berührung seiner schwieligen Finger. Der Gefühlsaufruhr, den sie empfand, ließ ihr Herz rasen. Ihr Körper jubilierte. Ihr Innerstes zog sich zusammen.

Dalton kehrte schnell mit ihrer Bestellung zurück. Das Spezialmenü war bereits vorgekocht und musste nur noch aufgegeben werden. Katie hörte zu, wie alle über ihre Tagesereignisse berichteten. Wenn da nicht Bowies Hand gewesen wäre, die während des Essens ihr Knie streichelte, hätte sie sich wie bei einem Familienessen mit ihren Geschwistern gefühlt, aber kein Bruder würde sie jemals so intim berühren.

„Bist du fertig?" Dalton stand an der Tischkante mit seinen Schlüsseln in der Hand.

„Wohin geht ihr?", fragte Bowie. „Ich dachte, du kommst heute Abend in die Bar."

Katie lächelte. Sie holte ihren Lipgloss heraus und zog ihre Lippen nach. „Dalton und ich haben Pläne."

Bowie sah sie an, als spräche sie in einer fremden Sprache. „Pläne? Welche Pläne?"

Katie ließ seine Frage unbeantwortet. Sie rutschte von der Sitzbank herunter. Seine Hand fiel von ihrem Knie auf den Sitz. Man hatte Bowie gesagt, dass sie und Dalton kein Paar seien, aber dem verwirrten Ausdruck in seinen Augen nach zu urteilen, war er davon nicht mehr überzeugt.

„Katie und ich haben eine Verabredung mit Copper Creek."

„Eine Verabredung?", wiederholte Bowie.

Katie legte einen Zehn-Dollar-Schein für ihren Beitrag zum Essen auf den Tisch und umarmte Ben und Sage, bevor sie sich an Dalton lehnte und sagte: „Er legt sich sehr für mich ins Zeug." Sie verschränkte ihren Arm in seinem und ging zur Tür.

Dalton griff über sie, um diese zu öffnen, und flüsterte: „Hast du den Blick gesehen, den er mir zugeworfen hat?"

„Nein, welchen Blick?"

„Als wollte er mich umbringen."

Sie lachte. Katie hatte den Blick gesehen, tat aber so, als hätte sie es nicht getan. In Bowies Gesichtsausdruck hatte sich so viel widergespiegelt. Verwirrung. Erregung. Einsamkeit. Eifersucht. Bowie Bishop befand sich in Phase eins von Katie Middletons Plan. Sie war die Jägerin, Bowie war ihre Beute.

KAPITEL SIEBEN

Erst als eine Hand vor seinem Gesicht herumfuchtelte, erwachte er aus seiner Erstarrung.

„Erde an Bowie. Bist du da, Mann?", fragte Cannon.

Bowie schüttelte den Kopf, riss seinen Blick von der Tür los und schaute dorthin, wo sein Vater, sein Bruder und Sage saßen und ihn anstarrten.

„Ich bin hier." Es war nicht da, wo er sein wollte, aber er wagte es nicht, Katie hinterherzulaufen. Das würde jedem den falschen Eindruck vermitteln.

„Sie sah heute Abend toll aus, findest du nicht?", fragte Sage.

Sie hatte ein wissendes Lächeln im Gesicht, und Bowie fragte sich, ob sie etwas ahnte oder ob Katie ihr erzählt hatte, dass sie sich geküsst hatten. Katie schien nicht die Art Mädchen zu sein, die aus dem Nähkästchen plauderte, aber andererseits kannte er sie nicht wirklich.

„Ist mir nicht aufgefallen."

Von wegen. Ihr hübsches Kleidchen hatte alle möglichen widersprüchlichen Botschaften ausgesendet. Bei dem kurzen

Rock konnte er nicht verhindern, dass seine Hände über ihre Haut wanderten. Weiche Haut, die sich unter seinen Fingerspitzen wie Samt anfühlte. Obwohl das Oberteil ihres Kleides fast bis zum Hals reichte, schmiegte es sich eng an ihre, wie er vermutete, perfekten Brüste.

„Ja, klar", sagte sein Vater. „Katie nicht zu bemerken ist so, als würde man ein Erdbeben der Stärke neun auf der Richterskala nicht spüren."

„Mal im Ernst, wem würde schon auffallen, was sie anhatte, wenn sie nach Orangen und Schokolade duftete?"

Er warf einen kurzen Blick durch die Eingangstür hinaus und schluckte seine Enttäuschung herunter. Er war fest entschlossen gewesen, heute Abend den ersten Schritt zu machen. Sie hätten ein Glas Wein oder ein Bier trinken können. Er hatte sie nie trinken sehen, also war er sich nicht sicher, was sie mochte. Vielleicht hätten sie Billard gespielt. Er hatte sogar ein oder zwei Tänze zu irgendwelcher Musik aus der Jukebox in Erwägung gezogen, wenn er dadurch seinen Körper näher an ihren hätte pressen können. Stattdessen war die einzige Zuwendung, auf die er sich freuen konnte, die von Sages dreibeinigem Hund oder Cannons einäugigem Kater, die ihn beide ins Herz geschlossen hatten. Immer, wenn Bowie zur gleichen Zeit wie die beiden Tiere in der Bar war, klebten sie an ihm wie Kaugummi an einer Schuhsohle. Er schien die besonderen Fälle anzuziehen.

Daltons Mutter, Maisey, schlenderte zu ihrem Tisch herüber. „Möchte jemand Kuchen?" Obwohl die Frage an alle am Tisch gerichtet war, sah sie nur Ben an. „Ich habe den Kirschkuchen gemacht, den du so sehr magst."

Es war ein seltsames Gefühl, seinem Vater gegenüberzusitzen und zu beobachten, wie eine Frau, die er schon sein ganzes Leben lang kannte, ihn umgarnte. Er hatte seinen

Vater nie mit jemand anderem als mit seiner Mutter erlebt. Andererseits war auch er nie mit einer anderen als Brandy zusammen gewesen.

Er lehnte sich zurück und sah zu, wie die beiden über Kuchen sprachen und wie man ihn mit Eiscreme versüßen könnte. Es war irgendwie tröstlich zu sehen, dass sein Vater sich ins Leben zurückwagte. Er wollte nicht, dass er für den Rest seines Lebens allein und einsam blieb. Ben hatte es verdient, nach all den Jahren Glück und Liebe zu finden.

Bowie warf einen Blick auf seinen Bruder und Sage. Es war auch schön zu sehen, dass Cannon die Liebe gefunden hatte. Er fühlte sich wie das fünfte Rad am Wagen, zog Bargeld aus seiner Brieftasche und legte es auf Katies Zehn-Dollar-Schein.

„Ich muss mich um die Inventur kümmern. Ich komme später in der Bar vorbei."

Bowie verließ das Lokal und ging zurück zum Köder- und Angelladen. Als er ein Teenager war, hatte er freiwillig dort gearbeitet, weil sich der Laden neben der Bäckerei befand, wo Kekse und Muffins nicht das Einzige waren, was süß war. Damals tauschten Brandy und er heimlich Küsse hinter dem Geschäft, ähnlich denen, die er Katie abgerungen hatte.

Die Zeiten hatten sich geändert. Das Leben hatte sein Herz hart werden lassen, seine Seele verwundet und Narben auf seinem Körper hinterlassen. Es kam ihm schon irgendwie merkwürdig vor, dass es in *B's Bakery* wieder etwas Süßeres gab als Backwaren. Vielleicht hatten sich die Dinge doch nicht so sehr verändert.

Katie Middleton hatte ihre Angelschnur ausgeworfen. Dieses Mal wurde er mit ihrem süßen Lächeln, ihren weichen Lippen und ihren Küssen geködert, die ihn nach ihren süßen Köstlichkeiten verlangen ließen. Sie hatte ihn an der Angel.

Fast ein Jahrzehnt lang hatte er es vermieden, anzubeißen, aber etwas sagte ihm, dass es ihm nichts ausmachen würde, bei Katie zuzuschnappen. Er war sich allerdings sicher, dass er nicht für immer am Haken baumeln würde. Selbst wenn er es wollte, so verdiente er niemanden, der so süß und nett war wie die kleine Blondine von nebenan. Irgendwann würde sie erkennen, welcher Typ Mann er war – ein Mann, der zu mehr als ein paar Stunden Spaß nicht in der Lage war. Dann würde sie ihn fallenlassen, aber bis dahin …

Er war fast mit der Inventur der Köder fertig, als sein Telefon klingelte. Auf dem Display erschien der Name „Trigger".

„Trig. Wo bist du?"

Bowie hatte zwei Einsätze in Afghanistan mit Trig Whatley absolviert, der die Armee vor einem Jahr verlassen hatte. Derselbe Sprengsatz, der Bowies Darm mit Granatsplittern durchbohrt hatte, trennte Trigs Bein vollständig ab. Es war eine lange Genesungszeit für seinen Freund gewesen, aber sie waren in Kontakt geblieben.

„Ich habe gehört, dass du entlassen wurdest. Du hättest nach Kalifornien kommen können, wo das Wetter warm ist und die Mädchen so was wie Klebeband und Schnüre am Strand tragen."

Die einzigen Personen, die wussten, dass Bowie entlassen worden war, waren die Männer seiner Einheit und seine Familie. Es war nichts, was er an die große Glocke hing. Die Schande, als dienstuntauglich eingestuft zu werden, nagte an seinem Inneren und fraß sein Selbstwertgefühl auf. Wenn er nicht gut genug war, um in der Wüste abgeworfen zu werden, wozu taugte er dann?

„Ich bin gerade zu Besuch in der Heimat. Ich habe meinen Vater und Bruder seit Jahren nicht gesehen."

„Bleibst du dort?"

Bowie sah sich im Köderladen um. Das Innere ähnelte einer Holzhütte mit der knorrigen Kiefernvertäfelung. Ausgestopfte Fische waren an Schildern an einer Wand angebracht. Er hielt immer noch den Rekord für den Fang der größten Seeforelle, die in der Mitte der kleineren Trophäen hing.

„Nein. Ich hänge hier nur ein bisschen rum."

„Irgendwelche heißen Mädels da?"

Er dachte an die Stadt und die weibliche Bevölkerung. Es gab einige alleinstehende Frauen in der Stadt, von denen er die meisten in der High-School gekannt hatte, aber als Trig nach heißen Mädels fragte, kam ihm nur eine in den Sinn. Das war Katie. Blonde Haare. Blaue Augen. Nettes Fahrgestell. Schmale Taille. Perfekter, herzförmiger Hintern.

„Nein, Mann. Hier in Aspen Cove gibt es nichts, wofür man sich begeistern könnte. Keine Klebebänder oder Tangas." Da gab es Katie, aber er wollte sie als sein kleines Geheimnis bewahren. Außerdem war er sich nicht sicher, was er für sie empfand, aber er hatte kein Interesse daran, seine Gefühle mit anderen zu teilen.

„Das ist ja ätzend. Hast du von Sledge gehört?"

Bowie lachte. Sledge war der Neuzugang in ihrer Einheit gewesen. Er bekam seinen Spitznamen, weil er jedes Mädchen, das er in sein Zelt locken konnte, wie ein Vorschlaghammer bearbeitete.

„Nein. Was ist mit ihm?" Er hoffte, dass er nicht auch verletzt worden war, wie er und Trig.

„Er hat jemanden geschwängert und jetzt ist er Vater eines Babys, aber der Knaller ist, dass sie das Baby bekommen hat, es ihm in die Hand drückte und dann abgehauen ist. Jetzt steckt er bis zu den Ellbogen in Windeln und Babynahrung."

„Du verarschst mich!" Bowie setzte sich auf den Hocker hinter dem Verkaufstresen. Er kippte eine Auswahl von

Köderfliegen aus, die sortiert werden mussten. „Sledge zieht ein Kind groß?"

„Klar doch, Mann. Ganz ohne Unterstützung. Er gibt dem Wüstensand die Schuld."

„Woran soll der Sand Schuld sein?"

„Der Schwangerschaft."

Was für ein Vollidiot. „Wir wissen beide, dass Sand mit einem Ei vermischt kein Kind hervorbringt."

„Stimmt schon, aber das ist es nicht. Er sagt, dass die Hitze, in Verbindung mit dem ständig wehenden Wüstensand, die Wirksamkeit seines Kondomvorrats beeinträchtigt hat. Irgendwas über die Folienverpackungen, die in der Wüste zerstört werden."

Bowie sortierte die Köder weiterhin nach Typ. „Ich habe im Feld reichlich Kondome benutzt und hatte nie einen Versager darunter."

„Sie ist ein hübsches kleines Mädchen. Hat sie Sandra genannt."

Bowie schüttelte den Kopf. „Perfekt. Und ich wette, er wird sie Sandy nennen, als Erinnerung an seine faule Ausrede." Er zog den Plastikbehälter heraus, in dem sich die Köder befanden, und legte die sortierten in die entsprechenden Fächer. „Was ist mit dir? Wie geht es dem Bein?"

„Ab", sagte Trig mit todernster Stimme.

„Was du nicht sagst. Ich bin derjenige, der dir die Aderpresse angelegt hat."

Bowie würde diesen Tag nie vergessen. Er stand auf seiner Liste der beiden schlimmsten Tage seines Lebens. Der Erste war derjenige, an dem Brandy und seine Mutter starben. Der Zweite war der, an dem der Jeep durch einen Sprengsatz halbiert wurde. Er hatte auf dem Beifahrersitz gesessen. Trig hinten. Zwei aus ihrer Truppe starben bei diesem Vorfall. Während Bowies Eingeweide wie ein Springbrunnen bluteten, war er mehr damit beschäftigt gewesen,Trig am Leben zu erhalten. Das Kampftraining hatte ihn schnell handeln lassen. Er hatte den Blutfluss gestoppt, bevor sein Kumpel ausblutete, sich dann um sich selbst gekümmert und auf den Sanitäter gewartet, der sich mehrere hundert Meter entfernt in ihrem Fahrzeugverband befand.

„Danke dafür. Ohne dich wäre ich nicht hier." Es gab eine lange Pause. „Und jetzt habe ich ein schickes neues Bein. Eigentlich zwei. Eins, das fast haargenau aussieht wie mein altes Bein, und dann habe ich noch einen Klingenläufer."

„Läufst du wieder?" Trig war der Fitnesskönig der Einheit gewesen. Er war immer in Bewegung. Als er sein Bein verlor, war Bowie nicht sicher gewesen, dass sich der Mann erholen würde. Wenn man eine Gliedmaße verliert, ändert sich alles. Das wusste er genau.

„Ja, tue ich. Ich denke darüber nach, den Rock'n'Roll-Marathon dieses Jahr mitzulaufen."

„Das ist ja großartig." Er hatte viele Soldaten gesehen, die sich von schrecklichen Verletzungen erholten. Tatsächlich ging es den Männern, die eine Körperverletzung erlitten hatten, meist besser als denjenigen, die emotionale Narben mit sich herumtrugen. Bowie hatte beides.

Obwohl Brandy kein Teil seines Körpers gewesen war, so war sie doch ein Teil von ihm. Sie waren ihr ganzes Leben lang wie Pech und Schwefel gewesen, und als sie nicht mehr da war, fühlte er sich nicht mehr komplett. Wie hatte er es geschafft, ohne jemanden, den er so sehr liebte, weiterzuleben? Die Erinnerung an sie hatte sich wie eine Kette um sein Herz gelegt. Der Verlust ihrer Liebe zerrte so stark an ihm, dass er manchmal nicht atmen konnte. Wie konnte er sich einreden, dass es diese Liebe nicht gegeben hätte? Es war nahezu unmöglich, aber er versuchte es.

„Was ist mit dir? Geht deine Heilung voran?"

Das war eine schwierige Frage. Er würde sich von seinen körperlichen Verletzungen erholen. Sein Bein würde immer wieder Probleme bereiten. Seine Gelenke würden schmerzen. Wer wusste schon, wie sein Rücken aussehen würde, wenn er fünfzig war? Aber er war sich sicher, dass Trig nicht diese Dinge meinte. Er war der Einzige gewesen, dem Bowie seine persönlichen Verluste anvertraut hatte.

„Ich bin immer noch hier." Das erklärte nicht viel, war aber alles, was er sagen konnte.

„Das ist auf jeden Fall etwas. Eine Sache habe ich gelernt, als mein Leben auf dem Spiel stand. Es gibt nicht unendlich viele Minuten. Nutze deine mit Bedacht, mein Freund."

Sie verabschiedeten sich und Bowie saß in der Stille des geschlossenen Ladens. Er zog Brandys verblasstes Foto heraus und fragte sich, wie sie heute aussehen würde. Wohin hätte das Leben sie beide geführt? Sie wollte immer in Aspen Cove bleiben, in der Nähe ihrer Mutter und der Menschen, die sie sich als Familie ausgesucht hatte, da ihre so klein war. Bowie hatte die Welt entdecken wollen. Jetzt, wo er das getan hatte, war er an den Ort zurückgekehrt, den sie beide ihr Zuhause nannten. Es hatte sich verändert. Er hatte sich verändert. Alles war anders geworden. Aber irgendwie war es immer noch Zuhause. Er hasste und liebte es zugleich. Es war tröstlich zu wissen, dass eine Person jahrelang abwesend sein konnte und niemals wirklich vergessen wurde.

Anstatt das Bild wieder in seine Brieftasche zu stecken, heftete er es an die Korktafel, die im Laden hing, seit er sich erinnern konnte. Ganz oben stand *All Stars*. Es schien der perfekte Platz, um Brandy zu gedenken. Er wusste, dass er sie loslassen musste. Trig hatte recht. Es gab nur eine bestimmte Anzahl von Minuten, die einem Leben geschenkt wurden. Was würde er mit seinen machen?

Als er mit der Inventur fertig war, stand er bei der Tür

und blickte über seine Schulter zurück auf Brandys Foto, das an die Wand geheftet war. Sie hätte gerne mehr Minuten in ihrem Leben gehabt. Sie hätte alles dafür gegeben, und er war hier und vergeudete seine. Das musste sich ändern. Er schaltete das Licht aus und ging hinaus. Morgen war ein neuer Tag.

KAPITEL ACHT

Katie hätte wahrscheinlich Bowie bitten können, mit ihr rudern zu gehen. Es war ein weiterer Punkt, den sie von ihrer Liste streichen wollte. Angeln – abgehakt. Rudern – beinahe abgehakt. Inlineskaten – als Nächstes dran. Sie hatte eine Liste mit risikoarmen Aktivitäten, die sie noch nie ausprobiert hatte. Das Problem war, dass es nicht viel Spaß machte, sie alleine zu unternehmen. Neue Erfahrungen waren schöner, wenn sie mit anderen geteilt wurden.

Jetzt, da Sage mit Cannon zusammen war, verbrachten sie viel Zeit mit Dingen, die Paare gemeinsam unternahmen. Wenn Sage einmal nicht bei Cannon war, dann half sie in der Praxis oder kümmerte sich um ihre Gäste im *Bed & Breakfast*. Die meiste Zeit über war Katie auf sich allein gestellt.

Der Geruch von Muffins stieg durch die Dielen empor. Ben war damit beschäftigt, für die Sonntagskundschaft zu backen. Wer hätte gedacht, dass er sich zum besten Mitarbeiter entwickeln würde, den sie je hatte, und das nur, weil sie ihn in der Bäckerei aufgenommen hatte, um Sage einen Gefallen zu tun? Er war allerdings auch der einzige Mitarbeiter, den sie je gehabt hatte, aber er war immer noch erstklassig.

Heute war Bananen-Nuss-Muffin-Tag. Vielleicht würde sie ein paar einpacken und zu Bowie bringen. Er hatte bis Mittag geöffnet. Das war Teil des Problems von Geschäften in einer Kleinstadt. Sie waren zu klein, um Mitarbeiter einzustellen und zu abhängig vom Saisongeschäft, um geschlossen zu werden. Daher arbeiteten die meisten Geschäftsinhaber sieben Tage die Woche. Sie hatte wenigstens Ben.

Bowie hatte sich die letzten zwei Tage rargemacht. Er würde seinen Kopf kurz zur Tür hereinstecken und Hallo sagen, aber er würde die Bäckerei nicht betreten. Sie verstand, wie schmerzvoll das sein könnte. Die Bäckerei musste ihn an seinen Verlust erinnern.

Sie hielt sich von der kleinen Gasse hinter den Geschäften fern. Nicht, weil sie seine Küsse nicht wollte. Sie wollte ihn mehr als alles andere küssen. Sie kämpfte mit ihrem Verlangen nach Bowie. Sie wollte ihn, aber würde sie ihr Begehren von ihm abhängig machen? Könnte sie ihn haben und ihn trotzdem nicht brauchen? Sie würde die Sache mit Bowie zu ihren eigenen Bedingungen weiterverfolgen.

Der Trick bestand darin, ihn dazu zu bringen, sie zu wollen. Sie zu brauchen. Ihre Entscheidung über das weitere Vorgehen basierte auf den Gesetzen von Angebot und Nachfrage. Wenn ihre Küsse eher selten wären, würden sie höher im Kurs stehen. Wer wollte schon einen Kuss, den man zu jeder Zeit bekommen konnte?

Nachdem sie diesen Entschluss gefasst hatte, zog sie ihre abgeschnittenen Shorts an, die sie mit einem weißen T-Shirt und einem karierten Hemd kombinierte, das um ihre Taille gebunden war. An ihren Füßen trug sie ihre roten Lieblingscowboystiefel. Man konnte ein Mädchen aus Texas rausholen, aber Texas nicht aus dem Mädchen. Sie band ihre Haare zu einem hohen Pferdeschwanz zusammen und trug ein wenig rosafarbenen Lipgloss auf, bevor sie nach unten ging.

„Hallo, Ben."

Sie ging zu ihm und drückte ihm einen Kuss auf die Wange. Vor einem Monat hatte sie ihn für fast siebzig gehalten. Er hatte hager und kränklich ausgesehen, mit gelblicher Haut. Jetzt, da er zugenommen hatte, seine Gesichtsfarbe rosig war und seine Augen einen gesunden Glanz hatten, sah er eher aus wie seine zweiundfünfzig.

„Guten Morgen, Katie. Wie hast du geschlafen?"

„Wie ein Baby."

Sie schlief gut. Ihr Kardiologe hatte sich Sorgen gemacht, dass ihr die Höhenluft schaden könnte, aber das war nicht eingetreten. Das Gegenteil war der Fall. Sie fand die frische Bergluft belebend. Für Katie war es ein kalkulierbares Risiko. Sie tauschte den Smog und die Umweltverschmutzung gegen saubere Luft und weniger Sauerstoff ein. Im Laufe der Jahre hatte sie gelernt, auf ihren Körper zu hören. Sie ernährte sich gesund. Sie machte Sport. Sie ruhte sich viel aus.

Ben zog ein Blech mit Muffins aus dem Ofen und stellte es auf die Verkaufstheke. „Ich habe eine Bestellung über zwei Dutzend von Sage bekommen. Ich bin mir sicher, ein Dutzend sind für sie und der Rest für die Jungs, die am späten Nachmittag kommen. Bald wird ihr Haus voll mit Großstädtern sein. Schönlinge aus Denver, die glauben, sie könnten angeln."

„Schönlinge, hm?" Sie nahm eine Viererpack-Schachtel und legte die warmen Muffins vorsichtig hinein. „Ich habe nicht viel für Schönlinge übrig, aber es wird nett sein, ein paar neue Gesichter in der Stadt zu sehen."

„Es ist heute ein Irrenhaus da draußen." Wo letzten Monat kein Auto gestanden hatte, befand sich jetzt ein riesiger Parkplatz.

Sie schauten beide aus dem Fenster auf eine volle und belebte *Main Street*. Katie hielt es für einen wunderschönen Tag. Die Sonne schien. Der Himmel war blau. Ein perfekter Tag, um auf dem Wasser zu sein.

„Was hast du heute vor?", fragte Ben.

„Rudern, am Nachmittag."

Sie beobachtete, wie eine Frau ihr lächelndes Kind in den Süßwarenladen gegenüber führte. Ein Einwohner von Gold Gulch hatte ihn dort eröffnet, wo einst der Schneider gewesen war. Es war lustig, wie süß Aspen Cove mit der Bäckerei, dem Süßwarenladen und *Maisey's Pies* geworden war. Katie liebte es, die Kinderaugen zu beobachten, wenn sie die Lutscher, so groß wie ein Essteller, im Schaufenster entdeckten oder die Maschine sahen, die den ganzen Tag über in Betrieb war und Salzwasser-Toffee in allen Regenbogenfarben herstellte.

„Aber zuerst bringe ich deinem Sohn ein paar Muffins und dann gehe ich einkaufen. Ich habe gesehen, wie Abby letzte Nacht eine Kiste mit neuen Artikeln abgegeben hat. Ich bin mir sicher, dass irgendetwas darin für mich bestimmt war." In Wirklichkeit kaufte Katie selten etwas für sich selbst. Die meisten Dinge, die sie erstand, schickte sie an ihre Familie und Freunde.

Der Kurzwarenladen auf der anderen Straßenseite war eine ihrer Lieblingsstationen. Jeden Tag wurden neue Sachen angeliefert. Gestern hatte sie Trockenfleisch gekauft, aus Hirsch hergestellt. Sie war zwar nicht unbedingt zum Liebhaber geworden, aber sie konnte anschließend *Wildfleisch probieren* von ihrer Liste streichen, und Ben hatte es aufgegessen, sodass nichts verschwendet wurde.

Alles, was Abby Garrett mit ihrem Honig herstellte, gehörte zu ihren Favoriten – besonders die Seifen und Cremes, die Katies trockene Haut in Seide zu verwandeln schienen.

Sogar Cannon bot ein paar Sachen im *Country Store* zum Verkauf an. Er hatte wieder angefangen, mit Holz zu arbeiten. Obwohl Weihnachten in weiter Ferne lag, wurden die Ornamente, die er schnitzte, so schnell verkauft, wie er sie herstellte. Katie würde ihm nie erzählen, dass sie diejenige war, die sie aufkaufte, als handelte es sich um unter Wert verkaufte Diamanten. Sie waren ihre heimliche Schwäche. Sie hoffte, er schnitzte genug von ihnen, um ihren Weihnachtsbaum damit zu schmücken. Am besten gefielen ihr die Tiere, aber die Weihnachtsmänner und Engel waren auch sehr hübsch.

Katie wandte sich Ben zu. „Schließ den Laden heute ab Mittag. Du brauchst auch eine Auszeit."

„Danke, Boss." Es war lustig, dass Ben sie „Boss" nannte, aber sie fand, dass der wöchentliche Gehaltsscheck, den sie ihm gab, die Bezeichnung rechtfertigte. „Ich habe heute Abend ein Date mit Maisey."

Katie hätte fast die Schachtel mit Muffins fallen lassen. „Maisey?" Das hatte sie nicht kommen sehen. „Das ist ja großartig. Wohin geht ihr beide?"

Ben lächelte. „Wir fahren nach Copper Creek, um uns den neuen Film mit Liam Neeson anzusehen."

„Oh, ich habe gehört, das soll ein ziemlicher Schocker sein. Viel Spaß, Ben."

Sie verließ die Bäckerei mit viel Elan. Jeden Tag geschahen Wunder um sie herum. Zum ersten Mal seit langer Zeit war sie glücklich. Sie könnte nur noch glücklicher sein, wenn ein mürrischer Ex-Soldat entscheiden würde, dass sie mehr wert war als ein bloßer Zeitvertreib.

Sie betrat den Angel-und Köderladen zum ersten Mal überhaupt. Er erinnerte sie an ein kleines Geschäft für *Outdoor*-Schnickschnack. Das Einzige, was dazu noch fehlte, waren ein riesiges Aquarium und ein Haufen ausgestopfter Tiere.

Sie hatte gedacht, es würde nach Lachseiern oder muffiger Erde riechen, in der die Nachtwürmer lebten, aber das tat es nicht. Es roch nach Bowie, einer Kombination aus Ambra, Kiefern und reinem Männerduft.

„Herzogin", sagte er auf diese träge Art, die er perfektioniert hatte. Das Wort hinterließ ein Kribbeln auf ihrem Rücken, als wäre Bowies Zunge über diesen empfindlichen Teil ihres Halses bis zu ihrem Ohrläppchen geglitten. „Was bringt dich hierher? Gehst du wieder angeln?"

Sie stand etwa drei Meter vom Ladentisch entfernt und hob die Muffinbox hoch, als wäre sie eine Opfergabe. „Nein. Ich komme mit Geschenken – Bananen-Nuss-Muffins."

Er beugte sich vor und schnupperte die Luft. „Alles, was ich rieche, bist du."

Sie legte ihren Kopf zur Seite. „Wonach rieche ich denn?"

„Ärger." Er klopfte auf die Theke vor ihm. „Komm näher. Ich beiße nicht, und wenn ich es tue ... dann wird es dir gefallen."

Gespräche dieser Art ließen ihre Knie weich werden. Ihr gefielen Männer, die selbstbewusst genug waren, um das zu sagen, was sie dachten. Er würde ihr noch besser gefallen, wenn er seinen Worten Taten folgen ließe.

„Ich wurde bereits von dir gebissen." Sie dachte an den Tag, als er an ihrer Unterlippe herumgeknabbert hatte. „Es hat mir gefallen." Sie näherte sich dem Verkaufstresen und stellte die Muffins auf die Glasvitrine, die die teuersten Angelrollen enthielt.

„Ach, tatsächlich?" Er beugte sich vor, bis ihre Lippen nur noch einen Hauch voneinander entfernt waren. „Es scheint dir nicht allzu gut gefallen zu haben, da du eine Wiederholung vermieden hast." Er war ihr so nahe, dass seine Zunge, als er sie über seine Lippen strich, auch ihre berührte.

Sie streckte ihre Zunge ein Stück weit heraus und schmeckte Pfefferminze. Er roch nach Sex-Appeal und schmeckte nach Minze. „Ich war beschäftigt."

„Wie war es bei *Target*?" Innerlich lachte sie, denn obwohl er nach *Target* fragte, wollte er in Wirklichkeit etwas über Dalton erfahren.

„Gut. Ich habe mehr Orangenessenz gekauft."

„Dafür musstest du zu *Target*? Ich bin mir ziemlich sicher, dass sie das im Laden an der Ecke gehabt hätten. Wenn nicht, könnte Marge, die dort arbeitet, es für dich bestellen."

Sie öffnete die Schachtel. Der Duft von Bananen stieg von den warmen Muffins empor. „Du hast gesagt, die Schokoladen-Muffins bräuchten mehr Orange." Sie nahm einen von ihnen heraus und trennte die obere Hälfte von der unteren. Dann brach sie einen kleinen Bissen ab und hob ihn an seinen Mund. „Warum sagst du mir nicht, was an dem hier richtig oder falsch ist?" Sie strich mit dem Gebäck über seine Lippe, aber als er seinen Mund öffnete, schnappte er sich nicht nur den Leckerbissen, sondern auch ihren Finger. Hätte sie sich nicht bereits auf den Tresen gestützt, wäre sie zu einem Häuflein auf dem Boden zusammengesunken.

Er zog ihren Finger aus seinem Mund, ließ ihn aber nicht los. Während er den Muffinbissen herunterschluckte, leckte er die Krümel von ihrem nassen Finger. „Köstlich."

Katie wusste nicht, ob er von dem Muffin oder von ihr sprach. „Dein Vater hat sie gemacht."

Bowie schmunzelte. „Oh, du dachtest, ich meine den Muffin. Der hat gut geschmeckt, aber du schmeckst besser." Blitzschnell legte sich seine Hand um ihren Nacken und zog sie näher heran. Er flüsterte an ihren Lippen: „Darf ich dich probieren, Herzogin?“ Es war keine Frage, weil sein Mund sich bereits auf ihren gelegt hatte, noch bevor sie antworten konnte. Sie absolvierten gerade einen gründlichen gegenseitigen Geschmackstest, als die Türglocke klingelte und eine Gruppe junger Männer hereinkam. Katie wich zurück und aus Bowies Kehle ertönte ein tiefer, heiserer Laut.

„Bleib in der Nähe“, sagte Bowie. „Wir sind noch nicht einmal annähernd fertig.“ Er ging um die Theke herum zu den Männern, die unter dem riesigen, an der Decke aufgehängten Fisch standen. „Kann ich euch irgendwie helfen?“

Katie ging zur Seite und beobachtete die drei Männer, die neben Bowie standen. Zweifellos waren sie alle Söhne reicher Eltern. Wahrscheinlich die Schönlinge aus Denver, von denen Ben gesprochen hatte. Jeder von ihnen war mindestens einen Kopf kleiner als Bowie. Sie trugen alle Polohemden, Khaki-Shorts und Segelschuhe. Bowie hatte ein zerschlissenes, dünnes T-Shirt aus Baumwolle und eine Jeans an. An seinen Füßen befanden sich schwere, schwarze Stiefel. Trotz seiner unscheinbaren Kleidung war er hundertmal attraktiver als die Playboys.

Während die Haare des Trios präzise geschnitten, ihre Haut gepflegt und ihre Brauen gewachst waren, hatte Bowie dieses robuste Erscheinungsbild. Eines, das deutlich machte, dass er keinen Achtzig-Dollar-Haarschnitt brauchte, um ein Mann zu sein.

Einer der jungen Männer zeigte auf den großen Trophäenfisch in der Wandmitte. „Stammt der Fisch aus dem See?“

Bowie nickte. „Hab ihn vor zehn Jahren selbst gefangen. Hat zwei Stunden gedauert, ihn einzuholen.“ Ein Hauch von Stolz klang in seiner Stimme mit.

„Dann geben Sie mir das, was ich brauche, um so was zu fangen.“

Bowie drehte sich zu Katie um und schüttelte den Kopf.

Selbst sie wusste, dass es nicht ratsam war, ein Geschäft zu betreten und dem Mann hinter dem Verkaufstresen einen Freibrief für die Auswahl der eigenen Einkäufe zu geben.

Seine beiden Freunde meldeten sich zu Wort und wollten das Gleiche.

Katie würde das Schauspiel genießen. Bowie würde ihnen entweder das geben, was sie brauchten oder das, wonach sie verlangten – zwei sehr unterschiedliche Dinge. Die nächsten Minuten würden Katie viel über Bowie erzählen. War er ein ehrlicher Mann? Ein Teil von ihr wollte, dass er ein aufrichtiger Typ wäre. Der andere Teil wollte, dass er ein großer, fetter Lügner wäre, denn wenn er lügen würde, bestünde trotz seiner Warnungen vielleicht eine Chance, dass sich zwischen ihnen mehr entwickelte.

Bowie bewegte sich im Laden, als hätte er sein ganzes Leben dort gearbeitet; was er wahrscheinlich vor seinem Weggang damals auch getan hatte.

Fünfzehn Minuten später wurde Katie in die Ecke gedrängt, als die drei Männer für ihre Angeln, Spulen und Würmer bezahlten.

„Braucht ihr sonst noch was?", fragte Bowie, als er ihre Einkäufe abrechnete.

Zu Katies Überraschung hatte er sie nicht übers Ohr gehauen. Er hatte ihnen sogar teure, unnötige Ausrüstung ausgeredet.

Der Blondhaarige drehte sich um und zeigte auf Katie. „Ich nehme eine davon." Er machte einen Schritt nach vorne und streckte seine Hand aus, um sich vorzustellen.

„Man sollte niemals etwas anfassen, was einem nicht gehört." Bowies Stimme wurde hart und direkt.

Der braunhaarige Mann neben dem Blonden grinste. „Gehörst du ihm, Puppe?"

Katie legte ihre Hände auf die Brust des blonden Mannes

und schob ihn zurück. „Ich gehöre niemandem." In ihrer Stimme war keine Angst, aber ihr Magen zog sich zu einem Knoten zusammen.

„Noch nicht." Der Angebertyp beugte sich vor. „Wir haben Zeit."

Sie marschierte an ihm vorbei und stellte sich hinter den Tresen zu Bowie. Ihre Mutter hatte ihr immer eingebläut, hinter einem soliden Gegenstand Schutz zu suchen, wenn Gefahr im Verzug war. Sie war sich ziemlich sicher, dass sich dieser Rat auf eine Naturkatastrophe bezog, aber Bowie war gebaut wie eine Zementwand. Er würde daher auch in diesem Fall als solider Gegenstand dienen.

„Du kannst den Laden unbeschadet verlassen, oder ich kann dich zu Fischfutter verarbeiten. Deine Entscheidung." Bowie schob die Tasche mit den Einkäufen gegen die Brust des Blondhaarigen. Seine kräftige Gestalt wuchs vor ihren Augen. Die Haltung wurde straffer. Seine Brust weitete sich. Die Luft schien spannungsgeladen zu sein. „Verschwindet."

Ihre Hände strichen über seinen breiten Rücken und zeichneten die Konturen seines Körpers nach, der wie für den Kampf geschaffen war. Unter ihren Fingerspitzen entspannten sich die steinharten Muskeln.

Sobald die drei Männer den Laden verließen, drehte sich Bowie zu ihr um. Verzweiflung und Verlangen lagen in seinem Blick. Er drückte sie wieder gegen die Wand und schaute ihr tief in die Augen.

„Nun, Herzogin, wo waren wir stehengeblieben?"

KAPITEL NEUN

Sinnlich. Nur so konnte man ihren Körper beschreiben. An sie gepresst, war sie an genau den richtigen Stellen weich. Oh … und es war unglaublich, wie süß sie duftete. Zucker und Zimt. Als würde man an einem Wintertag das Haus betreten und frisch gebackene Kekse riechen. Irgendwie schien das, was Katie backte, in ihre Poren einzudringen. Sogar ihre Küsse schmeckten nach Leckereien.

Die Art, wie sie ihn küsste, ließ keinen Zweifel daran, dass sie genauso hungrig nach ihm war, wie er nach ihr. Ein bisschen an ihren Lippen herumzuknabbern, war nicht genug. Er wollte sie verschlingen. An sie zu denken war so viel einfacher, als sich an alles das zu erinnern, was er in dieser Stadt verloren hatte.

„Ich werde dich küssen, bis du berauscht von mir bist." Er bedeckte ihren Mund mit seinem und schmeckte ihre Süße. Der Kuss begann sanft und zärtlich, aber etwas Sehnsüchtiges und Animalisches nahm schnell Überhand.

Sie packte ihn vorne am Hemd und zog ihn näher heran.

Seine Zunge fuhr an ihren Lippen entlang und verlockte sie dazu, sie zu öffnen. Er war überzeugt davon, dass er sich weniger verlassen fühlen würde, wenn er ihr näher sein könnte. In Aspen Cove zu sein, hatte ihn innerlich ausgehöhlt. Die einzige Chance zu überleben bestand darin, dieses Gefühl der Leere mit Katie zu füllen.

Sie bewegte sich. Einen Moment lang dachte Bowie, sie würde den Kuss beenden und sich von ihm lösen, aber das war nicht ihre Absicht. Er hatte sie gegen das *All Stars*-Brett gedrückt, und die Reißnägel pressten sich unangenehm in ihren Rücken. Sie wollte sich einfach bequemer hinstellen, wodurch sich auch seine Position veränderte, sodass ihn plötzlich Brandys Foto anlächelte.

„Mist." Er hörte auf, sie zu küssen und machte einen Schritt zurück. „Es tut mir leid." Dabei war er sich nicht sicher, ob er sich bei Brandy oder Katie entschuldigte.

Ihre Augen folgten seinen zu dem Bild im Brieftaschenformat. „Oh ... ist sie das?"

Er brauchte es nicht zu erklären; sie wusste es intuitiv. „Ja, es tut mir leid. Es ist nicht richtig."

Katie leckte sich über die Lippen. „Hat aber richtig geschmeckt. Fühlte sich auch richtig an." Sie sah ihn an. „Eines Tages, Bowie, wirst du lernen, wieder zu leben." Sie hob ihre Hand und berührte Brandys Foto. „Ich kannte sie nicht, aber mein Herz sagt mir, sie würde wollen, dass du glücklich bist."

„Es ist schrecklich zu wissen, dass sie nie wieder die Möglichkeit haben wird, hier glücklich zu sein." Er machte ein paar Schritte rückwärts, bis er mit dem Rücken gegen die Glastheke stieß. „Warst du jemals verliebt?"

Katies Lächeln brachte den Raum zum Strahlen. Sogar die dunkle Holzverkleidung wirkte heller. „Nein, aber ich habe vor, es auszuprobieren. Es steht auf meiner Liste."

Er lachte. Ihre Liste war unkonventionell. „Liebe kann

man nicht planen; sie passiert einfach. Manchmal kommt sie schrittweise, wie es bei Brandy und mir war."

Er wendete sich ab, ging um die Glasvitrine herum und baute so eine Schutzmauer zwischen ihnen auf. Der liebe Herrgott wusste, dass er Katie einfach nur berühren und küssen wollte, wenn er in ihre Nähe kam, aber Brandy sollte dabei nicht zusehen. Es fühlte sich falsch an, als wäre er untreu.

Sie zog an ihren Haaren, um ihren Pferdeschwanz straff zu ziehen. „Manchmal weiß man in dem Moment, in dem man jemanden trifft, dass er der Richtige ist ... zumindest habe ich davon gehört." Sie schaute sich das Foto noch einmal an. „Sie war wunderschön."

„Innerlich und äußerlich." Er nahm den Glasreiniger und besprühte die Theke. Wenigstens waren seine Hände beim Putzen beschäftigt. „Du solltest vorsichtig sein, solange diese Typen in der Stadt sind. Mir gefiel nicht, wie sie dich angesehen haben, als wärst du eine Art Appetithäppchen."

Ihr Lachen war so süß wie ihr Lächeln. „Oh, du meinst, es hat dir nicht gefallen, dass sie mich genauso angesehen haben wie du?" Sie hob die Muffinschachtel hoch, damit sie nicht vom Glasreiniger getroffen wurde.

„Ich bin anders." Die Worte machten in seinem Kopf durchaus Sinn, klangen aber lächerlich, sobald er sie aussprach.

Nachdem er die Theke abgetrocknet hatte, stellte sie die Schachtel wieder darauf zurück. „Was macht dich anders?"

„Sie werden sich nehmen, was sie wollen und dann wieder verschwinden."

„So wie du." Sie zog ihr Handy heraus und schaute auf das Display. „Ich muss los."

Irgendetwas an ihrem Gesichtsausdruck sorgte dafür, dass sich alles in seiner Brust zusammenzog. Er war ein Heuchler und wusste es. Er hatte ihr jedes Mal, wenn er sie geküsst hatte, gesagt, es würde nichts bedeuten, aber sein Verlangen, in ihrer Nähe zu sein, bedeutete ganz sicher etwas. Es war etwas, was er sich nicht eingestehen wollte.

„Wohin gehst du?“

Sie holte ein Tagebuch aus ihrer Tasche. „Lebenstraum-Liste. Heute rudere ich ein Boot.“

Etwas daran brachte Bowie zum Lachen. Kein leises Schmunzeln, sondern ein herzhaftes Gelächter, das ihm Bauchschmerzen bereitete. „Du wirst ein Boot rudern? Das ist so, als würde ich sagen, ich gehe zur Pediküre.“

Sie straffte ihre Schultern und richtete sich auf. „Das ist überhaupt nicht dasselbe. Ich werde in einem Boot gut aussehen. Du würdest in rotem Nagellack albern aussehen.“

„Dem kann ich nicht widersprechen.“

In der High-School hatte Brandy einst einen seiner Fingernägel rosa angemalt. Es hatte ihm nicht gestanden und er hatte es längst vergessen gehabt, als ihn jemand damit aufzog. Er hatte zwei Kinder vermöbeln müssen, um seine Männlichkeit wieder unter Beweis zu stellen und die Hänselei zu beenden.

„Woher bekommst du ein Boot?“

„Seth O‘Grady hat eins für mich reserviert.“

„O’Gradys ist überteuert. Außerdem ist Seth ein Perverser.“ So hatte er das wenigstens in Erinnerung. Als sie noch Kinder waren, versteckte sich Seth unter den Zuschauertribünen, um unter Mädchenröcke zu schielen. Obwohl er den Kerl seit Jahren nicht mehr gesehen hatte, würde er sich immer an ihn erinnern. „Ich bezweifle, dass du in seiner Nähe sicher bist.“

Sie schloss die Augen und seufzte. „Zu spät, ich habe das Boot schon gemietet. Wenn du dir Sorgen um mich machst, solltest du vielleicht mitkommen.“

„Vielleicht sollte ich das." Er redete sich ein, dass er nur mitgehen würde, um sicherzustellen, dass ihr nichts passierte, aber das war gelogen. Er wollte einfach die Wärme ihrer Gegenwart genießen.

„Dann haben wir also eine Nicht-Verabredung." Sie drehte sich um und ging zur Tür. „Willst du fahren oder soll ich?"

Sein Blick folgte ihrer Silhouette, von ihrem Pferdeschwanz bis zu ihren roten Stiefeln. „Ich werde dir einen Trip bescheren, den du so schnell nicht vergessen wirst." Dieser Satz konnte auf so viele verschiedene Arten interpretiert werden, aber Bowie war es egal, wie sie ihn aufnahm. Er würde seinen Worten auf jeden Fall Taten folgen lassen.

„Ich werde um zwölf Uhr draußen sein ... und warten." Sie ging zur Tür hinaus.

Er beobachtete, wie ihr herzförmiger Hintern sich hin und her wiegte, als sie die Straße überquerte und im Kurzwarenladen verschwand.

Was zur Hölle werde ich nur mit ihr machen?

Er betrachtete Brandys Foto. Zum ersten Mal seit Jahren hörte er ihre Stimme in seinem Kopf.

Sei glücklich, sagte sie.

BOWIE SCHLOSS den Laden und eilte nach Hause, um sich umzuziehen. Er zog keine Badeshorts und Bootsschuhe an wie die meisten Touristen. Auf gar keinen Fall. Er trug abgeschnittene Tarnhosen und Motorradstiefel. Wem das nicht passte, der konnte sich zum Teufel scheren. Er posierte schließlich nicht als Model für das *GQ-Magazin.*

Sein Magen knurrte. Er hatte Hunger. Ob Katie gegessen hatte? Sie hatte ihm Muffins gebracht, die er in kürzester Zeit verdrückt hatte. Dann konnte er zumindest für ihr Mittagessen sorgen. Leider beschränkte sich die Auswahl auf Erdnussbutter und Marmelade oder Mortadella-Sandwiches. Er machte eins von jeder Sorte und holte zwei Flaschen Wasser aus dem Kühlschrank, bevor er das Haus verließ.

Er steckte die Vorräte in seine Satteltasche und stieg auf sein Motorrad. Er hatte ihr einen Trip versprochen, den sie nie vergessen würde, und mit dem Motorrad würde er anfangen.

Das dröhnende Aufheulen des Motors war ein sinnliches Geräusch, das nur von einer Frau übertroffen wurde, die *ja, ja, ja* schrie. Er setzte seinen Helm auf und machte sich auf den Weg in die Stadt.

Katie suchte sich ein schattiges Plätzchen in der Nähe der Bäckerei. Ihre Stiefel waren verschwunden und an deren Stelle trug sie jetzt weiße Tennisschuhe. Nicht so sexy wie die roten Stiefel, aber mit diesen langen Beinen würde sie in allem atemberaubend aussehen.

Sie schaute auf ihr Handy und warf einen flüchtigen Blick die Straße hinunter. Sie hielt Ausschau nach ihm.

Er stoppte vor ihr und ließ den Motor aufheulen, bevor er seinen Helm abnahm. Er dachte eigentlich, er hätte sie schon lächeln sehen, aber ihr normales Lächeln war nichts im Vergleich zu diesem Grinsen, das ihr hübsches Gesicht beinahe zerriss. Die junge Frau sprang auf und ab, als hätte sie im Lotto gewonnen.

„Du machst Witze, oder? Das ist deins?“ Sie rannte auf ihn zu und streckte ihre Hand aus, um den schwarzen Benzintank zu berühren. Seine Harley war komplett schwarz mit einem Hauch von Chrom. Sie ließ ihre Fingerspitzen über ihn, dann sein Motorrad und wieder über ihn gleiten. „Du bist perfekt.“

Er stellte den Motor ab. „Nur, wenn du beschädigte Ware

magst.“ Er nahm ihre Tasche und steckte sie in die andere Satteltasche.

„Das ist genau mein Fall. Angeschlagen und verdorben.“

„Perfekt.“ Er nahm den Ersatzhelm ab, den er hinten am Motorrad festgeschnallt hatte, und stülpte ihn ihr über den Kopf. „Bist du jemals auf einer Harley gefahren?“

„Nein.“

„Ein anderer Punkt, den du von deiner Liste streichen kannst.“ Er drückte den Helm weiter auf ihren Kopf herunter und sie zuckte zusammen. Ihr Haar war im Weg, sodass er nicht richtig passte. „Entschuldige.“ Er nahm ihn wieder ab und zog das Haarband von ihrem Pferdeschwanz. Lang und blond fiel ihr Haar über ihre Schultern. Der Duft ihres Shampoos vermischte sich mit der Luft. „Erdbeere?“ Er beugte sich vor und atmete tief ein.

„Ja, Abby stellt es her. Sie macht die besten Sachen für Haar und Körper.“ Sie nahm ihm den Helm aus der Hand und zog ihn sich wieder über den Kopf. „Ist das so richtig?“

Er zog den Helm fest und setzte sich dann wieder auf das Motorrad. „Steig auf, Herzogin und halte dich an mir fest. Ich will nicht, dass du runterfällst.“

Als sie aufstieg, rutschte sie nah an ihn heran und presste dabei ihre Brüste an seinen Rücken. Er war zwischen ihren Oberschenkeln gefangen und es fühlte sich gut an – mehr als gut.

Er fuhr auf die Straße und beschleunigte, während sie sich festklammerte und ihr Körper an seinem klebte. Das war auch gut.

Zwanzig Minuten später fuhr er auf den Parkplatz von O’Gradys Ausrüstungsverleih, der sich auf der Ostseite des Sees befand. Im Sommer vermieteten sie alles von Kajaks bis hin zu Angelruten. Im Winter waren es Schneeschuhe und Schneemobile.

Bowie parkte und half Katie vom Motorrad herunter.

„Das war das Allergrößte", sagte sie mit einer Stimme wie am Weihnachtsmorgen.

Ihre Wangen waren rosig vom Wind. Als er ihr den Helm vom Kopf zog, sah ihr Haar aus, als wäre sie gerade nach einer leidenschaftlichen Nacht aufgestanden. Zumindest stellte er sich vor, dass sie so aussehen würde, nachdem sie zusammen schliefen – ganz rosig und erhitzt und sexy.

Ein unangenehmer Schmerz in seiner Leistengegend erinnerte ihn daran, sich besser auf einfachere Dinge wie Mittagessen und Bootfahren zu konzentrieren. „Fertig zum Rudern?"

Sie nahm ihre Handtasche von Bowie und sah auf das Motorrad herunter. „Das möchte ich unbedingt wiederholen."

Ihre überschäumende Lebensfreude ließ sich nur mit dem Wort bezaubernd beschreiben. „Das musst du, wenn du nicht zu Fuß nach Hause gehen willst."

„Können wir den längeren Rückweg nehmen?"

Bowie war sich nicht sicher, ob er schon bereit dazu war, den ganzen See zu umfahren. „Mal sehen, wie du dich nach einem Rudernachmittag fühlst." Er schnappte sich die Sandwiches und das Wasser. „Ich habe Mittagessen mitgebracht. Du hast die Wahl zwischen Erdnussbutter und Marmelade oder Mortadella. Was isst du am liebsten?"

„Ist das Mortadella mit Mayo oder Senf?"

Er warf ihr einen ungläubigen Blick zu. Einen, der zu sagen schien, *was wohl*? „Dazu kann es nur Senf geben."

„Können wir beides teilen?"

Er rollte übertrieben mit den Augen. „Du willst also alles." Es war einfach, mit Katie zusammen zu sein. Sie hatte eine unkomplizierte Persönlichkeit.

„Ich nehme das, was ich von dir bekommen kann."

War das eine Botschaft? War sie bereit, sich mit so wenig zufriedenzugeben? „Du solltest deine Ansprüche ein bisschen höher ansetzen."

Sie umklammerte seinen Arm und führte ihn zum Eingang. „Wenn ich an dich denke, fällt mit etwas anderes ein als ‚geringe Ansprüche'."

„Was fällt dir denn ein?"

Er hielt ihr die Tür auf und sie ging hindurch. Gott, er liebte diese Shorts. Sie reichten gerade bis zur Rundung ihres Hinterns. Nichts war zu sehen, aber seine Fantasie ging mit ihm durch, bei der Vorstellung, was sich unter dem ausgefransten Rand befand.

„Verführerisch." Sie beschleunigte ihr Tempo und ging zur Kasse, wo Seth stand und sie anlächelte.

„Katie, richtig?" Der Mann nahm sich ein bisschen zu viel Zeit, um sie zu begutachten.

„Und ich", sagte Bowie mit nicht gerade freundlicher Stimme. Die Anspannung zog sich wie ein straffes Kabel durch seinen Körper. Er stellte sich hinter Katie, stützte sein Kinn auf ihren Kopf und entspannte sich.

Seth schien die Situation zu begreifen. „Bist du nicht gerade erst hierher zurückgekommen?"

Bowie sah ihn und Katie aus schmalen Augen an. Er hoffte, es erweckte den Eindruck, dass Katie zu ihm gehörte. Das entsprach zwar nicht der Wahrheit, aber das wusste Seth nicht. Eines würde er aber auf jeden Fall sicherstellen: Katie würde niemals zu Seth gehören. Sie war viel zu gut für diesen Mistkerl.

„Vor nicht allzu langer Zeit." Er legte seine Hände auf Katies Hüften und zog ihren Rücken an seine Vorderseite. Sie lehnte sich an ihn, als wäre es ganz natürlich.

„Du lässt wohl nichts anbrennen." Seth gab Katie die

Rechnung. „Es kostet vierzehn Dollar pro Stunde oder dreißig für den Tag."

Bowie holte einen Zehner und einen Zwanziger heraus und legte beide auf den Tresen. „Wir nehmen es für den ganzen Tag."

Katie drehte den Kopf herum und sah zu ihm hoch. Er wusste, dass eine Diskussion bevorstand, also küsste er sie, um sie zum Schweigen zu bringen. „Bereit?"

Seth zeigte auf die Eingangstür. „Schnappt euch die Ruder auf dem Weg nach draußen. Das Boot ist am Anleger drei."

Bowie drehte Katie herum und führte sie zur Tür hinaus.

„Benimmst du dich öfters wie ein Höhlenmensch?" Sie ging neben ihm her. „Worum ging es denn da eben?"

„Ich mag ihn nicht. Mir gefällt nicht, wie er dich angeschaut hat. Als hätte er Chancen bei dir. Er ist nicht gut für dich."

„Als ich dich eingeladen habe, wusste ich nicht, dass ich Ratschläge für die Partnersuche bekommen würde. Was gehört denn noch zu diesem Service?" Sie hob fragend ihre Hände. „Mein Auto könnte eine Wartung vertragen. Die Wasserleitungen in der Bäckerei sind immer noch Mist. Mein Bett knarrt, wenn ich mich umdrehe. Möchtest du dich vielleicht auch um diese Dinge kümmern?"

Das Kräuseln ihrer Lippen verriet ihm, dass sie nicht wütend war, sondern ihn nur auf den Arm nahm. Er wusste bereits, dass Katie auf gar keinen Fall eine Chance verpassen würde, ihn zu reizen.

„Bobby Williams ist der richtige Mann für den Autoservice. Mark MacPherson ist der Handwerker für alle Fälle. Wenn es um dein Bett geht ... da helfe ich allerdings gerne weiter."

„Ich behalte das im Hinterkopf, falls ich dich jemals am Türpfosten vorbeilocken kann."

Sie hatte recht. Er hatte seit seiner Rückkehr noch keinen Fuß in die Bäckerei gesetzt. Er versuchte sein Stirnrunzeln mit körperlicher Aktivität zu überspielen. Nachdem er ihr ins Ruderboot geholfen hatte, band er es los, stieß es vom Steg ab, sprang selbst hinein und reichte ihr dann die Ruder. „Du wolltest rudern. Tu dir keinen Zwang an."

Dass eine unbedeutende Kleinigkeit, wie das Gleiten über den See ihr so viel Freude bereiten konnte, verstand er nicht wirklich. Sie war wunderschön, intelligent und liebenswert. Warum waren die einfachen Freuden des Lebens an ihr vorübergegangen?

KAPITEL ZEHN

Wer hätte gedacht, dass Rudern so schwer sein würde? Katie nahm die Griffe und zog die Paddel durch das Wasser. Sie hatte gestern Abend über das Rudern gelesen, und es schien leicht genug zu sein. Man musste einfach Wasser von hinten nach vorne schaufeln und um zu wenden, bremste man auf einer Seite, indem man ein Ruder in das Wasser eintauchte.

Ganz einfach.

„Gib sie mir." Bowie griff nach den Rudern. „Du wirst dich noch zu Tode rudern."

Katie packte die Griffe fester. Sie würde auf keinen Fall die Kontrolle aufgeben. „Lehn dich einfach zurück und genieße es. Ich bin für die Dinger hier verantwortlich." Sie hob die Griffe an, um zu beweisen, dass sie recht hatte, doch einer rutschte ihr aus der Hand und fiel ins Wasser. „Oh. Mein. Gott." Sie lachte so sehr, dass ihr Bauch wehtat.

Er zeigte auf das einsame Paddel in ihrer Hand. „Gib mir das für eine Minute." Es wurde still zwischen ihnen, während sie über seine Bitte nachdachte. „Ich gebe es dir mit dem anderen zurück, sobald ich beide habe", sagte er, um sie zu beruhigen.

Sie übergab es ihm widerwillig und sah zu, wie er das Boot nahe genug heran manövrierte, um sich das abtrünnige Ruder zu schnappen. Getreu seinem Wort gab er ihr beide zurück.

„Los gehts, Herzogin. Rudere nach Herzenslust."

Katie war sich sicher, dass es für Bowie schwer war, die Verantwortung abzugeben. Er schien zu der Sorte Mann zu gehören, die am liebsten alles kontrollierte. Sie vermutete daher, dass er seit dem Tod seiner Verlobten nicht mehr nach Aspen Cove zurückgekehrt war, weil er die Situation damals nicht kontrollieren konnte und diese Gefühle auch jetzt noch nicht bewältigt hatte.

„Lehn dich zurück und entspann dich. Ich werde dir den Trip deines Lebens bescheren." Sie zog ihn mit seinen eigenen Worten auf.

„Mach dich nicht über mich lustig." Er streckte sich auf der Holzbank aus. Seine Beine waren so lang, dass sie bis unter ihren Sitz reichten.

„Ich kann nicht glauben, dass Rudern auf deiner Lebenstraum-Liste steht. Was ist mit Dingen wie einen Filmstar treffen oder einen Maserati fahren?"

Katie vergewisserte sich, dass die Ruder dieses Mal fest in diesem Ring-Dingsbums saßen, beugte sich dann vor und tauchte beide ins Wasser. Das Boot voranzubringen erforderte mehr Kraft und Energie, als sie erwartet hatte, aber sie war keine Drückebergerin.

„Maserati bin ich schon gefahren. Er gehörte einem meiner Ärzte."

„Du hast Ärzte mehr als einmal erwähnt. Möchtest du das näher erläutern?"

„Nicht wirklich. Ich war ein kränkliches Kind und hab viel Zeit im Krankenhaus verbracht." Sie ließ eine Sekunde lang eines der Ruder los, um ihre Brust zu berühren. „Ich hatte ein kleines Herzproblem, aber jetzt ist alles gut." Sie war sich sicher, dass die meisten Menschen Herzversagen nicht als „kleines Problem" bezeichnen würden, aber sie wollte sich nicht auf die Vergangenheit konzentrieren, sondern ihre Zukunft leben. Sie blickte auf die schreckliche Narbe herab, die über sein Knie verlief und unter dem Tarndruck seiner abgeschnittenen Shorts verschwand. „Was ist mit dir?"

„Ich habe auch ein paar Ärzte kennengelernt." Er rieb sich das Knie und zog den Stoff höher, um die Wunde zu zeigen. „Ich bin immer noch hier. Du bist immer noch hier." Er sah sich um. Der See war übersät mit Fischerbooten. „Halte dich von den anderen fern. Du solltest dich besser nicht mit einem Haufen alter Angler anlegen. Sie werden nicht davor zurückschrecken, dich ‚versehentlich' beim nächsten Wurf an den Haken zu nehmen."

„Ich hab das im Griff."

Sobald sich das Boot bewegte, war es tatsächlich so. Sie glitten über das Wasser. Die immer noch glasartige Oberfläche brach und kräuselte sich mit ihrer Bewegung. Mehrere Vögel stürzten herab, um zu sehen, ob das Paar etwas Interessantes zu bieten hätte, und als sie nichts als zwei Personen und eine Plastiktüte vorfanden, flogen sie weiter. Als sie sich einem vorausfahrenden Boot näherte, bremste sie und bog nach rechts ab.

Bowie griff nach der Tasche, die er gepackt hatte. „Hungrig?" Er hob eine Augenbraue. „Wir können uns einfach treiben lassen, während wir meine vorbereiteten Delikatess-Sandwiches essen."

„Delikatessen, hm?" Sie zog die Ruder ein und verstaute sie unter der Bank. „Was macht sie denn dazu?"

Bowie lachte. „Ich habe keine Ahnung, aber es klang gut."

„Her mit den Sachen, mein Herr. Ich rudere und verhungere fast."

„Du ruderst seit fünf Minuten." Er öffnete die Tasche und zog zwei eingepackte Sandwiches und zwei Flaschen Wasser heraus. „Sollen wir beide teilen?"

Sie erhob sich von ihrem Sitz. Das Boot schaukelte von einer Seite zur anderen, als sie sich auf den Platz neben ihm setzte. „Ich teile gerne mit dir." Das galt ganz besonders für seine Küsse. „Die meisten Menschen teilen in der Regel eine Mahlzeit, bevor sie sich küssen. Wir haben es andersherum gemacht."

„Warum auch nicht. Wer sagt schon Nein zu einer kleinen Vorspeise?"

Sie nahm sich die Papiertüte mit dem Mortadella-Sandwich, griff hinein, zog die beiden Hälften heraus und bot ihm eine an. „Also bin ich dein ‚Amuse-Bouche'?"

„Mein was?" Er nahm einen Bissen von seiner Sandwichhälfte. Ein Klecks Senf blieb an seinem Mundwinkel hängen.

Katie konnte nicht anders. Sie erhob sich, leckte ihn ab und genoss den würzigen Geschmack, der auf ihrer Zunge zurückblieb. „Ein ‚Amuse-Bouche' ist etwas, was man isst, um den Appetit anzuregen. Etwas, das deine Geschmacksnerven erfreut, bis du zum Hauptgang kommst."

„Ich hoffe, bald mit dir beim Hauptgericht anzukommen." Er sah sie mit glühenden Augen an.

„Ich bin also die Vorspeise *und* das Hauptgericht."

Sie biss in ihr Sandwich. Wie ein Mortadella-Senf-Sandwich so gut schmecken konnte, war ihr ein Rätsel. Vielleicht schmeckte es besser, weil sie es zusammen mit Bowie genoss. Vielleicht machte die Art, wie er sie neckte, ein einfaches Sandwich zu etwas Besonderem. Wem wollte sie etwas weismachen? Es gab kein „vielleicht". Alles an Bowie gefiel ihr.

Er schmiegte sein Gesicht an ihren Hals. Die Bartstoppeln einiger unrasierter Tage kratzten ihre Haut und erzeugten ein schönes, warmes Brennen. Seine feuchte Zunge wanderte von ihrem Schlüsselbein bis zu ihrer Ohrmuschel.

„Du bist auch der Nachtisch."

Die Begierde floss langsam und wie warmer Honig durch ihre Adern. Es gab keine Stelle ihres Körpers, die nicht das Dessert für Bowie Bishop sein wollte.

„Abwarten. Vielleicht schwindet dein Appetit nach Erdnussbutter und Marmelade." Sie griff nach der anderen Tüte und holte ihre Sandwichhälfte heraus. „Die Marmelade ist süß und äußerst befriedigend."

Bowie wandte sich ihr zu. „Ich bin mir sicher, dass du auch süß bist, und ich garantiere dir, dass du auch befriedigt sein wirst, wenn ich mit dir fertig bin."

Jedes seiner Worte ließ sie erzittern, aber ein Wort ließ ihr Herz auf den abgewetzten Holzboden des Bootes herabsinken. Er hatte das Wort „fertig" gesagt. Das hörte sich so an, als ob alles vorbei sein würde, sobald er sie bekommen hatte.

Obwohl Katie Liebe finden wollte, musste sie realistisch sein. Das Leben war vergänglich. Unsicher. Unnachgiebig. War es nicht besser, das, was sie wollte, einmal zu haben als gar nicht? Niemand wusste besser als sie, wie schnell sich das Leben ändern konnte. Sie sah Bowie an, der sich umgedreht hatte, um auf das Wasser zu schauen. Auch er wusste, dass eine Person heute hier sein konnte und morgen nicht mehr.

„Ich wäre sehr gerne dein Dessert." Es war eine mutige Aussage. Eine, hinter der sie stehen würde, denn tief im Inneren wusste sie, dass ein Tag mit Bowie besser war als jeder ohne ihn.

Er schnappte sich die Ruder und steckte sie in die Halterung. „Ich bin dran mit Rudern. Ich will nicht, dass du total erschöpft bist, bevor ich dich ins Bett verfrachte."

„Mir gefällt deine Art zu denken."

Sie nahm ihm gegenüber Platz und aß ihr Sandwich. Mit

jedem Ruderschlag schwollen seine Muskeln an, bis sich der Baumwollstoff seines Hemdes über seinen Armen und der Brust straffte – Teile seines Körpers, die sie später mit ziemlicher Sicherheit zu Gesicht bekommen würde.

Als er sich zum Ufer umdrehte, glitzerte das Sonnenlicht auf der verblassten weißen Linie, die seine Wange halbierte.

„Woher hast du diese Narbe?" Sie legte ihre Hand an ihre makellose Wange.

Seine Augen verengten und seine Kiefermuskeln strafften sich. Der Nerv eines angespannten Muskels zuckte. „Autounfall."

Ihr Herz setzte einen Schlag aus. Der Heftigkeit seiner Antwort nach zu schließen, musste es mit seinem größten Verlust in Verbindung stehen. „Es tut mir leid. Das geht mich nichts an."

Sie saßen eine lange Minute schweigend da. Er drehte das Boot so, dass sie der Westseite des Sees zugewandt waren.

„Wir waren seit mehr als zehn Jahren zusammen, als sie starb." Seine Stimme war leise und weit weg. „Ich habe noch nie mit jemandem darüber gesprochen, aber ich habe diese Narbe, weil ich versuchte, sie und meine Mutter zu retten. Ich rettete keine von beiden."

Die Luft um sie herum war mit Bedauern erfüllt. Sie war unsicher, wie sie reagieren sollte. „Du musst es mir nicht erzählen."

Er riss seinen Blick vom Berghang los und sah sie an. „Ich glaube, dass du es wissen musst. Du musst verstehen, warum ich dich niemals lieben kann. Nicht, weil du nicht liebenswert bist, sondern weil ich nicht fähig bin, zu lieben."

Als sie schluckte, war es, als ob ein Felsbrocken in ihrem Hals steckte. „Ich bezweifle, dass du unfähig bist. Es ist eher so, dass du dich sträubst, und warum solltest du das nicht tun? Liebe ist riskant."

Er zeigte von ihr auf sich. „Und das ist in Ordnung für dich, obwohl du weißt, dass nie mehr zwischen uns sein wird?"

Tief in ihrem Inneren wollte sie weinen, um sich selbst und um ihn. War sie wirklich zufrieden mit der Gewissheit, Bowie nie mehr zu bedeuten? Nicht wirklich, aber sie musste es sein. Sie wusste, dass sie mehr verdiente und er auch, aber etwas sagte ihr, dass er das Wagnis wert war. „Wir wissen beide, wie zerbrechlich das Leben ist. Sorgen wir uns nicht um morgen. Lass uns heute leben."

Er ruderte kräftiger, bis sie durch das Wasser glitten wie ein heißes Messer durch Butter. „Du machst meinen Aufenthalt hier besser."

„Hier zu sein ist gar nicht so schlimm. Vielleicht gefällt es dir ja irgendwann doch noch. Wer weiß, vielleicht bleibst du sogar." *Ein Mädchen durfte hoffen.*

Sie aß ihr Sandwich auf und sah zu, wie die Landschaft an ihnen vorbeizog, während Bowie sie vorwärtstrieb.

„Meine Mutter pflegte zu sagen: ‚Überquere niemals dieselbe Brücke zweimal'. Ich habe diese Brücke bereits überquert. Ich bleibe nicht."

Sie legte den Kopf zur Seite und schnitt eine Grimasse. „Ernsthaft? Nie-Sagerei? Ich hasse das."

Er zog die Ruder ein. Sie trieben über das Wasser. „Wovon redest du?" Er legte seine Ellbogen auf die Knie und beugte sich vor, die Hände zwischen den Beinen verschränkt. „Nie-Sagerei"?

„Du weißt schon. All das Zeug, das die Leute von sich geben, als wäre es ein weiser Rat. Dinge wie ‚Man lernt nie aus' oder ‚Jetzt oder nie'. Was soll das bedeuten? Wer denkt sich so etwas aus? Überflüssige Worte in eine Weisheit verpackt."

„Einige von ihnen sind aber wirklich gut."

„Dann gib mir ein Beispiel für eins, das wirklich für dich von Bedeutung gewesen ist."

Er saß einfach nur da. Sie konnte sehen, wie sich die Rädchen in seinem Kopf drehten, und an der Art und Weise, wie sich seine Lippen in den Mundwinkeln hoben und das Licht in seinen Augen funkelte, erkannte sie, dass ihm etwas eingefallen war.

„Sag niemals nie." Er warf ihr einen Blick zu, der bedeutete, *das kannst du nicht schlagen.*

„Du hast gerade ‚nie' gesagt." Sie schüttelte den Kopf, verärgert darüber, dass er sich selbst widersprochen hatte. „Ich gestehe dir zu, dass es das Klügste von allen ist, weil es dir Möglichkeiten offenlässt. Was das mit der Brücke angeht ... was wäre, wenn du das, was sich auf der anderen Seite der Brücke befindet, brauchst oder haben willst? Würdest du sie dann überqueren? Wenn nicht ... dann würdest du es nie erfahren."

Ein frischer Wind kam auf. Ein Mann in einem Boot in ihrer Nähe feierte seinen jüngsten Fang mit Gebrüll und Gejohle. Die Sonne war am Horizont angekommen und stand über dem Gipfel. Die letzten Schneereste waren geschmolzen. Hellgrüne Espenblätter färbten den Berghang. Es war Frühling, eine Zeit für Neuanfänge.

„Du hast recht. Nie-Sagereien sind dämlich", sagte Bowie.

„Ich hasse es, pauschale Erklärungen abzugeben, weshalb ‚Sag niemals nie' gut ist. Es gibt noch einige andere, die erwähnenswert sind, wie ‚Verpasse nie die Gelegenheit, ich liebe dich zu sagen' oder ‚Verpasse nie die Chance, ein nettes Wort zu sagen' oder ‚Lass den Mann, der dein Boot rudert, nie ohne einen Kuss davonkommen'." Sie stürzte sich auf ihn und warf ihn dabei um.

Die nächsten zwanzig Minuten lagen sie auf dem Boden des Bootes und knutschen herum wie Teenager. Erst als ein mutiger Vogel landete und an den leeren Sandwichbeuteln herumpickte, tauchten sie wieder auf.

Die Sonne ragte kaum mehr über den Berg, was bedeutete, dass es in kürzester Zeit dunkel werden würde. „Wir sollten zurückfahren." Er wendete das Boot und steuerte auf das Ufer zu. „Lass uns nach Hause gehen, uns umziehen und uns heute Abend in der Bar auf einen Drink treffen."

„Ist das alles, was du willst? Einen Drink?"

„Ich habe nie gesagt, dass das *alles* ist, was ich will."

Sie leckte seinen Geschmack von ihren Lippen. „Du magst das Wort ‚nie' aber wirklich."

„Ich weiß", sagte er selbstbewusst. „Hier ist noch etwas, worüber du nachdenken solltest. Ich werde heute Abend Dinge mit dir anstellen, die dafür sorgen werden, dass du mich nie vergisst."

Die Verspieltheit stand ihm gut. Es war schön zu sehen, wie er sich entspannte und den Moment genoss. Als er dann bei einem Lächeln mit offenem Mund seine weißen Zähne aufblitzen ließ, schmolz etwas in ihr wie Schokolade auf einem von der Sonne erwärmten Bürgersteig. Sie dachte an ihr eigenes „nie". Nie hatte sie einen Mann so sehr gewollt wie Bowie.

KAPITEL ELF

Die zwanzig Minuten, die es bis zur Bäckerei dauerte, waren herrlich. Ihre Arme um seine Hüfte geschlungen. Ihr Kopf an seinen Rücken gelehnt. Er zwischen ihren Schenkeln gefangen. Er hasste es, sie absetzen zu müssen.

Nachdem sie hineingegangen war, machte er sich, mit der Aussicht sie später wiederzusehen, auf den Heimweg. Ihre letzten Worte an ihn waren: „Rasiere dich nicht."

Ein Mädchen wie Katie sollte mit einem Banker oder Geschäftsmann zusammen sein. Was sie mit jemandem wie ihm wollte, war jenseits aller Vorstellungskraft. Er hatte ihr nichts zu bieten. Da sie allerdings erwachsen genug war, beschloss er, es nicht weiter zu hinterfragen.

Sie hatten auf dem Boot über viele Dinge gesprochen, wenn sie sich nicht gerade küssten. Dass sie in der Datenerfassung für die Versicherungsgesellschaft ihres Vaters gearbeitet hatte. Dass ihre Eltern ihr nicht viel Spielraum einräumten, um eigene Entscheidungen zu treffen, und warum es die furchteinflößendste und beste Entscheidung ihres Lebens gewesen war, nach Aspen Cove zu kommen.

Er hatte auch ein paar Dinge über sich selbst erzählt. Nie

zuvor hatte er Informationen über *diesen Tag* preisgegeben. Sein Herz und sein Atem setzten aus, als er über den See schaute, an die Stelle, wo sich alles ereignet hatte, aber dann sah er Katie an und alles begann sich zu entspannen. Sie war wie menschliches Valium.

In dem Moment, als er zu Hause ankam, trat sein Vater aus der Tür. Der Geruch von Rasierwasser traf Bowie mit voller Wucht. „Hast du wieder eine Verabredung?" Er konnte es ihm nicht verübeln, dass er sein Leben mit jemandem teilen wollte.

Ben zuckte mit den Schultern. „Ich weiß nicht, was mit Maisey los ist, aber sie ist gut zu mir." Er zog seine Brieftasche heraus und sortierte seine Scheine.

„Hast du genug Geld?" Es war lustig, wie sich die Rollen vertauscht hatten. Vor langer Zeit einmal war es Bowie gewesen, der mit geöffnetem, leeren Portemonnaie vor seinem Vater stand.

„Ja, habe ich. Genug für ein Abendessen und einen Film." Sein Vater steckte seine Brieftasche ein. Er senkte den Kopf und schaute auf den Boden. „Ich komme heute vielleicht nicht nach Hause. Hast du was dagegen?"

Bowie war gut dreißig Zentimeter größer als sein Vater und beugte sich nach unten, um ihm in die Augen zu schauen. „Ich möchte, dass du glücklich bist. Macht Maisey dich glücklich?"

Bens Kopf hob sich. „Ich bin glücklicher, als ich es seit langer Zeit gewesen bin. Du bist zu Hause. Dein Bruder hat eine tolle Frau gefunden. Ich habe einen Job, der mir gefällt. Katie ist etwas Besonderes." Er schaute zu dem Motorrad hinüber, das in der Einfahrt stand. „War sie das, die ich hinten auf deinem Motorrad gesehen habe?"

Seinem Vater entging nichts. „Ich habe sie zum See mitgenommen. Sie wollte ein Boot rudern."

Ben lachte. „Besonders ist vielleicht nicht das richtige Wort. Sie ist ein bisschen verrückt, aber niedlich. Tu ihr nicht weh, Bowie. Ich habe das Gefühl, dass sie schon viel durchgemacht hat."

Bowie sah an seinem Vater vorbei zu *B's Bed & Breakfast*. „Haben wir das nicht alle?"

Ben zog seinen Sohn an sich und umarmte ihn. Er war ungewöhnlich gefühlsbetont, seit Bowie nach Hause gekommen war. „Ich liebe dich, mein Sohn. Es ist auch Zeit für dich, glücklich zu sein."

Bowie nickte und ging rückwärts auf das Haus zu. „Amüsier dich gut. Und vergiss nicht, dir was überzuziehen, bevor es ernst wird."

„Ab ins Haus mit dir", sagte sein Vater mit gespielter Strenge.

Bowie ging direkt unter die Dusche. Als er herauskam und nach Seife anstatt nach Schweiß roch, begegnete er Cannon.

„Kommst du heute Abend in die Bar?", fragte sein Bruder.

„Ich werde da sein. Ich treffe mich mit Katie auf einen Drink."

„Tatsächlich? Bist du scharf auf sie?"

„Sie ist wirklich scharf, aber es ist nicht so, wie du denkst." Es war genau so, aber das würde er nicht zugeben. „Wir sind Freunde. Das ist alles."

Cannon stand in der Tür zu seinem Zimmer und knöpfte sein Hemd zu. „Spiel nicht mit ihr. Ich will nicht, dass Sage wütend auf mich ist, weil du es mit ihrer besten Freundin vergeigt hast."

Bowie warf seine Hände in die Luft. „Warum glauben eigentlich alle, dass ich ihr wehtun werde?"

Cannon zuckte mit den Schultern. „Weil es vielleicht so sein wird. Aber mach das besser nicht, weil ich dir in den

Hintern treten werde, wenn du es tust." Er schob sich an Bowie vorbei. „Ich bin spät dran. Wir sehen uns dort."

Er hörte, wie sich die Eingangstür schloss, bevor er sein Zimmer betrat. Während sich alle um ihn herum verändert hatten, war sein Zimmer dasselbe geblieben, wie in einer Zeitschleife gefangen. Die Kommode war voller Erinnerungen, angefangen bei den Sammler-Pennies, die Brandy ihm geschenkt hatte, bis hin zu Kinoeintrittskarten und Broschüren von Veranstaltungsorten für Hochzeiten.

Er nahm die Reklame für einen Ort namens *The Chateau* hoch. Er lag am Rande von Silver Springs und war eine Kombination aus einer Touristenranch und einem Wellnesshotel und Brandys erste Wahl gewesen.

Er nahm den Papierkorb hoch und entsorgte alles mit einer Handbewegung. Es hatte keinen Sinn, an der Vergangenheit festzuhalten, denn es erfüllte ihn nie mit einem positiven Gefühl für die Zukunft. Da war ein weiteres „nie", das er überdenken musste.

Könnte er eine Zukunft haben? Würde sein Herz jemals weich genug werden, um jemandem einen Platz darin einzuräumen? Er konnte sich keinen Zeitpunkt vorstellen, an dem das passieren würde. In seiner Zukunft gab es zwar keinen Platz für Liebe, aber eine Zeitspanne, in der er Katie haben konnte.

ER BEHIELT die Tür mehr als eine halbe Stunde lang im Auge, aber sie tauchte nicht auf.

„Hast du eine Verabredung?", fragte der Doktor vom Stuhl neben seinem. „Du beobachtest diese Tür, als würdest du auf jemanden warten."

„Nein, keine Verabredung, aber Katie kommt vorbei, um etwas mit mir zu trinken."

Der Doktor faltete seine Serviette zu einem Neunergitter. Er war bei seinem zweiten Bier angelangt, was bedeutete, dass er mit Cannon „Drei gewinnt" spielen würde, um zu sehen, wer seine Rechnung bezahlen musste.

„Zu meiner Zeit nannte man das eine Verabredung, wenn ein Mädchen sagte, es würde dich auf einen Drink treffen. Ihr jungen Leute seid ziemlich verwirrend."

„Ich bin nicht der Typ für Verabredungen." Er zog das Bier an die Lippen und nahm einen Schluck. Die kalte Kohlensäure half dabei, das Feuer zu ersticken, das er in seinem Inneren entfacht hatte. Allein der Gedanke an Katie brachte ihn zum Glühen.

„Sie ist ein gutes Mädchen, diese Katie. Sie ist ..."

Da Bowie es schon öfter gehört hatte, beendete er den Satz. „Ich weiß, sie ist etwas Besonderes, und wenn ich ihr wehtue, treten Sie mir in den Hintern." Er legte den Kopf in den Nacken und nahm noch einen Schluck aus dem eisgekühlten Krug.

Der Doktor sah ihn verdutzt an. „Ich wollte sagen, dass sie ein Segen für Aspen Cove ist, aber du hast recht, sie ist etwas Besonderes. Ich bin zu alt, um dir in den Hintern zu treten, aber es gibt ein Dutzend Menschen in ihrer Umgebung, die es tun werden, wenn du ihr wehtust." Er lachte und trank sein Bier aus.

Cannon kam herüber und begann mit einem O in der Mitte des Gitters. Bowie ignorierte den Fortgang des Spiels und behielt die Tür im Auge. Ein paar Minuten später kam sie herein. Sie trug eine enge Bluejeans und diese verdammten roten Stiefel und alle Augen waren auf sie gerichtet.

Für einen Sonntag war die Bar voll, aber es war Touristensaison und die Einwohner von Aspen Cove erwirtschafteten ihren gesamten Jahresverdienst in den Monaten von Mai bis Oktober.

Er hatte es vorher nicht bemerkt, aber die Idioten von vorhin aus seinem Laden spielten Billard. Der dämliche blonde Typ flüsterte seinen Freunden etwas zu, bis sie sich alle umdrehten und Katie anstarrten.

Sie beachtete sie nicht. Ihre Augen waren auf ihn gerichtet, und er wollte verdammt sein, wenn sich das nicht gut anfühlte. Er war gebrochen und vom Leben gezeichnet, hatte Narben und war hässlich, aber sie schaute ihn an, als wäre er ein Prinz.

„Hey", sagte sie, kletterte auf den Barhocker neben ihm und lächelte. „Du warst ja tatsächlich vor mir hier."

Er wandte sich ihr zu. Sie war atemberaubend. Ihr Haar war so hellblond, dass es unter dem Schein der Lampen fast weiß aussah. Ihre Haut war makellos. Ihre Lippen prall und wie zum Küssen gemacht. Sie roch nach Erdbeeren und Honig. Er wollte sie in seine Arme ziehen und ihren süßen Mund schmecken, aber das wäre, als würde er sie als sein Eigentum betrachten. Sie gehörte nicht zu ihm. Er gehörte nicht zu ihr.

„Wie immer?", fragte Cannon.

Es störte Bowie, dass sein Bruder wusste, was sie gewöhnlich trank. Er wusste sehr wenig über diese Frau außer, dass sie wunderschön und nett war. Dass sie als Kind kränklich gewesen war, überfürsorgliche Eltern und wenig Lebenserfahrung hatte. Er wusste auch, dass sich ihre Haut wie Seide anfühlte, ihr Mund nach Honig schmeckte und ihr Verlangen nach ihm so stark war wie seines nach ihr. Dass sie Kurven hatte, die wie ein präzise mit Laser geschnittenes Puzzleteil zu ihm passten und ihre Berührung ihn beruhigte, und dass der Klang der Südstaaten in ihrer Stimme wie Musik in seinen Ohren war.

Cannon stellte ein Mineralwasser vor ihr auf den Tresen.

„Wasser?", fragte Bowie. Sie sah eher aus wie ein Mädchen, das Wein trank; aber andererseits, woher sollte er das wissen? Er kannte sie nicht wirklich.

„Ich liebe dieses sprudelnde Wasser."

Sie war ein Rätsel. „Also lass uns ein Spiel spielen."

Sie klatschte in die Hände. „Ich liebe Spiele." Sie schaute an ihm vorbei, wo Cannon stand und eine Partie „Drei gewinnt" verlor. „Willst du das spielen?"

„Verdammt, nein. Ich möchte dich kennenlernen", flüsterte Bowie ihr ins Ohr, während er sich zu ihr beugte. „Bevor ich dich kennenlerne." Er lehnte sich wieder zurück.

Eine verführerische Röte betonte ihre Wangenknochen. Es gefiel ihm, dass er sie dorthin gezaubert hatte.

„Was willst du wissen?"

Er streckte seine Hand aus und strich ihr eine Haarsträhne aus den Augen – diesen wunderschönen, ausdrucksvollen blauen Augen. „Ich will alles wissen, also lass uns ein Spiel spielen, das ich Wahrheit oder Lüge nenne."

„Ich kenne das Spiel. Willst du anfangen?"

„Damen haben Vortritt, Herzogin."

Katie nippte an ihrem Wasser. „Ich werde nächsten Monat achtzehn."

Bowie verschluckte sich an seinem Bier. „Ich bete, dass das eine Lüge ist, denn wenn nicht, gehe ich morgen ins Gefängnis."

Sie lachte. „Ich bin achtundzwanzig, aber ich habe nächsten Monat Geburtstag. Du bist dran."

„Ich wurde siebenmal angeschossen."

Sie kaute auf der Innenseite ihrer Wange und starrte ihn an. „Ich würde sagen, das ist die Wahrheit. Lässt du mich deine Narben küssen?“ Ihre Stimme war sanft und leise und verführerisch.

„Ich würde liebend gerne deine Lippen auf mir spüren.“

Der Doktor erhob sich von seinem Stuhl und winkte ihnen zum Abschied zu. Cannon brachte den Idioten am Billardtisch einen weiteren Bierkrug.

„Ich habe eine Platte aufgenommen, als ich fünfzehn war.“ Sie saß da, ohne eine Miene zu verziehen.

Bowie ließ sich nicht täuschen, denn obwohl ihr Gesicht absolut ernst war, trommelten ihre Hände nervös auf ihr Knie. Damit verriet sie sich. Sie war eine schreckliche Schwindlerin.

„Lüge.“

„Woher weißt du das?“

Er lehnte sich zurück an den Tresen. „Nenn es Intuition.“ Er benutzte dasselbe Wort, das sie am Tag ihres Kennenlernens verwendet hatte.

Im Laufe der nächsten Stunde lernten sie viel voneinander.

Sie ging dreimal die Woche laufen.

Nach seiner letzten Verletzung verbrachte er drei Monate im Krankenhaus.

Sie hatte einen jüngeren Bruder und eine jüngere Schwester.

Er hatte Cannon.

Sie liebte Süßkartoffeln.

Er liebte Auberginen.

Sie hatte sich schon immer einen Hund gewünscht.

Er wollte eine neue Harley.

Sie liebte Lipgloss.

Er auch, wenn er ihn auf ihren Lippen schmeckte.

Sie las gerne Liebesromane.

Er liebte *Playboy*.

Sie mochte harte Kerle wie ihn.

Er mochte sie.

Als die Jukebox spielte, zog sie ihn vom Barhocker hoch. „Tanz mit mir. Ich liebe dieses Lied."

Er erkannte es nicht, aber sie erklärte ihm, der Sänger wäre ein Künstler namens Indigo. Sie fanden eine freie Stelle und sie schmiegte sich in seine Arme, während die ergreifende Stimme des Künstlers von unerfüllten Wünschen und Träumen sang.

Augenblicke später tippte ihm der blonde Vollidiot auf die Schulter. „Macht es Ihnen etwas aus, wenn ich abklatsche?"

Bowie lachte. „Du hast wohl eine Todessehnsucht, oder?"

„Ich bitte Sie nur um eine Minute mit einem hübschen Mädchen." Er sah auf Bowies vernarbtes Gesicht.

„Es macht mir nichts aus, dir Platz zu machen, solange es dir nichts ausmacht, kastriert zu werden." Bowie sah auf den Mann herab. Er war dämlich, aber mutig. „Wenn du ihr noch einmal zu nahekommst – oder sie auch nur ansiehst, reiße ich dir deine Gonaden heraus und füttere dich mit ihnen. Verstanden?" Er zog Katie in seine Arme und liebte es, wie sie sich ganz natürlich an seine Seite schmiegte. „Lass mich dir einen Rat geben. Hier in Aspen Cove haben wir Regeln. Man springt nicht auf einen fremden Wagen auf. Man fischt nicht im Teich eines anderen Mannes. Man fasst die Frau eines anderen Mannes nicht an. Diese gehört mir."

Er nickte seinem Bruder zu, der hinter der Theke zusah, und führte Katie dann zur Tür hinaus.

Was zur Hölle habe ich gerade getan?

Er hatte sie als die Seine ausgegeben.

KAPITEL ZWÖLF

„Hättest du ihn wirklich mit seinen ... wie hast du sie genannt ... Gonaden gefüttert?“ Katie ging so dicht neben Bowie, dass man sie für einen Teil von ihm halten konnte. Jede ihrer Kurven schmiegte sich perfekt an seine Körperform. Er passte hervorragend an ihre Seite.

Er blieb in der Straßenmitte stehen und blickte mit einem nachsichtigen Lächeln auf sie herab. „Ich hätte sie ihm als Warnung für andere auch durch den Hals herausgerissen. Du bist nicht das Mädchen, mit dem man spielen sollte.“ Er beugte sich über sie und presste seinen Mund auf ihre Stirn. Seine von Licht durchfluteten Lippen jagten einen Schauer durch sie hindurch, der jeden Nervenstrang prickeln ließ.

Obwohl er gut zwanzig Zentimeter größer war als sie, schienen sie perfekt zueinander zu passen.

„Für einen Mann, der nichts weiter als einen Zeitvertreib sucht, lässt du deine besitzergreifende Seite aber ziemlich deutlich raushängen.“ Sie legte den Kopf zur Seite, um ihn anzusehen. „Wenn du genug von mir hast, werde ich wahrscheinlich nie wieder eine Verabredung in dieser Stadt bekommen.“

Seine Kiefermuskeln strafften sich. „Heute Abend gehörst du mir. Ich bin ein selbstsüchtiger Bastard und weigere mich zu teilen." Seine großen Hände umfassten ihren Nacken, als er sich herunterbeugte, um sie zu küssen.

Dieser Mann schaltete mit seiner Berührung ihren Verstand aus. „Morgen bin ich also wieder Freiwild?"

Er schlang seinen Arm um ihre Taille und führte sie zu seinem Truck. „Das werden wir sehen." Als sie auf der Beifahrerseite ankamen, öffnete er die Tür und half ihr hinein. „Lass uns von einer Minute zur anderen leben." Er bedeckte ihren Mund mit seinem und küsste sie.

Ihr Herz galoppierte in einem Tempo, dass ihr schwindlig wurde. Sie war von vielen Männern geküsst worden, aber nie zuvor hatte ihr Herz aus ihrer Brust springen wollen, um in deren Brust weiterzuleben. So wie jetzt.

Sie löste sich von ihm. „Wer weiß? Morgen habe ich vielleicht genug von dir."

Sie bezweifelte jedes gesprochene Wort, aber es fühlte sich gut an, es zu sagen. Er hatte ihr seit ihrem Kennenlernen deutlich gemacht, dass sie nichts anderes als ein Zeitvertreib füreinander sein würden. Diese Tatsache stand außer Frage. Wenn Bowie mit einem einzigen Kuss ihr Inneres in Wachs und ihr Hirn zu Stein verwandeln konnte, wer wusste schon, was er mit der empfindlichen Stelle zwischen ihren Beinen anstellen könnte? Aber unabhängig zu sein bedeutete, dass auch sie entscheiden konnte, also erinnerte sie ihn daran, dass er nicht die Kontrolle über sie hatte oder darüber, wie sich dieser Augenblick entwickeln würde.

„Das ist möglich, aber nicht wahrscheinlich." Er schloss die Tür und ging um den Truck herum auf seine Seite.

Sie mochte die Selbstsicherheit, mit der er sich bewegte. Bowie musste niemandem etwas beweisen. Sie bezweifelte, dass er sich wegen ihrer Bedürfnisse irgendwelche Gedanken machte. Er strahlte die Überzeugung aus, dass er sicher war, sie zufriedenstellen zu können. Diese Art Selbstvertrauen war verdammt sexy.

„Zu dir oder zu mir?" Katie schnallte sich an.

„Zu mir. Heute Abend wird niemand zu Hause sein. Paps ist bei Maisey und Cannon lebt praktisch bei Sage."

Sie drehte sich zu ihm um. „Wird das nicht hart für dich sein?"

Er gab dieses warme, leise Geräusch von sich, das nicht ganz ein Lachen war, sondern eher einem Grollen ähnelte. Es ließ ihr Schauer über den Rücken jagen.

„Nein, aber gib mir ein paar Minuten und ich werde hart für dich sein."

Sie streckte ihren Arm nach ihm aus und schlug ihm spielerisch gegen die Brust. „Du weißt, was ich meine."

Einen Moment lang herrschte Schweigen zwischen ihnen, als sie die paar Straßenzüge entlang zu seinem Haus fuhren. Er bog in die Schotterauffahrt ein und schaltete den Motor ab. Dann löste er seinen Sicherheitsgurt und beugte sich zu ihr hinüber. Der unsichere Ausdruck in seinen babyblauen Augen verriet, wie aufgewühlt er innerlich sein musste.

„Ich werde dich nicht anlügen und sagen, dass es einfach sein wird, aber wir können hierbleiben oder in deine Wohnung gehen, und für die Bäckerei bin ich noch nicht bereit."

Katie hatte ein tiefes Bedürfnis, den Mann zu trösten, von dem sie wusste, dass er innerlich litt. Sie rutschte auf seine Seite der Sitzbank hinüber und kletterte auf seinen Schoß. „Ich möchte dir helfen, diese Situation zu bewältigen. Ich will dich, Bowie. Ich will diesen Moment, ohne mehr zu erwarten. Lass uns gemeinsam die Welt vergessen und uns ineinander verlieren. Bestimmt kann uns das Universum ein paar

Minuten Freude gönnen.“ Sie legte ihre Hände auf seine verkrampften Schultern. Ihre Finger massierten die straffen, angespannten Muskeln.

„Ein paar Minuten?“ Seine Schultern bebten vor Lachen. „Du hast nicht viel Vertrauen in mich, oder?“ Er stieß die Tür auf und rutschte mit ihr, Beine um seine Taille geschlungen, vom Sitz herunter. Sie liebte es, wie seine Hände ihren Hintern umschlossen und ihren Körper dicht an seinen zogen. Die Mühelosigkeit, mit der er sie festhielt, ließ sie sich leicht wie eine Schneeflocke fühlen. „Ich habe gelernt, nicht viel zu erwarten.“

Mit einem Hüftstoß schloss er die Tür. Drei lange Schritte brachten sie zur Veranda und zwei Schritte die Stufen hinauf, wobei er mehrere übersprang. Ein kurzer Stopp, um die Tür aufzuschließen. Ein paar Stufen den Flur hinunter zu einem Zimmer, das nach ihm roch.

Sie sah sich die Wände an, die mit alten Rockpostern dekoriert waren. Auf seiner Kommode stand eine Lavalampe, deren blauer Öltropfen sich an ihrem Boden abgesetzt hatte.

„Willkommen in den Neunzigern.“ Er setzte sie auf der Bettkante ab. „Tu einfach so, als wären wir in einem dieser Läden, die Motto-Zimmer vermieten.“ Er sah sich im Zimmer um und schüttelte den Kopf. „Dekoration war mir noch nie wichtig.“

Katie stand vom Bett auf und ging zum Poster mit der Gruppe *No Doubt*. „Wenn du mich fragst ... Gwen Stefani weiß, wie man ein Zimmer verschönert.“

Bowie kam näher und vergrub seinen Kopf in ihrem Nacken. Die Stoppeln in seinem unrasierten Gesicht rieben auf köstlichste Weise über ihre zarte Haut.

„Du verschönerst mein Zimmer.“

„Schmeichelei bringt dich ... überall hin.“ Sie drehte sich um und presste ihre Hände auf seine harte Brust. Ihre Finger folgten seinen Brustmuskeln hoch bis zu der Stelle, wo sein Bart begann. „Ich bin sehr froh, dass du dich nicht rasiert hast.“ Sobald ihre Hände um seinen Hals geschlungen waren, zog sie ihn zu einem Kuss herunter. Sie war normalerweise nicht so mutig, aber das war die neue Katie. Diejenige, die sich das nahm, was sie wollte, und im Augenblick war das Bowie.

Er drehte sie beide herum und dirigierte sie zurück zur Bettkante. Als sie mit ihren Kniekehlen gegen die Matratze stieß, sank sie auf die weiche, blaue Bettdecke herunter.

„Alles wird ausgezogen, bis auf diese Stiefel. Sie sind so verdammt sexy.“

Sie zog ihre Unterlippe zwischen ihre Zähne und kaute darauf herum. Über diese Situation hatte sie sich nicht viel Gedanken gemacht. Sicher, sie hatte seit dem Tag ihres Kennenlernens von Bowie und ihr im Bett geträumt, aber tatsächlich hier zu sein, während er sie mit unverhohlener Lust in seinen Augen ansah, war etwas völlig anderes. Sie fühlte sich gänzlich unvorbereitet auf die Emotionen und Empfindungen, die er in ihr weckte.

Als sie das letzte Mal Interesse an einem Mann gehabt hatte, schafften sie es bis zur fünften Verabredung. Sie hielt es damals für klug, ihren gesundheitlichen Zustand offen darzulegen, aber als sie Samuel während des Abendessens erzählte, dass sie eine Herztransplantation gehabt hatte, faltete er seine Serviette zusammen und stand auf. Sie dachte, er würde zur Toilette gehen, aber nach fünfzehn Minuten war er immer noch nicht zurückgekehrt. Als sie nach der Rechnung fragte, sagte die Kellnerin, der Herr hätte bezahlt und sei gegangen.

Er ließ sich dann zwei Tage Zeit, bis er ihr eine Textnachricht schrieb. „Ich kann nicht mit jemandem zusammen sein, der so zerbrechlich ist.“ Das war das erste Mal, dass sie erkannte, dass sie sich anders sah als der Rest der Welt.

Während ihre gut fünfundzwanzig Zentimeter lange Narbe für andere eine Schwäche bedeutete, war sie für sie ein Zeichen von Stärke.

Sie betrachtete sich selbst nie als zerbrechlich; sie hielt sich für geheilt. Zerbrechlich war sie, als sie mit zwanzig Jahren im Krankenhaus lag, ohne die Energie zu haben, den Schwesternrufknopf zu drücken; heute konnte sie kilometerweit laufen. Der Einzige, mit dem etwas nicht in Ordnung war, war Samuel. Damals entschied sie, dass es ihre Position in der Beziehung schwächte, wenn sie von ihrer Krankheit erzählte. Andererseits wollte sie ihr Hemd nicht ausziehen und Bowie damit einen Riesenschock versetzen.

„Ich ziehe alles aus, bis auf meine Bluse und Stiefel."

Er schüttelte den Kopf hin und her. „Vergiss es, Herzogin. Ich kann es nicht erwarten, deine Brüste zu sehen."

„Gut, aber ich habe Narben." Als würde sie ein Pflaster abreißen, sagte sie die Worte schnell und hoffte, dass das den Schock mindern würde.

„Wir alle haben Narben."

Er griff nach dem Saum ihrer Bluse und zog sie ihr über den Kopf. Sie beobachtete, wie er jeden Zentimeter ihres Körpers eindringlich musterte. Seine Augen verweilten auf der schwarzen Spitze, die kaum ihre Brüste verhüllte. Genau zwischen den beiden Spitzenkörbchen befand sich eine lange, dünne, silbrige Narbe, die von ihrem Brustbein oben bis zum unteren Rippenende verlief. Er nahm das alles in sich auf, aber kein einziges Mal sah er angewidert aus, oder schlimmer noch, erfüllt mit Mitleid.

„Du bist perfekt."

Diese Worte hatte sie weder erwartet, noch war sie darauf vorbereitet gewesen. Wenn sie sich jetzt nicht noch mehr in ihn verliebte, dann könnte nichts mehr ihr Herz berühren. „Wie schön, dass du blind bist."

„Oh, Liebling, ich sehe das, was wichtig ist." Er folgte ihrer Narbe mit seiner rauen Fingerspitze. „Das verrät mir nicht, was du nicht bist. Es zeigt mir, was du bist. Du bist eine unglaublich erotische Frau." Seine kräftigen Finger lösten ihren BH-Verschluss vorne. Als er sich öffnete, verwandelten sich seine Augen von der Farbe eines Frühlingshimmels in ein sattes Nachtblau. „Ich kann nicht glauben, dass du sie vor mir versteckt hast." Er umschloss ihre vollen Brüste mit seinen Handflächen. „Ich wusste es."

Katie ließ sich zurückfallen, während Bowie sich an ihrem Körper entlang nach oben bewegte und schließlich rittlings auf ihren Hüften saß. „Wusstest was?"

„Dass diese Brüste für meine Hände gemacht wurden."

Sie hob ihre Arme und umfasste die Wölbungen seiner Brustmuskeln. „Deine Muskeln sind zu groß für meine." Zum ersten Mal konzentrierte sie sich nicht auf ihre Narbe, weil er es nicht tat. Es war, als sähe er sie nicht. „Zieh dein Hemd aus." Sie erkannte den kehligen Klang in ihrer Stimme nicht.

Er lehnte sich zurück, wobei sich sein knackiger Hintern an ihre Schenkel presste, verschränkte die Arme über Kreuz, packte den Hemdsaum und zog den Baumwollstoff langsam über seine Brust und seinen Kopf. Sein Anblick verschlug Katie den Atem. Sicher, er hatte Narben wie sie, aber jede einzelne symbolisierte einen Kampf auf Leben und Tod. Eine Schlacht, aus der er als Sieger hervorgegangen war.

Ihre Fingerspitzen glitten über seine Kriegsnarben. Ein langer Schnitt, der quer über seine rechte Brustseite verlief. Eine Einkerbung links, unterhalb des Nabels. Eine zerfurchte Linie, die sich über seine gesamte rechte Körperseite erstreckte.

Er legte seine Hände über ihre und bewegte sie an seinem Körper entlang nach unten. „Messerkampf." Von dort bewegte er ihre Hände zu seiner Seite. „Schrapnell von einem

Sprengsatz." Er knöpfte seine Hose auf und öffnete den Reißverschluss, sodass die beiden Seiten auseinanderklappten. Die Einkerbung mündete in eine weitere Narbe, die unter dem Jeansstoff verschwand. „Schusswunde und Operation." Er ließ ihre Hände los und beugte sich über sie. Seine Lippen waren nur einen Atemzug von ihren entfernt. „Sie machen mich nicht aus." Er verlagerte seinen Körper. Seine feuchtheiße Zunge fuhr über ihre Narbe nach unten. „Das macht dich nicht aus. Du bist wunderschön."

Seine Lippen und Zunge setzten ihren Weg fort, bis der Stoff ihrer Jeans sein Vorhaben stoppte. Ihr ganzer Körper vibrierte vor Verlangen. Auf ihre Ellbogen gestützt, beobachtete sie, wie er ihren Hosenknopf mit den Zähnen aufzog und dann den Reißverschluss schnell nach unten bewegte. Sie atmete stoßweise und beschwor ihr Herz, sein Tempo zu verlangsamen. Das Rauschen ihres Blutes, das in ihren Ohren klang, ließ sie keinen klaren Gedanken fassen.

Während er die enge Jeans über ihre Hüften zog, stieß sie ihre Stiefel von sich. Wenn er sie darin sehen wollte, müsste er sie ihr wieder anziehen. Abgelenkt von ihrer Jeans, waren die roten Stiefel vergessen.

WAS ALS ZÄRTLICHES Genießen ihrer Haut begann, verwandelte sich in einen Rausch, bei dem Kleidung in alle Richtungen flog. Sie zerrte an seiner Hose, bis sie sich um seine Knöchel wickelte. Er sprang auf und aus seiner Jeans heraus.

Gütiger Himmel, er war atemberaubend. Wie ein in Stein gemeißelter Körper. Ihre Augen musterten ihn von seinem kurz geschnittenen Haar bis herunter zu seiner harten Länge, die steil an seinem Bauch emporragte. Obwohl sie in ihrem Alter praktisch noch jungfräulich war, machte er ihr keine Angst. Mit nur zwei ernsthaften Erfahrungen auf diesem Gebiet hätte sie auch die Fassung verlieren können. Stattdessen wurde sie von Verlangen verzehrt.

Er bedeckte ihren Körper mit seinem. Seine rauen Brusthaare kitzelten die empfindlichen Knospen ihrer Brustwarzen. Sie spürte seine Bartstoppeln wieder an ihrem Nacken und sie bewegten sich in einer Art über ihre Haut, die man nur als routinierte Verführung bezeichnen konnte.

„Gefällt dir das?" Er streckte sein Kinn vor und rieb es über ihrer Brust hin und her.

„Oh ja." Ein sinnlicher Seufzer entwich ihren Lippen. Sie liebte es. Sie wollte dieses Kratzen auf ihrer Haut spüren, bis sie wundgerieben war und in Flammen stand. „Küss mich."

„Mit Vergnügen." Er bewegte sich an ihrem Körper nach oben, und seine harte Länge lag schwer zwischen ihren Schenkeln. „Ich liebe deine Lippen und wie du schmeckst und dieses kleine Stöhnen, das ich jedes Mal hören kann, wenn ich dich küsse."

Er bedeckte ihren Mund mit seinem. Seine Zunge erkundete den Saum ihrer Lippen, bis sie sie für ihn öffnete. Der Kuss war tief und zärtlich. Er küsste sie nicht einfach nur. Er erforschte sie in all ihren Facetten, von ihrem Geschmack bis zur Beschaffenheit ihrer Haut. Dieses kleine Stöhnen, von dem er gesprochen hatte, erfüllte die Luft.

Als sich seine Hände auf ihre Brüste legten, atmete sie scharf ein. Weil sie es sich zur Regel gemacht hatte, ihre Bluse anzubehalten, wurden sie nur selten berührt, und als er die gekräuselte Haut zwischen seinen Fingern liebkoste, wölbte sie sich seiner Berührung entgegen.

Es dauerte nicht lange, bis er ihren Mund freigab, um seine heiße Zunge zu den Knospen gleiten zu lassen, die um Aufmerksamkeit bettelten. Heiß und sengend saugte und zog er an ihnen, bis sie nur noch ein einziges, pulsierendes Etwas war.

Sie ignorierte sein leises Lachen, als er sich zu ihrem Schoss herabsenkte. „Möchtest du meinen Drei-Tage-Bart hier spüren?“ Die Hitze seiner Worte wehte über die empfindliche Haut zwischen ihren Beinen.

„Ja.“ Sie hatte den Hunger eines Mannes schon einmal erlebt und konnte nur sagen, dass es ihr außerordentlich gefiel. „Ich möchte dich überall spüren.“

Und das tat sie. Bowie stellte Dinge mit ihrem Körper an, die sie bisher nur in ihrer Vorstellung für möglich gehalten hatte. Zwischen seinen raffinierten Zungenstrichen ließ er sie abwechselnd erzittern oder seinen Namen schreien. Als sie völlig ermattet in der Mitte seines Bettes lag, beugte er sich über sie. Der Beweis seiner Begierde zuckte zwischen ihren Beinen.

Er hob seinen Kopf. „Was ist mit Verhütung?“ Seine tiefe Stimme vibrierte in der Luft. Ein bisschen Heiserkeit und viel Verlangen ließen diese vier Worte wie ein fortgesetztes Vorspiel klingen.

„Wir müssen ein Kondom benutzen. Ich nehme die Pille nicht.“ Wegen ihres Gesundheitszustandes waren Kondome weniger riskant für sie.

Er erhob sich von ihrem Körper und hinterließ Gänsehaut auf jedem Zentimeter ihrer Haut. „Zum Glück habe ich zwei in meiner Brieftasche. Diese Dinger haben bereits mehrere Länder gesehen.“ Er zog sein Portemonnaie aus der Hosentasche und nahm die beiden in Folie verpackten Briefchen heraus.

„Wie alt sind die?“ Katie wusste, dass Latex über eine begrenzte Haltbarkeit verfügte. Sie hatte keine Ahnung, wie lange das genau war, aber sie war nicht bereit, Risiken einzugehen.

„Nicht einmal ein Jahr." Er hob die Ecke eines Päckchens an seinen Mund und riss die Folie auf. Er hielt das Kondom gegen das Licht. „Ich finde, es sieht okay aus."

„Wie gut, dass du vorbereitet bist."

Sie war wirklich froh, weil sie sich nicht vorstellen konnte, jetzt aufhören zu müssen. Sie sah auf das grüne Kondom, das zwischen seinen Fingern eingeklemmt war. Katie hatte keine Ahnung, warum Kondome in verrückten Farben erhältlich sein mussten. Bis zu diesem Augenblick hatte sie noch nie den sehnsüchtigen Wunsch verspürt, mit Grün beglückt zu werden. Verdammt, Bowies Kondom hätte jede beliebige Farbe haben können, und die wäre dann ihre Lieblingsfarbe gewesen.

Er rollte es über seine beeindruckende Länge und legte sich zwischen ihre Beine. „Bist du so weit?"

Sie packte seine Hüften und zog ihn näher zu sich heran. „Was, wenn ich nein sagen würde?" Sie bewegte ihr Becken, schob ihn einige wenige Zentimeter in sich hinein und beobachtete, wie sich seine Augen verengten, als er auf dem schmalen Grat der Selbstbeherrschung wandelte.

„Dann würde ich dich fragen, warum. Wenn ich dich nicht genug erregt hätte, dann würde ich mich einfach neben dich legen und dich halten. Ich würde dich niemals zu irgendetwas zwingen."

Sie hob ihre Hüften noch weiter an. „Ich bin bereit."

Er seufzte erleichtert auf. „Oh, Gott sei Dank." Mit sanfter Kontrolle schob er sich in sie hinein.

In dem Moment, in dem er sie vollständig ausfüllte, rasten weißglühende Blitze durch ihre Adern. Sie packte seinen festen Hintern und drückte ihn tiefer. Hier ging es nicht um Sex, sondern um die Verbindung zwischen ihnen beiden. Sie wusste bereits, dass der Sex phänomenal sein würde. Was sie nicht erwartet hatte, war, dass ihr Herz singen würde, als sie so eng wie möglich miteinander verschmolzen waren. Wenn das alles wäre, was sie bekommen würde – nur diesen einen Moment – dann wollte sie ihn so tief wie möglich spüren. Wenn sie nur diese eine Nacht mit ihm bekäme, müsste diese Erinnerung für immer reichen.

„So gut", flüsterte sie an seinem Hals.

Während sein Körper ihren streichelte, dachte sie daran, wie er ihr gesagt hatte, er wolle dafür sorgen, dass sie ihn nie vergessen würde. Ihn zu vergessen war ein Ding der Unmöglichkeit. Dieser Moment würde als die beste sexuelle Erfahrung ihres Lebens in die Geschichte eingehen.

„Du bist wie für mich gemacht, Katie. So verdammt perfekt." Sein Tempo nahm zu, genau wie ihre Leidenschaft.

Die Hitze stieg von ihrem tiefsten Inneren zu ihrem Herzen auf und wieder zurück, ein Vorgang, den man nur als Implosion bezeichnen konnte. Sie zerbrach unter ihm in tausend Teile, während er sie immer weiter an Orte der Leidenschaft führte, an denen sie noch nie gewesen war. Als sie seinen Namen flüsterte, hielt er inne. Die Zeit stand still. Alles wurde ruhig. In dieser Sekunde wusste sie, dass sie sich trotz seiner Warnungen und ihres Selbstbetrugs in Bowie Bishop verlieben würde.

KAPITEL DREIZEHN

Bowie drehte sich um und griff nach Katie, aber die Stelle, an der sie sich an ihn gekuschelt hatte, war kalt und leer.

„Katie?“, rief er. „Wo bist du?“ Er lag ruhig und lauschte in der Hoffnung, irgendwo im Haus Bewegungen zu hören, aber es war still.

Er streckte sein Bein aus und beugte es. Morgens war es immer am schlimmsten. Da er so viel Zeit auf Knien zwischen ihren Schenkeln verbracht hatte, hatte er eigentlich erwartet, dass sein Körper ihm diese Aktion verübeln würde, aber das Gegenteil war der Fall. Er hatte nicht mehr das Gefühl, dass sein Bein wie in Stein gemeißelt war, sondern er konnte es so gut bewegen, wie er es sich schon lange erhofft hatte. Sicher, der Muskel schmerzte, aber auf eine angenehme Art.

Er kletterte aus dem Bett, stieg in die Jeans von gestern und zog sie an seinen Beinen hoch. Nach einer unvergesslichen Nacht voller Leidenschaft und Glück hätte er sich eigentlich beschwingt fühlen müssen, aber Schwermut bedrückte ihn. Sie war fort.

Er suchte das Haus nach ihr ab, in der Hoffnung, dass sie

vielleicht unter der Dusche oder auf der hinteren Terrasse wäre, aber sie war verschwunden.

Er trottete in die Küche und steckte eine Kaffeekapsel in die Kaffeemaschine. Während das Zimmer sich mit wohltuendem Duft füllte, war Bowie alles andere als beruhigt. Er dachte an die Frau, die die ganze Nacht seinen Namen gerufen hatte. Mit jedem *Ja* oder *Mehr* oder *So gut* oder *Bowie* hatte die Mauer, die er zu seinem Schutz errichtet hatte, Risse bekommen und war dann eingestürzt. Als sie endlich einschliefen, waren seine Gefühle unverhüllt und aufgewühlt. Alle in seinem Umfeld sagten, Katie wäre etwas Besonderes.

Er konnte nicht genau sagen, warum das stimmte, aber es war so. Sie war eine ungewöhnliche Kombination aus Stärke und Verletzlichkeit.

Er hob seinen Kaffee an die Lippen. Die Uhr auf dem Herd zeigte sechs Uhr morgens. Er dachte an die Bäckerei. Nicht auf die wehmütige Art und Weise, wie er es sonst immer tat, sondern ganz nüchtern. Sie hatte ihn nicht allein im Bett zurückgelassen, weil sie es so wollte. Sie war gegangen, weil sie es tun musste. Das machte die Enttäuschung, alleine aufzuwachen, weniger schmerzlich. Er wünschte nur, sie hätte ihn geweckt, um sie hinzufahren.

Die Eingangstür öffnete sich, und Cannon kam herein. Seine Haare standen in alle Richtungen ab.

„Warum bist du so früh wach?", fragte Bowie.

„Hans ist in der Stadt und wir gehen angeln." Er fegte an ihm vorbei, um sich einen Kaffee zu machen. „Erinnerst du dich an ihn?"

Bowie lachte. „Austauschstudent, der das Paisley-Mädchen schwängerte, damit er hierbleiben konnte? Ich erinnere mich an ihn. Ist er immer noch da?"

„Jepp. Er hat sich in der ganzen Stadt fortgepflanzt. Er ist fast so schlimm wie Bobby, was die Vermehrung angeht, nur pflanzt Bobby seinen Samen auf dasselbe Gartengrundstück, während Hans viele unterschiedliche Grundstücke mag."

„Was stimmt nicht mit diesen Typen? Mir fällt da ein Wort ein – Kondom."

Cannons Kaffee war fertiggebrüht, und er hob die dampfende Tasse an seine Lippen. Nach einem zufriedenen Seufzer sagte er: „Apropos Kondome ... war das Katie, die ich heute Morgen weggehen sah?"

Bowie würde seinem Bruder keine Informationen geben, die gegen ihn verwendet werden könnten. „Ich weiß nicht, wovon du sprichst." Er drehte sich um und sah aus dem Küchenfenster. Eine leichte Brise bewegte die Kiefernnadeln hin und her.

„Schon gut. Wenn du das so spielen willst, dann ist es in Ordnung." Cannon ging zu Bowie hinüber. Beide Männer standen so nahe beieinander, dass sich ihre Schultern berührten, während sie nach vorne schauten. „Ich wollte nur sagen, dass du meinen Segen hast. Sie ist perfekt für dich."

Bowies Kehle wurde eng und sein Körper versteifte sich. „Du irrst dich." Er sprach die Worte zwar laut aus, aber er wusste, dass jedes einzelne von ihnen eine Lüge war. Katie war perfekt für ihn, aber war er perfekt für sie? Wie konnte sie sich mit so wenig zufriedengeben, wenn sie so viel mehr verdiente?

„Vielleicht, aber ich habe dich letzte Nacht erlebt. So habe ich dich bisher nur mit einem Mädchen gesehen."

„Diese Typen waren Idioten."

„Es sind Idioten. Dieselben Idioten, die gerade ihren Aufenthalt um zwei weitere Tage verlängert haben. Warum glaubst du, dass ich bei Sage bleibe?"

Bowie lachte. „Weil sie mit dir schläft? Weil sie sich

nachts gut in deinen Armen anfühlt? Weil du in sie verliebt bist?"

Cannon warf ihm einen Du-hast-mich-durchschaut-Blick zu. „Schuldig in jedem Punkt."

„Heirate das Mädchen einfach und bring es hinter dich. Wir wissen beide ganz genau, dass die Zeit auf niemanden wartet." Bowie ließ seinen Bruder stehen und setzte sich an den Tisch. „Wenn sie die Richtige ist, dann mach Nägel mit Köpfen."

Cannon ging zu ihm hinüber und lehnte sich an die Fensterwand, die den Blick auf den See freigab. „Glaubst du, es gibt nur den einen richtigen Menschen für jeden von uns?"

Es hatte eine Zeit gegeben, in der Bowie das für die Wahrheit hielt, aber das war gewesen, bevor er Katie Middleton küsste. „Ich glaube, man weiß, wenn es sich im Herzen richtig anfühlt. Wenn du dir ein Leben ohne sie oder dir ihr Leben ohne dich nicht vorstellen kannst, dann würde ich sagen, ist sie die Richtige. Wenn dein Leben ohne sie weniger wert wäre, dann ist sie die Richtige. Wenn es das Wichtigste für dich ist, sie wiederzusehen, nachdem du sie gerade erst verlassen hast ..."

„Ich weiß, dass sie die Richtige ist." Cannon stieß sich von der Wand ab. „Die Idioten wollen übrigens wandern gehen und sagten etwas davon, dass sie sich auf dem Weg ein paar Muffins besorgen wollten."

Bowie schnellte von seinem Stuhl hoch und stürmte in sein Zimmer, um sich vollständig anzuziehen. Im Hintergrund hörte er das Lachen seines Bruders.

Als er die *Main Street* hinunterfuhr, konnte er nur daran denken, dass, wenn auch nur einer dieser Idioten in Katies Nähe wäre, er passend zu seinem Poloshirt eine Faust im Gesicht tragen würde. Er parkte direkt vor der Bäckerei. Es standen ein halbes Dutzend Leute in der Schlange. Er musterte die Männer, konnte aber nichts entdecken. Es waren alles Einheimische, die auf dem Weg zur Arbeit hier vorbeikamen.

Bowie erinnerte sich an eine Zeit, in der in Aspen Cove geschäftiges Treiben geherrscht hatte. Damals, als die Papierfabrik noch in Betrieb war. Die Luft roch immer nach frisch geschnittenem Holz, egal zu welcher Jahreszeit man zu Besuch kam. Die *Main Street* war immer belebt und es war kein einziges leer stehendes Haus zu sehen. Als die Handwerksbetriebe die Mühle und das viktorianische Herrenhaus in der *Daisy Lane* aufgaben, änderte sich alles. Beide Gebäude waren wie Geister der Vergangenheit.

Er saß in seinem Truck und beobachtete Katie. Sie hatte ein Lächeln für jeden. Er konnte nicht hören, was sie sagte, aber er sah, wie sich diese sinnlichen Lippen bewegten. Lippen, die ihm in der vorigen Nacht so viel Vergnügen bereitet hatten. Es war dumm zu glauben, dass er nach nur einer Nacht genug von ihr hätte. Verdammt, als er sie das erste Mal küsste, konnte er nur an ihren nächsten Kuss denken. Er sinnierte über die Worte nach, die er seinem Bruder gesagt hatte. Könnte sie die Richtige sein? Brandy war die Richtige. Das war sie immer gewesen, aber jetzt gab es dieses Mädchen, das jeden in ihrer Nähe bezauberte, auch ihn. Traute er sich, die Möglichkeit in Betracht zu ziehen, dass er eine zweite Chance für die Liebe bekommen hatte?

Aus den Augenwinkeln sah er, wie die drei Vollidioten aus ihrem Porsche Cayenne stolperten. Bevor er seinen Truck verlassen konnte, waren sie bereits in der Bäckerei.

Bowie schwankte zwischen dem Loslassen seiner Vergangenheit, was bedeutete, nicht dorthin zurückzukehren, und dem Bewahren seiner Zukunftsperspektive, was wiederum bedeutete, mit Volldampf durch die Eingangstür zu stürmen.

Er stand auf dem Bürgersteig, wobei ein Fuß in Richtung

der Bäckerei und der andere auf seinen Truck zeigte. Was er jetzt hier tat, würde alles entscheiden.

Als sich bis auf die drei Männer und Katie niemand mehr in der Bäckerei befand, hatte er keine andere Wahl. Sie gehörte zu ihm.

Er marschierte in das Gebäude hinein, ging um die hintere Theke herum und stellte sich neben sie. „Du hättest mich wecken sollen, Herzogin. Ich hätte dich hergefahren." Er sah dem blonden Mann direkt ins Gesicht und lächelte, bevor er Katie zu sich umdrehte und sie hart auf die Lippen küsste. „Ich habe dich vermisst."

Bowie legte seinen Arm um Katies Schulter. Eine besitzergreifende Geste. „Was darf es sein, Jungs?" Er betonte das Wort „Jungs", weil er wusste, dass es die Männer irritieren würde. „Mein Bruder hat erzählt, dass ihr heute wandern geht?"

„Dein Bruder?", sagte der braunhaarige Mann. „Ist das der Neandertaler, der das *Bed & Breakfast* und die Bar betreibt?"

„Genau der." Bowie faltete eine Schachtel zusammen, als hätte er sein ganzes Leben lang nichts anderes getan. Tatsächlich hatte er damals viele Nachmittage damit verbracht, Muffins einzupacken, während er auf Brandy wartete. „Muffins? Kaffee?"

Während er auf ihre Antwort wartete, sah er sich im Laden um. Das Erscheinungsbild war das gleiche, aber es kam ihm nicht bekannt vor. Er hatte erwartet, dass alles von Verlust und Traurigkeit geprägt sein würde, aber es war hell und fröhlich wie die Frau, die neben ihm stand und ihn ansah, als ob er den Verstand verloren hätte.

„Drei Muffins und drei Kaffee."

Katie drehte sich um, damit sie sich um den Kaffee

kümmern konnte, während Bowie die Muffins einpackte. „Mein Mädchen macht die besten Muffins der Stadt."

Die Männer waren still. Bowie legte die Muffins in den Karton und schob ihn über die Theke. „Wenn ihr Jungs Abwechslung sucht, werdet ihr sie hier nicht finden. Ich schlage vor, ihr seht euch in Copper Creek um. Dort haben sie auch nichts von der Neandertalermentalität, die man hier findet."

Katies Schultern zitterten von ihrem unterdrückten Lachen. „Hier, bitte sehr." Sie rechnete die Bestellung ab und nahm das Geld entgegen. Nachdem die drei Männer gegangen waren, wandte sie sich an Bowie. „Was sollte das denn?"

Sie wippte auf ihren Absätzen vor und zurück. Er konnte ihr die Reaktion nicht verübeln. Seit er sie kannte, hatte er widersprüchliche Signale ausgesendet. Ihr zu sagen, dass sie nur ein Zeitvertreib für ihn sein würde, war nicht fair gewesen. In gewisser Weise war sie das, denn er hatte mit ihr die beste Zeit seit Jahren verbracht, aber sie war so viel mehr als das. Sein Herz krampfte sich bei dem Gedanken daran zusammen, dass er sie zu einem reinen Lustobjekt degradiert hatte. Bowie wusste in diesem Moment, dass er viel wiedergutmachen musste.

„Das war meine Art ihnen zu zeigen, dass du nicht zu haben bist und dir zu sagen, dass unsere gemeinsame Nacht wunderschön war; und dich auch noch wissen zu lassen, dass du mehr bist als nur ein Zeitvertreib."

Sie raste an ihm vorbei in die Küche und warf Eier, Butter und Vanille in den großen Standmixer. „Und das ist meine Art, dir zu zeigen, dass ich mehr Muffins backen muss." Sie ging auf ihn zu und stellte sich auf die Zehenspitzen, um ihm einen Kuss auf die Lippen zu drücken. „Meine Art, dir zu zeigen, dass die letzte Nacht unglaublich war. Danke, dass du mir das Gefühl gegeben hast ...", sie hielt eine Minute lang inne, „vollkommen zu sein."

Sie ging ihrer Arbeit nach, als wäre er nicht da, und zum ersten Mal seit langer Zeit fühlte Bowie sich unsicher. Er war bisher immer derjenige gewesen, der die Regeln aufstellte. Er machte die Mädels klar, schlief mit ihnen und verschwand. Mit Katie war das anders. Er konnte sich nicht einen einzigen Tag vorstellen, ohne sie lächeln zu sehen. Er wollte neben ihr aufwachen und spüren, wie ihr heißer Körper an seinem klebte. Er wollte mehr und das jagte ihm eine gehörige Portion Angst ein. Mehr war gefährlich.

„Kann ich mir den letzten Muffin nehmen?" Er schaute über seinen Rücken zu der Vitrine, in der sich herzförmige Kekse, Minikuchen und ein Muffin befanden.

„Bedien dich." Sie hievte die große Rührschüssel auf den Arbeitstisch und kippte sie leicht zur Seite, während sie den Teig in Förmchen füllte. „Nimm dir auch einen Kaffee."

Er lehnte sich an den Türpfosten und beobachtete sie. Sie passte gut in den Laden. Es fühlte sich richtig an.

„Ich hätte nie gedacht, dass du hier einen Fuß hineinsetzt." Sie nahm zwei Bleche mit Muffins und eilte an ihm vorbei zum Ofen. Der Griff, den er vor Jahren repariert hatte, hatte sich gelöst. Er machte sich eine gedankliche Notiz, ihn wieder zu reparieren.

„Diese weise Frau hat mir beigebracht, dass Nie-Sagereien dämlich sind, aber ich mag sie trotzdem. Mein neues Mantra lautet ‚Sag niemals nie'."

„Das ist ein gutes Motto."

Er schaute an ihr vorbei zur Hintertür. „Wie ist die Wohnung im ersten Stock geworden?"

Ihre Augen wurden riesig. „Du kennst sie nicht?" Sie wischte sich die Hände an der Schürze ab, die um ihre Taille gebunden war.

„Nein. Sie existierte damals nur als Gedanke. Brandy wollte das Obergeschoss in eine Wohnung umgestalten, in der wir leben könnten. Sie dachte, es wäre praktisch, während ich den Köder- und Angelladen führe und sie die Bäckerei, aber so weit ist es nie gekommen."

„Du kannst dich gerne umschauen." Sie füllte die Theke mit Verpackungsschachteln und öffnete ein neues Päckchen mit Servietten. „Es ist eine tolle Wohnung mit zwei Schlafzimmern und einem Badezimmer. Es gibt eine kleine Küche und ein Wohnzimmer. Es ist perfekt. Geh hoch und sieh selbst."

Bowie schüttelte den Kopf. „Ich warte auf die persönliche Führung."

Katie hörte mit dem auf, was sie tat, und stellte sich vor ihn. „Das würde bedeuten, dass du mehr Zeit mit mir verbringen musst."

„Herzogin, nach gestern Abend wirst du mich so schnell nicht wieder los."

Die Art und Weise, wie ihr Lächeln ihr Gesicht aufleuchten ließ, brachte sein Inneres durcheinander. Wenn sie keine Muffins im Ofen hätte und er den Laden nebenan nicht öffnen müsste, würde er sie nach oben tragen und die Besichtigung mit jeder Oberfläche beginnen, auf der er sie haben könnte.

„Ach, wirklich?" Sie kam näher und drückte ihre Hände an seine Brust. „Ich habe einmal etwas erlebt, das schwer loszuwerden war, aber ich bin mir sicher, dass es ein Virus war."

Bowie lachte. „Das bin ich. Ich bin ein Virus, den du wahrscheinlich nicht so leicht abschütteln wirst."

Der Küchentimer piepte und Katie öffnete die Ofentür. Hitze umgab sie beide, aber Bowie war sich nicht sicher, ob das an der Luft lag, die aus dem Ofen herausströmte. „Du gehst besser, bevor ich den Laden schließe und dich anflehe, mich wieder zu infizieren."

„Wie wäre es mit einem Abendessen heute im *Diner*? Nur du und ich?"

Katie stemmte ihre Hände in die Hüften. „Bowie Bishop ... bittest du mich etwa um eine Verabredung?"

Er lächelte sie an. „Ja, tue ich. Wie lautet deine Antwort, Herzogin?"

Sie warf sich in seine Arme, sprang dabei hoch und schlang ihre Beine um seine Taille. „Hundertmal ja."

„Ich hole dich um sechs ab." Er genoss das Gefühl, als sie an seinem Körper herunterrutschte. Sie sagte, er gäbe ihr das Gefühl, wieder vollkommen zu sein. Sie gab ihm das Gefühl, lebendig zu sein.

Er gab ihr noch einen letzten Kuss auf die Lippen, bevor er zur Tür hinausging. Für den Rest des Tages konnte er nur noch an ihren nächsten gemeinsamen Augenblick denken. Tief in seinem zerrissenen, aber heilenden Herzen wusste er, dass sie die Richtige war.

KAPITEL VIERZEHN

Drei Ladungen Muffins und zehn Dutzend Kekse später lehnte sich Katie erschöpft an den Küchentresen. Das Einzige, was sie durchhalten ließ, war die Aussicht auf die Verabredung mit Bowie. Eine richtige Verabredung. Für einen Mann, der auf schnelle Abenteuer aus war, hatte er seine Meinung allerdings gründlich geändert. Katie lachte. Vielleicht hatte Großmama Pearl recht gehabt, als sie Katie riet, Männer mit dem Porzellan in Versuchung zu führen, bevor man sie den Tee genießen ließ.

Bowie hatte sie kennengelernt, bevor sie ihr gutes Porzellan in der gleichen Nacht auftischte, in der sie ihr Teegebäck servierte. Bei dem Gedanken an ihre Großmutter musste sie auch an ihre Mutter denken. Hatte sie sie nicht lange genug leiden lassen?

Sie wählte die Nummer ihrer Mutter. Es klingelte zweimal, bevor sie sich meldete.

„Prinzessin ... ist alles in Ordnung?"

Katie wurde „Prinzessin" genannt, lange bevor Kate Middleton auf der Bildfläche erschien und sich ihren Prinzen angelte. Sie konnte sich an keine Zeit zurückerinnern, in der ihre Eltern den Kosenamen nicht verwendet hatten.

„Hallo Mama, wie geht es dir?" Es war kurz vor drei Uhr nachmittags, die ruhigste Tageszeit für Katie, sodass es keine Unterbrechungen geben würde. „Wie geht es Papa? Isabella? Nick?" Sie listete ihre Geschwister der Reihe nach auf. Isabella war vier Jahre jünger als Katie. Nick, zwei Jahre jünger als Isabella.

„Allen geht es gut, Schatz. Wie ist das Wetter?" In den letzten zwei Monaten hatte ihre Mutter gelernt, sie nicht gleich mit Fragen nach ihrem Gesundheitszustand zu überfallen, aber Katie wusste, dass das immer ihre größte Sorge war.

„Es ist wunderbar. Der Himmel ist gesund. Die Wolken sind ausgeruht. Es ist ein wunderschöner, gesunder Tag."

„Ich vermisse dich, Baby. Wir haben dein Paket bekommen. Deine Schwester ist verrückt nach der Lavendel-Lotion, die du geschickt hast."

Katie sah zu, wie eine Familie den Kurzwarenladen betrat. „Sie wird hier direkt vor Ort hergestellt. Eine Frau in der Stadt züchtet Bienen und verwendet den Honig und das Wachs für erstaunliche Dinge wie Lotion, Kerzen und Seife."

„Dir gefällt es in Colorado?"

In dem Moment, in dem sie das Paket verschickte, hatte sie ihren Aufenthaltsort preisgegeben. „Ja, tut es. Es gefällt mir so sehr."

Katie konnte im Hintergrund das Kratzen eines Stuhls auf einem Holzboden hören. Sie konnte sich vorstellen, wie ihre Mutter an der großen steinernen Kochinsel in der geräumigen Landhausküche saß und über den riesigen Hinterhof ihres Anwesens schaute.

„Erzähl mir von deinem Leben dort." Es war das erste Mal, dass ihre Mutter akzeptierte, dass sie irgendwo außerhalb von Dallas ein Leben hatte.

„Ich erzähle dir alles, solange du versprichst, nicht in Papas Jet zu steigen und hierherzufliegen."

Eine andere Sache, die sie niemandem erzählt hatte, war, dass sie aus einer wohlhabenden Familie stammte. Nicht reich wie neureich, sondern Alte-Familie-Rockefeller-reich. Ihr Urgroßvater hatte sein Vermögen mit Öl gemacht. Ihr Vater seines mit Versicherungen.

Nichts davon war Katie wichtig, denn als sie Texas verließ, hatte sie alles hinter sich gelassen. Unabhängig zu sein bedeutete nicht, von ihrem Treuhandfonds zu leben, sobald die Dinge schlecht liefen. Es bedeutete, im Rahmen ihrer *eigenen* finanziellen Möglichkeiten zu leben.

Als sie Sage am ersten Tag ihres Kennenlernens erzählte, dass sie kein Geld für Vorräte hatte, machte sie keine Witze. Sie war mit dem Geld, das sie in der Tasche hatte, aufgebrochen und das reichte kaum aus, um nach Colorado zu kommen.

„Ich verspreche es. Erzähl mir alles."

Sie kam hinter der Theke hervor und setzte sich auf einen Stuhl vor dem Fenster. Es war die perfekte Sitzgelegenheit, um Leute zu beobachten. Sie erzählte ihr alles, angefangen vom rosafarbenen Briefumschlag bis zu ihrem Muffin des Tages.

„Dir gehört eine Bäckerei?"

„Ja, wirklich und es ist das Wunderbarste, die Zutaten zu mischen und Geld mit meinen Meisterwerken zu verdienen."

„Dein Vater sagte, du würdest sogar deine Versicherungsbeiträge pünktlich bezahlen. Du weißt, dass wir das auf jeden Fall für dich übernommen hätten."

„Verstehst du nicht? Ich brauchte das hier. Mein ganzes Leben lang war ich die Tochter von Sophia und Tate – das arme Ding mit der Herzerkrankung. Hier in Aspen Cove bin ich nur Katie. Niemand weiß über mein Herz Bescheid. Sie wissen nichts von meinem Vermögen, sondern nur, dass ich ein Mädchen bin, das in die Stadt gekommen ist und gelernt hat, Köstlichkeiten zuzubereiten. Ich liebe es, normal zu sein."

In der Bäckerei war es still, bis auf das Summen des Abluftventilators über dem Ofen. „Ich verstehe die Begeisterung, aber du musst dort jemandem von deiner Gesundheit erzählen. Was, wenn ..."

„Ich weiß, Mama. Ich werde es jemandem erzählen, bald, aber im Moment fühle ich mich großartig. Zum ersten Mal seit Jahren bin ich glücklich. Ich habe sogar eine Verabredung mit einem ganz außergewöhnlichen Mann. Ich möchte noch eine Weile so tun, als wäre ich normal."

„Du hast eine Verabredung? Wer ist dieser Junge und was macht er?"

„Mit vierunddreißig ist er ein Mann, kein Junge." Katie erinnerte sich an die Dinge, die Bowie letzte Nacht mit ihrem Körper angestellt hatte. Kein Junge würde jemals solche Fähigkeiten besitzen. Ein Schauer der Erregung raste durch sie hindurch, bei der Aussicht, dass sich das heute Abend wiederholen könnte. „Er war früher Soldat, wurde aber verwundet und kehrte nach Hause zurück."

„Was macht er beruflich?"

Wenn Katie zu Hause gewesen wäre, hätten ihre Eltern einen umfassenden Bericht über Bowie anfertigen lassen. „Er betreibt einen Köder- und Angelladen." Sie konnte sich vorstellen, wie ihre Mutter die Augen verdrehte. Sophia Middleton würde Bowie Bishop niemals akzeptieren. Er war kein wohlhabender, erfolgreicher Geschäftsmann. Während Katie zu den Privilegierten gehörte, war Bowie ein einfacher Mann.

„Er ist ein guter Mann. Arbeitet hart. Liebt seine Familie."

„Ein Köderladen?" Es war typisch für ihre Mutter, nur das zu hören, was sie wollte.

„Ja, er hat mir das Angeln beigebracht. Er ist mit mir rudern gegangen. Wir haben Mortadella-Sandwiches gegessen. Ich mache Dinge, von denen ich immer nur geträumt habe."

„Du könntest erster Klasse um die Welt reisen. Warum gibst du dich mit Mortadella zufrieden?" Sie konnte beinahe sehen, wie ihre Mutter den Mund verzog. Der Gesichtsausdruck, den sie hatte, wenn sie etwas Verdorbenes schmeckte.

Katie stöhnte frustriert auf. Sie hatte einen Großteil ihres Lebens in Krankenhäusern verbracht. Nicht einmal hatte ihr das Geld ihrer Eltern Gesundheit oder Glück kaufen können. Als ihr Herz versagte und Maschinen ihr Blut durch ihre Adern pumpten, konnte das Geld ihrer Eltern ihr kein neues Herz kaufen. Sie wartete wie alle anderen auf der Liste.

„Ich entscheide mich für Mortadella. Mortadella mag gewöhnlich sein, aber sie schmeckt gut. Es fühlt sich richtig an." Sie sprachen nicht mehr über Essen, sondern über Lebensstile. „Du bist Kaviar und Kristall. Ich bin Erdnussbutter und Marmelade. Das war ich schon immer. Ich bin glücklich. Freue dich für mich."

„Weißt du was?", sagte ihre Mutter mit mehr Freude und Resignation, als sie je in ihrem Leben gehört hatte. „Du bist durch die Hölle gegangen und zurück. Wenn der Himmel eine kleine Stadt in Colorado ist, dann freue ich mich, dass du sie gefunden hast, aber vergiss nicht, dass Kaviar und Kristall immer auf dich warten werden."

„Ich hab dich lieb." Sie drückte ihre Lippen an das Telefon. „Du fehlst mir."

„Ich vermisse dich auch, Prinzessin. Lass mich wissen, wann ich dich besuchen kann. Es gibt doch sicher einen Flughafen in der Nähe."

Katie schüttelte den Kopf. Ein Besuch von Sophia Middleton würde Aspen Cove auf den Kopf stellen. Das allein könnte einen Besuch rechtfertigen.

„Es gibt einen Flughafen in Copper Creek, auf dem Papas Flugzeug landen kann. Ich sage dir Bescheid, wenn ich so weit bin."

„Rufst du mich nächste Woche an?"

„Natürlich." Katie hatte bisher noch keinen Anruf mit ihrer Mutter verpasst. Trotz ihres Verlangens nach Unabhängigkeit brauchte sie auch die Gewissheit, dass ihre Mutter für sie da sein würde, wenn es hart auf hart kam. „Bis bald."

„Katie?", sagte ihre Mutter, bevor sie auflegte. „Ich bin so verdammt stolz auf dich."

Sophia Middleton fluchte nie, und als sie „verdammt" sagte, betonte das die Wichtigkeit ihrer Aussage.

Katie sah sich in der alten Bäckerei um. Obwohl das Gebäude ein Geschenk gewesen war, hatte sie ihr Ein-Dutzend-Muffins-pro-Tag-Geschäft in ein Hundert-Muffins-pro-Tag-Imperium verwandelt. Mit ihren Gebäcken erwirtschaftete sie das Geld, das ihr das Leben hier in Aspen Cove ermöglichte.

UM SECHS UHR rannte sie die Treppe hinunter, um die Hintertür zu öffnen. Bowie stand dort und nahm in schwarze Jeans und ein graues T-Shirt gekleidet den gesamten Türrahmen ein. In seinen Händen hielt er einen gemischten Strauß aus Narzissen und Tulpen. Eine ungewöhnliche Blumenkombination, die trotzdem zusammenpasste.

„Bist du fertig?" Er drehte sich zur Seite und reichte ihr seinen Arm.

„Ich brauche meine Handtasche." Sie ging die Stufen

hinauf, Blumen in der Hand, aber er erwischte sie an dem dünnen Gürtel, der die Taille ihres Kleides zierte. Sie legte die Blumen zu ihren Füßen auf die Stufen.

„Du brauchst nichts." Er drehte sie herum und zog sie an seine Brust.

„Stimmt nicht", murmelte sie an seinem weichen Baumwollhemd. „Ich brauche einen Kuss."

Er legte seine Hände um ihre Taille und hob sie hoch wie eine Stoffpuppe, bis ihre Lippen seinen ganz nahe waren. „Du willst einen Kuss oder brauchst einen Kuss?"

„Was spielt das für eine Rolle?"

Er küsste ihre Stirn und ließ sie an seinem Körper entlang herunterrutschen. „Oh ... das spielt eine Rolle. Wollen entsteht aus dem Egoismus heraus. Brauchen entspringt der Verzweiflung."

Ihre Brust fest an seinen Bauch gepresst, legte sie ihren Kopf in den Nacken und sah ihm in die Augen. „Was beschert mir den besseren Kuss?"

„Bist du sicher, dass du in der Datenerfassung gearbeitet hast und kein Verhandlungsexperte warst?"

„Küss mich." Sie bewegte ihren Mund näher zu seinem. „Ich bin verzweifelt."

Er presste seine Lippen auf ihre und verdammt, wenn das nicht einen heißen Sturm des Verlangens direkt in ihr Innerstes schickte.

„So etwa?" Er löste sich von ihren Lippen und gab ihr sanfte Küsse auf den Hals, bis herunter zu ihrer empfindlichen Halsbeuge.

Katie machte einen Schritt zurück und legte ihre Hand auf ihr Herz. Es trommelte mit heftigem Schlag gegen ihre Handfläche. „Allmächtiger." Normalerweise schlug es mit einhundert Schlägen pro Minute, aber jetzt raste es noch schneller. „Deine Küsse sind tödlich."

„Vielleicht, aber du würdest glücklich sterben." Er schenkte ihr ein aufreizendes Lächeln. Sie liebte es, wenn sein Lächeln von innen heraus kam und sein Äußeres strahlen ließ. „Lass uns gehen. Dalton macht ein besonderes Abendessen für uns, da es unsere erste Verabredung ist und überhaupt."

Augenblicke später saßen sie an dem kleinen Ecktisch. Alles war besonders, von den Stoffservietten bis zum winzigen Teelicht auf einem umgestürzten Weinglas in der Mitte des Tisches. Bowie öffnete eine Flasche ihres Lieblingsmineralwassers und goss ihnen jeweils ein Glas ein.

„Du siehst wunderschön aus", sagte Bowie. Er hob sein Glas zu einem Trinkspruch. „Auf unsere erste Verabredung?"

Sie tippte an sein Glas und nippte an ihrem. Die kühlen Sprudelblasen kitzelten in ihrer Kehle. Die ganze Idee einer ersten Verabredung mit Bowie war gleichzeitig faszinierend und lächerlich. Die Locken, die auf ihren Schultern lagen, wippten bei ihrem glockenhellen Lachen.

„Findest du es seltsam, dass wir uns vor unserer ersten gemeinsamen Mahlzeit geküsst haben?" Sie sah sich in dem größtenteils leeren Lokal um und vergewisserte sich, dass niemand sie hören konnte. „Und dass wir zusammen geschlafen haben, bevor wir eine Verabredung hatten?"

Bowie griff über den Tisch und legte seine Hände über ihre. „Ich muss mich bei dir entschuldigen, Herzogin. Ich habe dir gesagt, du würdest nie mehr als ein Zeitvertreib sein. Ich habe mich geirrt. Du bist mehr." Er rieb seine Daumen über ihre Hände. Jedes Mal, wenn er sie berührte, tanzte jede einzelne ihrer Körperzellen. „Meine Worte waren respektlos. Es tut mir leid."

Dalton erschien mit zwei Tellern. Es war nicht das panierte Steak, das Spezialgericht auf der Speisekarte, sondern ein perfekt gekochtes Filet mit gegrilltem Spargel und einer reichlich gefüllten Ofenkartoffel.

„Lasst noch Platz für den Nachtisch“, sagte Dalton, bevor er sich umdrehte und sie in ihrer ruhigen kleinen Ecke allein ließ.

Während sie aßen, dachte Katie über seine Worte nach. „Du musst dich nicht entschuldigen. Ich war mit allem einverstanden. Man kann sich nicht selbst als Opfer bezeichnen, wenn man in das Verbrechen verwickelt ist.“

„Vielleicht nicht, aber du verdienst mehr und ich habe dir nur so wenig in Aussicht gestellt.“

Sie nahm sich eine Spargelstange und leckte die salzigen Gewürze ab. Bowie ließ ihre Zunge nicht aus den Augen.

„Ich wusste, dass du das Risiko wert sein würdest.“ Sie biss den Spargelkopf ab und seufzte genießerisch. „So gut.“

Bowies Wangen liefen rot an. „Diese Worte erinnern mich an gestern Abend. Das und als du meinen Namen gerufen hast, war das Erotischste, das ich je gehört habe. Nicht zu vergessen das ‚ja, ja, ja‘. Das gehört auch ganz oben auf die Liste.“

Katie konnte spüren, wie die Hitze jetzt in ihre Wangen stieg. Wie oft hatte sie heute ihre Augen geschlossen und die Glücksmomente, die er ihr in der letzten Nacht geschenkt hatte, noch einmal in ihrer Erinnerung aufleben lassen? Konnte sie eine ganze Mahlzeit durchstehen, ohne mehr von ihm zu wollen? Würden ihre Gefühle als Wünsche oder Bedürfnisse gewertet werden?

„Ich brauche einen Kuss.“ Ihre Worte waren heiser und sexy.

„Brauchst oder willst?“ Er legte sein Besteck neben sein halb fertig gegessenes Essen.

„Brauche.“

Die Art, wie ihr Körper im Inneren vibrierte, war wie

beim Entzug einer Droge. Sie war süchtig nach Bowie, uns das schon nach dem ersten Trip. Sie nahm einen Schluck Wasser und hoffte, dass die kalte Kohlensäure die in ihr brodelnde Hitze abkühlen würde.

Er erhob sich von seiner Seite der Sitzbank, rutschte neben sie und leckte über ihre Lippen. „Du schmeckst wie eine Erdbeere."

Dalton kam während des Kusses an ihren Tisch. „Soll ich das ganze Essen besser einpacken?"

Bowies Lippen lösten sich keine Sekunde von ihren, aber sie sah, wie er Dalton einen Daumen nach oben zeigte.

„Wird gemacht", sagte Dalton, als er aufgehört hatte zu lachen. „Wie ich sehe, kümmerst du dich selbst um den Nachtisch."

Als er sich entfernte, unterbrach Katie den Kuss. „Bowie?"

„Ja, Schatz?"

„Bring mich nach Hause und behandle mich wieder respektlos."

KAPITEL FÜNFZEHN

„Morgen, mein Sohn." Ben kam in die Küche und zog einen Becher aus dem Schrank. „Gut geschlafen?" Er hob eine Augenbraue und lächelte.

Bowie hatte so gut wie gar nicht geschlafen. Das war schon seit Wochen so. Er konnte nicht genug von Katie bekommen. Sie verbrachten jede freie Minute miteinander. Sie arbeiteten nebeneinander. Sie aßen jeden Abend zusammen und liebten sich bei jeder Gelegenheit. Wenn sie schlief, wachte er über sie und machte sich Sorgen.

Genau deshalb hatte er sich geschworen, sich nie wieder zu verlieben. Liebe stellte verrückte Dinge mit dem Verstand an, ganz zu schweigen vom Herzen.

„Ich? Was ist mit dir?" Er griff an seinem Vater vorbei, um sich eine Tasse zu nehmen und versuchte, der Erste an der Kaffeemaschine zu sein, aber Ben war zu schnell. Er hatte bereits seine Kaffeekapsel eingesteckt und den Startknopf gedrückt. „Bist du gerade erst gekommen?" Sein Vater hatte nicht viel Zeit zu Hause verbracht, sodass Bowie das Haus nach Belieben nutzen konnte.

„Es ist ja nicht so, als könnte ich sie herbringen. Zum

einen scheinen Katie und du die nächtlichen Nutzungsrechte für das Haus zu haben. Zweitens glaube ich nicht, dass ich deiner Mutter das antun könnte. Das war ihr Haus."

Bowie verstand dieses Gefühl. Obwohl er sich daran gewöhnt hatte, in der Bäckerei zu sein, konnte er sich nicht überwinden, nach oben zu gehen, an den Ort, der Brandys und sein erstes Zuhause hätte sein sollen. Mit Katie in dieser Wohnung zu schlafen, wäre eine Respektlosigkeit Brandys Andenken gegenüber. Er wusste, dass er sich lächerlich machte, wenn man bedachte, dass es nur eine Zeichnung auf Papier gewesen war, als sie starb.

Bowie nahm den heißen, dampfenden Kaffeebecher seines Vaters und tauschte ihn mit seinem leeren. „Glaubst du, dass du jemals über den Verlust hinwegkommen wirst?" Er lehnte sich gegen den goldgelben Küchentresen und wartete, während die Maschine einen perfekten Kaffee ausspuckte.

„Darüber hinwegkommen?" Sein Vater schüttelte den Kopf. „Nein. Wie sollte das funktionieren?" Er ging zum Tisch und setzte sich. Er griff in die Obstschale, schnappte sich eine Banane und schälte sie. „Im besten Fall kann ich hoffen, irgendwie damit zu leben."

Bowie setzte sich zu seinem Vater an den Tisch. Er drehte seinen Stuhl zum Fenster und beobachtete, wie sich die aufgehende Sonne auf dem See spiegelte. Das Wasser war ruhig und reflektierte den orangefarbenen Sonnenschein wie ein Spiegel, wodurch das Wasser wie Feuer wirkte. Nur die Wellen der nach Nahrung suchenden Fische durchbrachen die glasartige Oberfläche.

„Ist das fair anderen gegenüber?"

Ben biss ein Stück seiner Banane ab und kaute. Ein nachdenklicher, ruhiger Ausdruck überzog sein Gesicht. „Das Leben ist nicht fair, mein Sohn." Er zog die Schale herunter und nahm noch einen Bissen. Während er sich mit der Frucht beschäftigte, schien er tief in Gedanken versunken. „War es fair, dass du angeschossen wurdest? War es fair, dass das Leben uns deine Mutter und deine Verlobte am selben Tag genommen hat? Dass dein Vater sich danach in einen Trunkenbold verwandelte? Was das Leben angeht, kannst du dir keine Gedanken über Fairness machen."

Bowie atmete tief ein und aus. „Ich weiß, dass das Leben nicht fair ist, aber ich will es sein. Bin ich fair zu Katie?"

Ben lachte leise in sich hinein. „Katie scheint mit der Situation zufrieden zu sein."

Bowie beobachtete, wie in der Ferne ein Ruderboot durch das Wasser glitt und Fahrwasser aufwirbelte. Genau so fühlte er sich. Katie hatte die Ruhe durchbrochen, die er jedem vorgaukelte. Alles in ihm fühlte sich aufgewühlt und stürmisch an, aber auf eine angenehme Weise. Sie weckte in ihm den Wunsch nach mehr als einer bloßen Existenz. Er wollte sie.

„Wenn ich bei ihr bin, dann bin ich einfach glücklich, Paps. Sie ist unglaublich. Wir haben so viel Spaß zusammen. Es ist alles so einfach und so schwer zugleich." Er lehnte sich im Stuhl zurück und legte seine Füße auf den leeren Stuhl neben sich.

„Du verdienst es, glücklich zu sein, Bowie. Du bist zu jung, um alleine zu sein. Verdammt, ich bin zu jung, um alleine zu sein."

„Allein zu sein ist sicher."

Sein Vater schüttelte den Kopf. „Das dachte ich auch, aber es ist nicht sicher. Allein zu sein ist einfach einsam."

Bowie blickte auf den See hinaus und flüsterte: „Es sind die ruhigen Momente, in denen ich Probleme habe. Ich beobachte sie beim Schlafen und mein Magen verkrampft sich, weil ich Angst habe, auch sie zu verlieren. Sie an mich heranzulassen war gefährlich."

Ben setzte seinen Becher ab und streckte seine Hand aus. Er legte eine feste Hand auf Bowies Schulter und ließ sie dort liegen. „Wie viele Tapferkeitsmedaillen hast du?"

„Drei."

„Die hast du nicht bekommen, weil du Angst hattest. Du hast sie verdient, weil du dich trotz der Gefahr, der du ausgesetzt warst, kopfüber in sie hineingestürzt hast." Ben drückte Bowies Schulter, bevor er seinen Arm herunternahm. „Wie viele Kugeln hast du abbekommen?"

Er wusste, was sein Vater mit seiner Befragung beabsichtigte. Er war siebenmal angeschossen worden, aber keine Kugel tat so weh wie das Loch in seinem Herzen, als Brandy starb. „Ich weiß nicht, ob ich noch so einen Treffer verkraften könnte, Paps."

Ben seufzte. „Ich verstehe dich. Ich habe deinen Schmerz gelebt und versucht, meinen in Alkohol zu ertränken. Du hast versucht, deinen mit Adrenalin zu betäuben. Wie hat das für dich funktioniert? Meine Lösung brachte mir eine kaputte Leber und einen schlechten Ruf ein. Was hat dir deine gebracht?"

„Ein paar Orden und viele Narben."

„Ich will damit nur sagen, dass du nicht der Typ Mann bist, der sich versteckt. So wie ich. Ich habe mich hinter einer Flasche versteckt. Du hast dich ins Kampfgetümmel gestürzt und einen Unterschied gemacht."

„Ich bin kein Held." Bowie schüttelte den Kopf so stark, dass es schmerzte. „Anfangs habe ich den Nahkampf gesucht, weil ich gehofft habe, dass es mich wieder mit Brandy vereinen würde. Nach einer Weile suchte ich ihn, weil ich verhindern wollte, dass andere den gleichen tiefen Verlust erleiden müssten, den ich nach Brandys Tod empfand."

„Wie viele Leben hast du gerettet?"

Er zuckte mit den Schultern. „Das ist schwer zu sagen." Bowie hatte den Überblick über die Männer verloren, die er auf dem Rücken getragen und gerettet hatte. Wie oft er Blutungen gestillt hatte, nur mithilfe eines Schnürsenkels. Die Hände, die er gehalten hatte, während ein Rettungshubschrauber einflog. Die Gesichter verschwammen zu einem. Die Namen klangen alle gleich. Er hatte keine andere Wahl gehabt, als seine Männer zu retten. Es war das, was er tat.

„Mein Junge, du bist ein Held."

„Nein, ich bin nur ein Mann." Er trank aus und schaute auf den Kaffeesatz, der sich am Boden seiner Tasse abgesetzt hatte. Er war so bedeutend und so unbedeutend wie einer der kleinen braunen Punkte. Jeder Einzelne musste zusammenarbeiten, um eine ordentliche Tasse Kaffee zuzubereiten. Ein einzelnes Körnchen allein brachte nichts. Er dachte an diesen Werbespot der Armee, in dem es hieß: „Eine Ein-Mann-Armee". Alles Gute in seinem Leben gab es in mehrfacher Ausführung. Es gab keine Armee, wenn es nur einen Menschen gab. Dieser Gedanke war der Moment der Klarheit, den er gebraucht hatte.

„Liebst du sie?"

„Ich bin mir nicht sicher, ob ich schon an dem Punkt bin. Ich weiß nur, dass sie das Atmen leichter macht. Es ist so verwirrend. Wie konntest du Mutter loslassen?"

Ben legte beide Hände flach auf den Tisch und beugte sich vor. „Ich lasse sie niemals los. Sie ist ein Teil von mir. Ich habe sie sicher in einer Ecke meines Herzens versteckt, wo sie für immer leben wird."

„Mein Herz ist besetzt mit zwei Frauen, die um den Platz kämpfen."

Eine Falte erschien auf Bens Stirn. „Es gibt keinen Kampf, mein Sohn. Brandy hat einen Platz in deiner Erinnerung und in deinem Herzen, aber sie ist nicht länger in deinem Leben. Wie glücklich bist du, zwei Frauen zu finden, die deiner Liebe würdig sind? Wenn es um Leben und Tod geht, wähle das Leben, Bowie. Katie lebt. Lebe mit ihr. Sie hat etwas Magisches an sich. Sie ist ein Engel, der hierhergekommen ist, um uns daran zu erinnern, wie wir leben sollen.“ Ben stand auf und ließ seinen Sohn allein, damit er über seine Worte nachdenken könnte.

Bowie saß nachdenklich am Küchentisch. Sein Vater hatte recht. Bowie hatte so lange in der Vergangenheit gelebt, dass sie auch seine Zukunft beeinträchtigt hatte. Er hatte sich alles versagt, aber er würde sich Katie und das, was sie haben könnten, nicht selbst verweigern. Es gab immer noch genug Zeit für sie beide.

Er hatte Jahre damit verbracht, an einem Teil von Brandy festzuhalten, aber er musste sie gehen lassen. Heute Abend, nach der Arbeit, würde er den Friedhof aufsuchen und sich von seiner ersten Liebe verabschieden, damit er Platz für seine zweite machen konnte.

Es würde nicht einfach sein. Er war seit dem Tag, an dem sie begraben wurde, nicht mehr an ihrem Grab gewesen. Er hatte immer noch Albträume von dem Unfall und davon, wie das eiskalte Wasser in das Auto eindrang, während er versuchte, die Türen zu öffnen. Seine Träume waren immer geräuschlos, bis auf das Gurgeln des Wassers, das den Sauerstoff im Wagen ersetzte. Er brach das Fenster auf und riss sich bei dem Versuch, beide herauszuholen, die Wange auf. Am eisigen Ufer bedeckte er sie mit seinem blutigen Körper, in der Hoffnung, mit seiner Wärme den Tod von ihrer Haut fernzuhalten.

Seine Mutter war beim Aufprall gestorben, aber Brandy hielt irgendwie am seidenen Faden eines Hirnstamms am Leben fest. Sie lag drei Tage lang im Krankenhaus und war ohne die Hilfe der modernen Medizin so gut wie tot. Er hatte nie verstanden, warum Bea so lange damit wartete, sie gehenzulassen, nachdem die Ärzte sagten, es gäbe keine Hoffnung mehr. Es war, als hätte sie am dritten Tag die Auferstehung erwartet, und als sie nicht kam, zog sie den Stecker.

Er schüttelte sich die makabre Erinnerung aus dem Kopf. Das war die Vergangenheit. Er beobachtete die Sonne, die über den See tanzte und die Vögel, die herabstürzten, um sich an einem schwimmenden Insekt zu erfreuen. Die Wildblumen standen in voller Blüte. Heute war der erste Tag seines restlichen Lebens.

ABGESEHEN von ein paar verstohlenen Küssen an der Hintertür sah Bowie an diesem Tag nicht viel von Katie. Sie war damit beschäftigt, Kekse für eine Kirchengruppe zu backen, die die alten Campingplätze tagsüber für eine Jugendfreizeit nutzte. Herzförmiges Gebäck bedeckte jede freie Arbeitsfläche in der Bäckerei. Es war passend, weil Katie ein so großes Herz hatte. Niemals versäumte sie es, jedem, der es brauchte, ein freundliches Wort, ein warmes Lächeln oder eine Umarmung zu schenken.

Er erzählte ihr von seinen Plänen, auf dem Friedhof vorbeizuschauen, um sich zu verabschieden. Sie sah sowohl erleichtert als auch besorgt aus. Bevor er ging, hielt sie ihn lange fest umschlungen. In ihrer Umarmung fand er Hoffnung und Mut.

Als er auf dem Friedhof ankam, besuchte er zuerst seine Mutter. Auf ihrem Grabstein befanden sich Andenken, die sein Vater oder Cannon zurückgelassen hatten. Da gab es eine Pfeilspitze, einen geschnitzten Holzengel und eine Rolle

Pfefferminzbonbons mit Kirschgeschmack. Seine Mutter pflegte zu sagen, dass sie fast so gut schmeckten wie ein Kuss.

Er kniete vor dem Grabstein nieder und zog das Unkraut heraus, das zwischen den gelben Lieblingsblumen seiner Mutter wuchs. Er fühlte sich wie ein schrecklicher Sohn, weil er so lange weg gewesen war. Er erzählte ihr alles, was sich ereignet hatte, seitdem sie von ihnen gegangen war. Obwohl es keine Antwort gab, stellte er sich vor, dass ihre sanfte Stimme ihm sagte, es sei okay.

Bowie ging mehrere Reihen weiter, wo Bill, Bea und Brandy begraben waren. Frisches, grünes Gras bedeckte den Boden um den neuen Grabstein herum. Drei Herzen, aus Zement gemeißelt, waren ineinander verflochten. Eine Inschrift „Gegangen, aber nicht vergessen“ war mit Schwarz in den Stein graviert. Er fiel auf die Knie und lehnte seine Stirn an den kalten Grabstein.

„Wo fange ich an?“ Er atmete mehrmals tief durch, um den Kopf freizubekommen. „Ich glaube, ich habe dich von dem Tag an geliebt, als ich dich zum ersten Mal traf. Der Tag, an dem Bill und Bea dich adoptierten. Du warst sechs und hast mich um deinen kleinen Finger gewickelt. Wer hätte gedacht, dass ich so leicht zu fangen wäre? Andererseits war ich damals erst acht Jahre alt. Wir hatten diese einfache Art der Liebe, die man bekommt, wenn man jemanden schon immer kennt. Es bedeutete mir alles, bis du nicht mehr da warst.“

Er lehnte sich zurück und rieb mit seinem Daumen über ihren Namen. Obwohl es schwer war, ihn für alle Zeiten und Ewigkeit in den Stein eingemeißelt zu sehen, verkrampfte sich sein Inneres nicht vor Kummer, Wut oder Trauer. Er sah den Stein an und erinnerte sich mit Liebe an sie, und Freundschaft.

„Ich habe jemanden getroffen. Ich glaube, ich liebe sie,

aber sie verdient mich ganz, nicht nur den Bruchteil, der von meinem gebrochenen Herzen übrig geblieben ist. Katie bringt Licht in mein Leben. Ein Lächeln auf mein Gesicht. Hoffnung in mein Herz. Durch sie fühle ich mich wieder vollständig. Als du gestorben bist, starb ich auch. Als ich sie traf, wurde ich wiedergeboren. Ich bin hier, um dir zu sagen, dass ich dich immer lieben werde, aber ich muss dich gehen lassen."

KAPITEL SECHZEHN

Einer der vielen Vorteile eines eigenen Geschäftes war die flexible Zeiteinteilung. Sobald Katie sah, wie glücklich Ben war, schließen zu können, um zum *Diner* zu gehen und in Maiseys Nähe zu sein, konnte sie sich nach oben schleichen und etwas Sauberes anziehen, das nicht nach Zimtkeksen roch – keineswegs ein unangenehmer Geruch, aber Bowie liebte es, wenn sie in den Duft von Erdbeeren und Honig gehüllt war.

Geduscht und angezogen, lief sie Sage im Laden an der Ecke über den Weg. In den Händen ihrer Freundin befanden sich zwei gefrorene Pasteten.

„Ich schwöre, dieser Mann ist ein Heiliger", sagte Katie kichernd. „Hat er denn nie von den *Stouffers* Fertigmenüs die Nase voll?"

Sage hielt die beiden Verpackungen hoch. „Diese hier sind von *Marie Callender*. Ich fahre heute Abend die ganz großen Geschütze auf." Sie zeigte auf den Werbetext. „Hier steht: ‚Traditionelle Hausmannskost'."

Katie vermutete, dass es eine schöne Abwechslung zu der gefrorenen Lasagne war, die Sage sonst gerne servierte.

„Näher wird er an richtiges Essen wohl nicht herankommen, oder?“ Sie ging den Gang entlang, wo die Gläser mit Tomatensauce in einem Regal über den Nudeln standen. „Nicht, dass ich etwas Ausgefalleneres anbieten würde.“ Sie schnappte sich die Sauce, in der sich bereits Fleisch befand, zusammen mit einer Packung Spaghetti.

„Schatz, die Bishop-Jungs beschweren sich nicht über das, was wir servieren.“ Sie folgte Katie den Gang hinunter, wo die grünen Dosen mit Parmesankäse wie kleine italienische Soldaten neben den anderen Zutaten aufgereiht waren, die sich perfekt für mediterranes Essen eigneten.

Wenn man sich im Laden umschaute, schien es, als hätten die Leute von Aspen Cove ganz besondere Vorlieben. Die Regale waren nach ethnischer Zugehörigkeit angeordnet. Es gab den italienischen Gang und der mexikanische teilte sich den Platz mit dem asiatischen. Amerikanisches Essen war tatsächlich in zwei Gängen zu finden und bot alles, was garantiert zu Bluthochdruck oder Verdauungsstörungen führte. Wer brauchte zehn verschiedene Sorten *Hamburger Helper*? Sie warf einen Blick auf Sage und schluckte ihre Frage herunter. Offensichtlich war es Sage.

„Liebst du ihn?“, fragte Katie. Die beiden Frauen hatten bisher nicht wirklich über Liebe gesprochen. Katie war noch nie verliebt gewesen, deshalb konnte sie nicht sicher sein, dass das, was sie fühlte, auch tatsächlich die wahre Liebe war.

„Ja, das tue ich. Es ist lustig, denn als ich ihn das erste Mal sah, wollte ich ihn am liebsten erwürgen.“

„Er war ein richtiges Ekel.“

Katie ging zum Gang mit den Tiefkühltruhen, wo Eiscreme angeboten wurde. Es kam nicht oft vor, dass sie sich etwas Süßes gönnte. Lustig für ein Mädchen, das täglich von zuckerhaltigen Gebäcken umgeben war. Sie sah sich das spärliche Angebot an und entschied, dass Bowie der Nachtisch sein würde. Es gab keinen Grund, sich mit weniger zu begnügen. Dieser Gedanke erschütterte sie, denn ihr ganzes Leben lang hatte sie sich mit so wenig zufriedengegeben. Sogar wenn es um Bowie ging. Er war bereit, ihr seinen Körper zu geben, aber sie war sich nicht sicher, ob er ihr sein Herz schenken würde.

„Er ist heute auf dem Friedhof." Katies Stimme klang ganz fremd, so als würde jemand anderes sprechen.

„Das wird schwer für ihn sein."

„Er hat gesagt, er muss sich verabschieden."

Sage stützte sich auf den Aufsteller mit *Little Debbie Snacks* und warf dabei einige Schachteln in einer Kettenreaktion wie umfallende Dominosteine auf den Boden. Sie bemühte sich, sie aufzuheben, aber jedes Mal, wenn sie eine zurücklegte, fiel eine andere herunter.

„Oh, Himmel noch mal", sagte sie. „Ich schätze, ich bin nervös und freue mich für dich." Sie schaffte es, alle wieder aufzustellen. „Wenn er sich verabschiedet, muss das doch etwas Gutes bedeuten. Oder?"

Marge spähte um die Ecke und schüttelte den Kopf über das Chaos, das sie aus ihrem Aufsteller machten. „Ihr Mädels bedeutet Ärger."

„Vielleicht eher ungeschickt. Ärger ... nicht wirklich", sagte Katie, als sie mit Sage zur Kasse ging. Marges Ehemann Phillip saß da und las die Zeitung.

Katie legte ihre Gegenstände auf die Ladentheke und wandte sich an Sage. „Was den Abschied angeht. Man könnte meinen, es ist ein gutes Zeichen, aber ich habe Angst vor dem, was passieren könnte."

Phillip kassierte ihren Einkauf ab. Sie machte sich keine Sorgen, dass er das Gespräch mithörte. Er war so gut wie taub. Er hatte Hörgeräte, trug sie aber nicht. Er sagte, sie seien unbequem, aber Katie wusste, dass es daran lag, dass er das

Geräusch nicht ertragen konnte, wenn Marge den ganzen Tag mit ihm schimpfte.

„Läuft alles gut bei euch? Ich wollte nicht neugierig sein, aber du scheinst mehr Zeit bei ihm zu verbringen als bei dir."

Katie schloss die Augen und erinnerte sich an die Hitze, die nach ihrem Liebesspiel gestern Abend ihren Körper überflutet hatte. „Alles läuft *so* toll. Das ist die eigentliche Sorge. Er scheint Fortschritte zu machen, aber der Gang zum Friedhof heute könnte ihn zurückwerfen."

„Wie lange ist er schon weg?"

Katie sah auf die lächerliche Katzenuhr, die hinter Phillip an der Wand hing. Ihr Schwanz bewegte sich mit jeder Sekunde hin und her. „Seit mindestens einer Stunde."

Bowie hatte den Laden gegen vierzehn Uhr geschlossen und sich sofort auf den Weg gemacht.

„Vielleicht solltest du nach ihm sehen."

„Glaubst du nicht, dass das aufdringlich wirken könnte?"

Sage griff in den Wassereimer zu ihren Füßen und zog den letzten Blumenstrauß heraus. „Hier, bring die zu Bea." Sie drückte sie an Katies Brust und hinterließ dabei Wassertropfen, die ihr rosafarbenes T-Shirt dunkler färbten. „Du kannst sagen, dass du dich bei ihr bedanken wolltest, weil sie dich nach Aspen Cove gebracht hat."

„Er wird das sofort durchschauen."

Sage lächelte. „Ja, er wird erkennen, dass er dir wichtig ist." Sie wedelte mit der Hand vor Phillips Gesicht herum, um seine Aufmerksamkeit auf sich zu ziehen und zeigte auf die Blumen und ihre Pasteten. „Ich bezahle die Blumen und du gehst deinen Freund holen."

Katie wollte Beas Grab tatsächlich besuchen. Sie stand tief in der Schuld der Frau, die ihr eine zweite Chance gegeben hatte. Katie beugte sich vor und drückte ihrer besten

Freundin einen Kuss auf die Wange, bevor sie sich umdrehte und zur Tür ging. „Wünsch mir Glück."

„Hals- und Beinbruch", rief Sage von hinten.

Als Katie auf dem Friedhof ankam, unterschied sich alles stark von dem Tag, an dem sie Bea beerdigt hatten. Der Parkplatz war leer, bis auf Bowies schwarzen Truck, der alleine in der hintersten Parklücke stand. Sie suchte die Gegend ab, sah aber niemanden. Das Einzige, was herumstand, waren Zementgrabsteine.

Gemischte Gefühle durchströmten sie und ließen ihren Magen Purzelbäume schlagen. War es falsch von ihr, nach ihm zu sehen? Sie wollte nur das Beste für Bowie, und in diesem Moment wusste sie ohne jeden Zweifel, dass sie das war. Sie hatte sich in den Mann verliebt und war weitaus besser in der Lage, sich um ihn zu kümmern als ein Geist aus seiner Vergangenheit.

Ein Teil von ihr brannte vor Eifersucht. Wer hätte ihr nachgetrauert, wenn sie vor acht Jahren gestorben wäre? Ihre Mutter. Ihr Vater. Ihre Geschwister. Aber es gab keinen Mann, der sich an seine Liebe zu ihr erinnert hätte. Kein Herz, angefüllt mit wertvollen Erinnerungen. Das wollte sie mit Bowie haben. Wenn sie ihn überreden konnte, in Aspen Cove zu bleiben, hatte sie eine Chance, dieses Ziel zu erreichen. Er benahm sich wie ein Mann, der bleiben würde, aber er hatte es nie in Worte gefasst, und Worte waren auch wichtig.

Mit den Blumen in der Hand stieg sie aus ihrem Geländewagen und schlängelte sich den Weg entlang zu der Stelle, an der sie Beas Grab in Erinnerung hatte.

Als sie näherkam, sah sie Bowie vor einem Grabstein aus drei ineinander verschlungenen Herzen knien. Es war eine wunderschöne Hommage an eine Familie voller Liebe. Seine

Finger strichen über den schwarzen eingemeißelten Schriftzug von Brandys Namen.

Sie erkannte, dass ihre Entscheidung, nach Bowie zu suchen, falsch war. Dies war ein privater Moment zwischen ihm und seiner einzig wahren Liebe. Sie hatte kein Recht, dort zu sein. Als sie rückwärts ging, um sich zurückzuziehen, trat sie mit ihrem Schuh auf ein trockenes Blatt. Das Geräusch hallte in der Totenstille des Friedhofs wider.

Bowie stand auf und drehte sich zu ihr herum. Sein Gesichtsausdruck verwandelte sich von verärgert über besorgt in sanft. „Hey, was machst du hier?"

Katie machte einen weiteren Schritt zurück. „Es tut mir leid." Sie blickte auf die Blumen in ihrer Hand herunter. „Ich dachte, ich würde ..." Sie schüttelte den Kopf. Sie hasste es zu lügen. „Ich habe mir Sorgen um dich gemacht. Ich bin im Eckladen vorbeigegangen, um etwas zum Abendessen zu besorgen und ..." Sie stieß einen tiefen Atemzug aus, der durch ihre Brust hindurch vibrierte. „Geht es dir gut?"

Bowie ging auf sie zu und seine Hände griffen nach ihren Schultern. Er packte sie fest. Sie war überzeugt davon, dass er sie schütteln würde, um sie zur Vernunft zu bringen, aber stattdessen zog er sie an seine Brust. „Ja, mir geht es gut."

Sie vergrub ihre Nase in seinem Baumwoll-T-Shirt und holte tief Luft. Sie assoziierte seinen Geruch mit allem, das gut war in ihrem Leben. Ihre Arme hingen schlaff an ihren Seiten herunter, aber ihr Körper presste sich trostsuchend an seinen.

„Ich kann verstehen, dass das hier schwer für dich ist. Ich möchte, dass du weißt, dass ich wie ein Freund für dich da bin."

Bowie schien immer zum richtigen Zeitpunkt zu lachen, auch wenn es am falschen Ort war. Sie befanden sich mitten auf einem Friedhof, dem Ort, der am wenigsten geeignet ist, jemandem ein Lächeln aufs Gesicht oder ein Lachen ins Herz zu zaubern.

Er hob mit seinem Daumen ihr Kinn an und schaute ihr in die Augen. „Ich würde sagen, wir sind mehr als nur Freunde, Herzogin.“ Er beugte sich zu ihr herunter und streifte mit seinen Lippen über ihre. Er schaute über seine Schulter zum Grabstein. „Es ging darum, mit der Vergangenheit abzuschließen – um dir und mir eine Chance auf mehr zu ermöglichen. Ich könnte dir niemals mein Herz schenken, wenn es einer anderen gehört.“

Katie konnte kaum atmen. Er wollte mehr mit ihr. „Ich habe gehofft, dass wir mehr füreinander sein könnten, aber ich war bereit, mich mit weniger zufriedenzugeben.“

Er nahm ihren Kopf in seine Hände. „Du solltest höhere Ansprüche stellen. Du verdienst so viel mehr als mich.“

Sie ließ die Blumen auf den Kiesweg fallen und schlang ihre Arme um ihn. „Und du solltest dich so sehen wie ich. Du bist so viel mehr, als du dir selbst zugestehst.“

Sie standen auf dem Weg und hielten sich gegenseitig. Katie schloss die Augen und bedankte sich still beim Universum dafür, dass es ihr diesen Mann geschenkt hatte. Sie sprach auch ein Dankgebet für Bea, weil sie sie nach Aspen Cove gebracht hatte. Ihr letztes stilles Gebet galt Brandy. Sie musste eine erstaunliche Frau gewesen sein, um Bowies Herz so lange an sich zu binden.

Er rieb mit seinen Händen über ihren Rücken. „Sollen wir von hier verschwinden?“

Katie nickte, blickte aber auf die Blumen herab, die zu ihren Füßen lagen. „Die habe ich für Bea mitgebracht.“

Bowie lächelte und die düstere Atmosphäre des Friedhofs erhellte sich. „Dann solltest du sie ihr bringen.“ Er beugte sich herunter und hob den Blumenstrauß auf. Er verschränkte seine Finger in ihren und führte sie zum Grab. Ihre Augen folgten dem neu gewachsenen Gras bis zum makellosen Grabstein. Unter jedem Namen stand ein Geburts- und Sterbedatum. Bill war vor fünf Jahren gestorben. Bea dieses Jahr. In dem Moment, in dem sie Brandys Todestagdatum sah, stand ihr Herz still. Es war keine zehn Jahre her, wie man sie hatte glauben lassen, sondern acht, und es war derselbe Tag, an dem ihr Leben neu begonnen hatte.

Ihre Lungen verkrampften sich. Ihr Herz raste, um kurz darauf fast stehen zu bleiben. Die Welt drehte sich um sie herum und wurde schwarz.

„Katie.“ Seine Stimme klang ganz weit weg, als würde Bowie sie durch dichten Nebel rufen. „Katie, wach auf, Liebes.“

Sie bewegte sich den Schotterweg entlang, auf Bowies Armen. „Was ist passiert?“ Sie schaute hoch und sah Erleichterung in seinen blauen Augen.

„Da bist du ja wieder.“ Er setzte sie herunter und lehnte sie gegen seinen Truck, während er die Tür öffnete. „Du bist ohnmächtig geworden.“

„Ich, was?“ Sie zermarterte ihr Gedächtnis nach einer Erklärung. Alles kam rasend schnell zurück. Sie hatte Brandy Bennetts Herz.

„Du bist ohnmächtig geworden. Schlugst auf dem Boden auf wie ein Sack Zement.“ Er hob sie wieder hoch und setzte sie in seinen Truck. „Hast dir den Kopf ganz schön angeschlagen.“

Sie griff nach oben und berührte die empfindliche Stelle auf ihrem Hinterkopf. „Oh, mein Gott.“ Dort wuchs gerade eine Beule in der Größe von Houston. „Ich kann nicht glauben, dass mir das passiert ist.“

„Ich bringe dich zum Doktor. Ich will, dass er dich untersucht.“

Sie schüttelte den Kopf, aber ihr Hirn tat weh. „Nein. Mir

geht es gut.“ Ihre Gedanken waren durcheinander. „Ich will nach Hause.“

„Das passiert erst, wenn Doktor Parker es genehmigt.“

„Ernsthaft?“ Sie lehnte sich gegen das Fenster. Das kühle Glas hielt sie bei Bewusstsein. „Mir geht es gut.“ Ihr Kopf drehte sich, aber ihr Herz schmerzte. Brandys Herz schmerzte.

Ihr ging es alles andere als gut. Sie hatte sich in Bowie verliebt. Was würde passieren, wenn er herausfand, dass sie das Herz seiner Verlobten hatte? Sie hatte sich noch nie in ihrem Leben so sehr gefürchtet.

Selbst am Tag ihrer Operation, als man ihr die Maske über die Nase legte und sagte, sie solle zählen, hatte sie nicht so viel Angst gehabt wie heute. Damals hatte sie nur ein ungelebtes Leben. Jetzt hatte sie eine Zukunft zu verlieren.

KAPITEL SIEBZEHN

Katie sah zu, wie Bowie um den Truck herumlief, um ihr herauszuhelfen. Er brachte sie im Schneckentempo zur Drogerie.

Aufmerksam und liebevoll, aber würde das in dem Moment enden, in dem die Wahrheit ans Licht käme? Wollte Katie die Wahrheit überhaupt offenbaren? Er hatte sie nie nach ihrer Narbe gefragt. Sie hatte ihm gesagt, dass sie ein kränkliches Kind gewesen war und man sie geheilt hatte.

Schuldete sie ihm die ganzen Fakten oder reichte es, dass sie ihm das Wesentliche der Situation mitgeteilt hatte?

Doktor Parker kam mit einer Tasse Kaffee in den Händen aus dem Hinterzimmer. „Du hast gestern meinen ganzen Kondomvorrat aufgekauft." Er nippte an seinem Kaffee. „Ich bekomme erst nächste Woche wieder eine neue Lieferung. Schon mal was davon gehört, dass man sich ein bisschen zurückhalten kann?"

„Ich bin nicht wegen Kondomen hier." Da erst bemerkte der Doktor Katie. „Sie ist in Ohnmacht gefallen und hart mit dem Kopf aufgeschlagen."

Der Doktor bewegte sich erstaunlich schnell für einen

alten Mann. Er eilte um den Tresen herum, um Bowie die Tür zu öffnen. „Bring sie nach hinten."

„Mir geht es gut", sagte sie mit wenig Überzeugung in ihrer Stimme.

„Seien Sie nicht albern", erwiderte der Doktor. Er schaltete das Licht im Untersuchungsraum an und klopfte auf den mit Papier bedeckten Tisch. „Hier hinauf, junge Dame, und lassen Sie mich einen Blick auf Ihren Schädel werfen."

Bowie half ihr auf den Tisch. Er wich nicht von ihrer Seite und hielt ihre Hand, während Doktor Parker sie untersuchte.

„Sie sind blass und ihr Herzschlag ist zu schnell." Er griff in die Schublade und zog ein Stethoskop heraus.

Der Doktor musste die Angst in ihrem Gesicht gesehen haben. Das Flehen in ihren Augen. Sie war sich nicht sicher, ob sie die Botschaft aussendete, die besagte: „Machen Sie das bitte nicht mit Bowie in der Nähe", aber irgendwie schien der Arzt es zu verstehen.

„Mein Junge", sagte er zu Bowie. „Ich muss sie gründlich untersuchen, und obwohl ich weiß, dass du die Ware bereits gesehen hast, bin ich kein Freund von flotten Dreiern." Er nickte in Richtung Tür. „Schau nach, ob es in der Bäckerei noch Muffins gibt. Ich rufe dich an, wenn wir fertig sind."

Bowie sah von Katie zum Doktor. Es gab einen Moment, in dem sie nicht sicher war, ob er gehen würde.

„Willst du, dass ich gehe?" Bowie drückte ihre Hand.

„Ich komme schon zurecht." Sie schluckte den Kloß in ihrem Hals herunter. „Hol mir auch einen Muffin. Ich habe heute wahrscheinlich nicht genug gegessen und mein Blutzucker ist zu niedrig." Sie hasste die Lüge, die ihr so leicht über die Lippen ging.

Bowies Augen verengten sich eine Sekunde lang. Erkannte er die Lüge als das, was sie war – eine Möglichkeit, ihn aus der Praxis zu befördern, bevor der Doktor ihre Narbe sah und ihre Wahrheit herausfand? Sie dachte, er würde sich widersetzen, aber stattdessen drückte er seine Lippen in einem tröstenden Kuss auf ihre.

„Du weißt, wo ich bin."

Der Doktor wartete, bis er die Glocke über der Eingangstür klingeln hörte. „Bei dem Blick, den Sie mir zugeworfen haben, war ich mir sicher, dass Sie Bowie nicht hier haben wollten. Habe ich mich geirrt?"

Sie schüttelte den Kopf. „Nein. Sie werden in einer Minute etwas herausfinden, das ich bisher geheim gehalten habe." Katie zog sich den Saum ihres pinkfarbenen T-Shirts über den Kopf.

„Heiliger Himmel." Doktor Parker machte einen Schritt zurück und griff nach dem Beistelltisch, um das Gleichgewicht zu behalten. „Er hat diese Narbe nicht gesehen?"

Katie senkte ihr Kinn, um auf die silberne Linie zu schauen, die senkrecht über ihrer Brust verlief. „Er hat sie gesehen." Sie zuckte mit den Schultern. „Er hat nie nach Einzelheiten gefragt, und ich habe ihm keine Details erzählt, die er nicht brauchte."

Der Doktor zeigte auf die Narbe. „Deshalb haben Sie die Bäckerei."

Sie nickte. „Ich wusste es nicht, bis ich heute auf den Friedhof ging, um nach Bowie zu sehen." Ihre Augen füllten sich mit Tränen. Ihre Kehle schmerzte. „Bei Beas Beerdigung gab es keinen Grabstein und Sie ...", sie schauderte bei der Erinnerung, „Sie haben gesagt, beide seien vor zehn Jahren gestorben."

„Ich habe aufgerundet. Die genauen Details spielten keine Rolle."

„Für mich schon. Ich konnte nicht herausfinden, warum sie mir die Bäckerei vermacht hat. Ich dachte eine Sekunde lang, ich hätte das Herz ihrer Tochter, aber das Timing stimmte nicht überein, weil mir gesagt wurde, dass Brandy vor zehn Jahren starb. Ich hätte es genauer nachprüfen sollen. Bea hat es klar und einfach zu Papier gebracht. ‚Du hast ein gutes Herz', schrieb sie. Sie müsste es wissen. Ich habe das Herz ihrer Tochter." Katie weinte.

Der Doktor zog ein Taschentuch aus einer Schachtel in seiner Nähe und reichte es ihr. „Sie hat es getan und es niemandem erzählt." Der Doktor spreizte seine Finger, um seine gerunzelten Brauen zu massieren. „Sie hat Brandys Organe gespendet."

Katie saß auf dem Untersuchungstisch und war in mehr als einer Hinsicht entblößt. „Sie wussten es nicht?"

Er stieß sich vom Tisch ab, steckte sich das Stethoskop in die Ohren und drückte den kalten Kegel auf ihre Brust. Er hörte eine Weile zu. Als er zurücktrat, war sein Ausdruck mit Ehrfurcht erfüllt.

„Sie hat nie ein Wort gesagt." Er wickelte das Stethoskop zusammen und legte es auf den Tisch. „Das ist ein gutes Herz, das Sie da haben, meine Liebe."

Katie schluckte den Kloß in ihrem Hals herunter. „Es hat mir in den letzten acht Jahren gute Dienste geleistet."

Doktor Parker schaltete in den medizinischen Modus um. „Sie haben eine ziemliche Beule am Kopf." Er zog eine Taschenlampe aus seiner Tasche und leuchtete ihr damit in die Augen. „Ihre Pupillen sind unauffällig, aber ich schließe eine Gehirnerschütterung nicht aus." Er öffnete eine Schublade und nahm einen weißen Gegenstand heraus. Mit einer Drehung aktivierte er den Eisbeutel und drückte ihn auf ihren Hinterkopf. „Sie müssen das kühlen, um die Schwellung gering zu halten."

Katie stellte den Beutel neben sich, während sie ihre Bluse anzog. „Werden Sie es Bowie sagen?" Allein die Erwähnung seines Namens ließ ihr Herz höherschlagen und ihr Magen verkrampfte sich.

„Nein, das ist nicht meine Aufgabe, aber glauben Sie nicht, dass Sie es tun sollten?"

Katie saß minutenlang in nachdenklichem Schweigen, oder vielleicht war es auch ein Schock. „Ich sollte."

„Aber ..." Er ging zum Waschbecken und wusch sich die Hände. Er sah sie über die Schulter an. „Sie werden es nicht tun?"

Katie nagte an ihrer Unterlippe. „Was ist, wenn es das zerstört, was wir haben?"

Der Doktor lehnte sich an den Tisch und verschränkte die Arme vor seiner Brust. „Was ist, wenn er es irgendwie herausfindet? Ich kann Ihnen nicht vorschreiben, was Sie tun sollen. Ihr Geheimnis ist bei mir sicher. Dazu bin ich gesetzlich verpflichtet, aber ich denke, Sie sollten es ihm sagen."

Katie nickte und sprang vom Tisch herunter, wobei sie von einem Schwindelgefühl überrollt wurde. Sie griff mit ihrer freien Hand nach der Tischkante, um sich festzuhalten. „Ich sage es ihm, aber ich brauche etwas Zeit, um herauszufinden wie."

Sein buschiger weißer Schnurrbart verzog sich bei seinem Stirnrunzeln. „Geben Sie sich ein paar Tage Zeit, um es zu verarbeiten." Er griff in seine Tasche und zog sein Handy heraus, legte es aber auf den Tisch. „Ich möchte, dass Sie heute Nacht bei sich zu Hause bleiben. Dann sind sie in der Nähe, wenn Sie mich brauchen. Außerdem muss jemand bei Ihnen sein, um Sie im Auge zu behalten. Kopfverletzungen sind tückisch. Wenn Sie schwerwiegendere Anzeichen einer Gehirnerschütterung hätten, würden Sie nicht hier stehen, sondern in einem Krankenwagen sitzen, auf dem Weg ins Krankenhaus." Er blickte auf die Stelle zwischen ihren Brüsten herab, als hätte er einen Röntgenblick. „Apropos

Krankenhäuser … haben Sie einen Kardiologen, den Sie regelmäßig aufsuchen? Nehmen Sie Ihre Medikamente gegen Abstoßung ein? Wo ist Ihre Familie?" Er ratterte so viele Fragen herunter, dass sie nicht mithalten konnte.

„Ich habe mich bei Doktor Holland, dem Kardiologen in Copper Creek registriert. Ich war noch nicht dort, weil ich es nicht musste, und ich nehme meine Medikamente wie angegeben ein."

„Gut. Gut. Derek Holland ist ein qualifizierter Arzt. Sie hätten keine klügere Wahl treffen können."

„Er wurde von meinem letzten Arzt empfohlen."

„Was ist mit Ihrer Familie?"

„Sie lebt in Dallas. Sie wissen, wo ich gerade bin, auch wenn sie nicht gerade glücklich darüber sind, wie ich hierhergekommen bin."

„Wissen sie es?"

Katie wollte lachen, aber sie wusste, dass es ihrem bereits schmerzenden Kopf wehtun würde. „Wie hätten sie das vor mir wissen können? Spender und Empfänger sind anonym. Ich frage mich, wie Bea mich gefunden hat?"

Der Doktor nahm sein Handy hoch. „Ich habe noch nie eine entschlossenere Frau gekannt als Bea. Sie war wie ein Hund mit einem Knochen." Er lächelte. „Oha." Er schüttelte den Kopf. „Brandy hatte den Bundesstaat Colorado nie verlassen, bis sie zu Ihnen kam."

Katie legte ihre Handfläche auf ihre Brust. „Ich schulde ihr alles."

„Bea hat immer allen erzählt, dass Brandy zwar nicht mehr da ist, aber dass sie in anderen weiterlebt. Wir dachten, sie meinte das im übertragenen Sinn. So, als würde sie in der Erinnerung und im Geist in anderen weiterleben. Ich fasse es nicht." Er tippte eine Nummer ein und wartete, bis die Person am anderen Ende antwortete. „Sie wartet auf dich, mein Junge.“ Er legte auf, aber sein Lächeln brannte wie eine Hundert-Watt-Glühbirne. „Wie wahrscheinlich ist es, dass ein Mann zweimal dasselbe Herz findet?“

Die Türklingel ertönte, und das Geräusch von schweren Stiefeln dröhnte auf dem Linoleumboden im Flur.

Bowie erschien in der Tür und lächelte erleichtert. „Es hat so lange gedauert, dass ich dachte, es wäre etwas Ernstes.“

Der Doktor sah Katie an. „Wir haben uns unterhalten. Sie kann dir alles erzählen.“

Katie machte einen Schritt nach vorne und schwankte. Nicht, dass ihr schwindlig war. Sie hatte Angst. Alles, was sie jemals gewollt hatte, stand vor ihr. Bowie hatte sich endlich von Brandy verabschiedet. Wie würde er sich fühlen, wenn er wüsste, dass ein Teil von Brandy in ihr lebte?

Es war verwirrend. Beinahe unwirklich. Zum ersten Mal stellte sie ihre Liebe zu Bowie infrage. War sie echt? Oder war es so etwas wie eine übernatürliche Fügung, dass Brandys Herz Bowies Anwesenheit erkannte? Sie hatte schon von seltsameren Dingen gehört.

„Ich bin bereit, nach Hause und ins Bett zu gehen.“

„Auf gar keinen Fall“, sagte Doktor Parker „Zwei Stunden lang wird nicht geschlafen.“ Er sah Bowie an. „Sie muss regelmäßig geweckt werden, um sicherzustellen, dass es ihr gut geht. Auch keine erotischen Abenteuer. Sie muss sich ausruhen. Diese Kondome werden sich halten.“

Katie stöhnte.

Bowie lachte. „Wird erledigt.“ Er machte einen Schritt nach vorne und legte einen Arm um ihre Taille. „Ich werde mich gut um sie kümmern.“ Langsam ging er mit ihr vorwärts.

„Ich will sie in ihrer Wohnung haben.“

Bowie blieb stehen. Er war seit dem Tag ihres Kennenlernens nicht mehr in ihrem Haus gewesen. Sie fragte sich, ob es ein Problem sein würde, dort zu sein.

„Kein Problem." Er sah auf sie herab und flüsterte. „Ich habe heute alles losgelassen, Herzogin. Ab jetzt gibt es nur noch dich und mich. Ich werde Brandy nie vergessen, aber mein Herz gehört nicht länger ihr."

In ihrem Inneren starb Katie ein wenig. Sie würden nie frei von ihr sein, denn obwohl Brandy Bowies Herz nicht länger besaß, so besaß Katie ihres.

KAPITEL ACHTZEHN

„Lass mich runter.“ Katie wand sich in seinen Armen.

„Hör auf damit, bevor ich dich fallen lasse und deinen Kopf noch mal verletze.“ Er hatte sie schwungvoll aufgehoben und hielt sie nahe an seiner Brust. „Du wiegst nichts.“

„Lügner.“ Sie legte ihre Arme um seinen Hals und klammerte sich so fest, als würde sie ihn verlieren, wenn er sie losließ. „Ich wiege über fünfzig Kilo.“

Er hob und senkte sie in seinen Armen, als würde er sie wiegen. „Ich schätze, es sind neunundfünfzig Kilo.“ Es war nur eine Vermutung, aber als ihr der Kiefer herunterfiel, vermutete er, dass er nicht weit daneben lag.

„Woher weißt du das?“

Bowie lachte. „In der Wüste wog mein Rucksack ohne Ausrüstung oder Munition etwas mehr als sechsunddreißig Kilo. Daran habe ich mich orientiert. Wie nahe war ich dran?“

„Du hast dich um ein Kilo vertan.“ Sie bettete ihren Kopf an seinen Arm und zuckte zusammen.

„Tut ganz schön weh, was?“ Er drehte ihren Körper so, dass sich ihr Gesicht an ihn drückte, nicht ihr Hinterkopf.

„Es ist nicht angenehm."

Bowie öffnete die Tür zur Bäckerei. Sein Vater stand hinter der Verkaufstheke und trug eine Rüschenschürze. „Das ist ein Anblick, den ich nie erwartet hätte."

Katie hob den Kopf und lächelte. „Er sieht gut aus in Rüschen."

„Was hat der Doktor gesagt?" Ben öffnete die Schwingtür, die zum Hinterzimmer führte.

„Er sagt, sie braucht Ruhe und dass du den Laden in den nächsten Tagen allein schmeißen musst."

Katie bewegte sich, bis Bowie gezwungen war, sie abzusetzen, anstatt sie fallen zu lassen.

„Hat er nicht. Er sagte, er könne eine Gehirnerschütterung nicht ausschließen, aber das ist alles, was er gesagt hat."

Sie nahm sich einen zerbrochenen Herzkeks vom Abkühlgitter und er sah, wie sie die Stirn runzelte, bevor sie einen Bissen nahm.

„Stimmt nicht. Sie muss sich ausruhen und ordentlich essen." Er sah seinen Vater an. „Ich bleibe heute Nacht hier."

Bens Augen wurden bei seiner Aussage riesig. „Oh, okay dann."

Bowie zwinkerte seinem Vater zu. „Sieht so aus, als hättest du und Maisey freie Auswahl." Er hatte seinen Vater noch nie erröten sehen, aber das Rot auf seinen Wangen passte mit seinem Schürzensaum überein.

„Ich gehe nach oben", sagte Katie, während sie sich an ihm vorbeischlich.

Er streckte seinen Arm aus, schlang ihn um ihre Taille und zog sie an seine Seite. „Ich trage dich." Es war unmöglich, dass Katie es alleine die Treppe hinauf schaffte.

„Ich kann laufen."

„Hör auf so stur zu sein. Du hast eine Gehirnerschütterung. Ich trage dich." Er sah seinen Vater an, der auf dem ganzen Weg in den vorderen Bereich der Bäckerei lachte.

„Ich habe *vielleicht* eine Gehirnerschütterung. Du musst mich nicht tragen. Ich will nicht, dass du mich babysittest."

„Falsch." Er bückte sich, legte seinen Arm unter ihre Kniekehlen und hob sie hoch. Sie schmiegte sich an ihn. „Ärztliche Anordnung." Das Einzige, was er ganz sicher über Doktor Parker wusste, war, dass er nichts forderte, was nicht unbedingt erforderlich war.

„Also gut."

Sie hielt sich an ihm fest, während er zwei Stufen auf einmal nehmend, die Hintertreppe hinaufeilte. Sein Herz schlug schnell, als säße ein Trommler in seiner Brust. Er wusste nicht, ob es von der Anstrengung oder Anspannung herrührte. Er war sich nicht sicher, wie er sich fühlen würde, sobald sie die Tür öffnete. Das hätte seine und Brandys Wohnung sein sollen.

Obwohl er sich auf dem Friedhof verabschiedet hatte, war etwas loszulassen nicht wie das Ausknipsen eines Lichtschalters. Sie hinterließ Spuren, die für immer bei ihm bleiben würden.

Als Katie sich vorbeugte, um den Türknauf zu drehen, hielt er den Atem an. Er hatte das Gefühl, wieder in Afghanistan zu sein und durch ein Minenfeld zu laufen.

Die Tür öffnete sich und Katies süßer Duft erfüllte die Luft. Er blieb an der Schwelle stehen und ließ sie herunter. Das orangefarbene Leuchten der untergehenden Sonne schimmerte durch die cremefarbenen Vorhänge im Raum hindurch.

„Es ist klein, aber es funktioniert." Sie wippte mehrmals vor und zurück. Er wusste nicht, ob es ihr seinetwegen unangenehm war oder weil er in ihrer Wohnung stand.

„Es ist großartig." Er ging an ihr vorbei in die Mitte des

Wohnzimmers. Ein blaues Sofa nahm den größten Teil des Raumes ein, aber das Nötigste war da, wie ein Couchtisch und ein Fernseher. Er ging zum Fenster, wo ein kleiner Tisch stand, mit kleinen Zetteln übersät.

Er nahm einen hoch.

„Lies es nicht, es sei denn, du willst versuchen zu helfen." Sie riss ihm die Notiz aus den Fingern.

„Was ist das?"

Sie zog ein gefaltetes Stück Papier aus einem Schuhkarton und öffnete es. „Dieser Wunsch wurde erfüllt oder wird es werden, also ist es wahrscheinlich in Ordnung, dass ich ihn dir zeige." Sie öffnete das winzige gefaltete Quadrat und reichte es ihm.

Im Moment ist mein einziger Wunsch, eine Stunde mit meinem Mann allein zu sein, damit ich ihm zeigen kann, wie sehr ich ihn liebe.

Louise Williams

„Sie will einen Babysitter und du hast einen für sie gefunden?" Bowie faltete das Papier zusammen und legte es wieder in den Schuhkarton.

„Ich werde babysitten."

„Sie hat acht Kinder."

Katie bewegte ihren Kopf langsam und bedächtig von links nach rechts. „Sie hat sieben. Vielleicht bald acht, wenn sie diese Stunde alleine mit Bobby bekommt."

„Nicht weitersagen, Frau Doktor."

Katie sah erschöpft aus. Sie zog einen Stuhl heran und ließ sich mit einem lauten Plumps darauf fallen. „Ich verrate keine Geheimnisse." Sie wandte sich von ihm ab und schaute aus dem Fenster.

Seit ihrem Sturz hatte sie ihren Frohsinn verloren. „Niedergeschlagen" war ein Wort, mit dem er sie beschreiben würde. „Du siehst erschöpft aus."

„Mir geht es gut.“ Sie stand auf. „Komm, ich zeige dir den Palast.“

Bowie war mit dem bisschen, was er bisher gesehen hatte, gut zurechtgekommen. Er brauchte keine komplette Führung, aber wenn es für Katie wichtig war, würde er es durchstehen.

Er sah sich im Wohnzimmer um. Es war nicht so, wie er vermutet hatte. Als Bea damals über das Apartment gesprochen hatte, konnte sich Bowie nicht vorstellen, dass es wie eine echte Wohnung aussehen würde. In seiner Vorstellung sah er ein Dachgeschoss mit unverkleideten Holzbalken und freiliegenden Kabeln. Das hier war eine wirkliche Wohnung. Alles war perfekt.

Katie nahm zaghaft seine Hand. Er drehte ihre Handfläche um, um nachzusehen, ob sie sich bei ihrem Sturz verletzt hatte. Sie hatte sich nie davor gescheut, ihn anzufassen, aber ihre zarte Berührung fühlte sich fremd an.

„Tut deine Hand weh?“

Sie schaute herunter auf seine Hand, die ihre bedeckte. „Nein, es ist alles in Ordnung.“

Sie verschränkte ihre Finger in seinen und führte ihn durch die winzige Küche, die mit allem ausgestattet war, was eine Person brauchte, von einer Mikrowelle bis zu einem mit Magneten übersäten Kühlschrank. Es gab eine Stelle auf der Gefrierschranktür mit ausgeschnittenen magnetischen Wörtern und Buchstaben. Bowie entdeckte seinen Namen inmitten von Worten wie glücklich, zufrieden und unabhängig. Es gab auch eine zusammengefügte Wortfolge. *Ich liebe Bowie.* Bevor er einen Kommentar abgeben konnte, streckte sie ihren Arm aus und mischte die Buchstaben und Wörter, sodass nichts mehr Sinn ergab, aber auch wenn sie die Spuren beseitigen konnte, seine Erinnerung daran konnte sie nicht ausradieren. Sie liebte ihn. Das war alles, was er wissen musste.

„Da sind Sachen im Kühlschrank, falls du hungrig wirst."

„Schatz, ich bin halb verhungert, aber nicht nach Essen." Sie waren jetzt seit Wochen zusammen, aber jedes Mal, wenn er sexuelle Anspielungen machte, wurde sie rot. Da ihre Haut so blass war, ließ das Rosa, das in ihre Wangen stieg, sie geradezu fiebrig aussehen. „Zeig mir das Schlafzimmer, in dem ich keinen Sex mit dir haben darf. Ich möchte das Bett sehen, das heute Abend nicht unter meinem Gewicht quietschen wird."

Katie ging vor ihm den Flur hinunter. Sie steckte ihren Kopf in das erste Zimmer. „Gästezimmer." Sie ging weiter zur nächsten Tür. „Badezimmer." Am Ende des Flurs befand sich ihr Zimmer. Es roch nach ihr. „Kloster."

Ein großes Bett stand an der Wand. Bowie schluckte den riesigen Kloß der Trauer herunter, der in seinem Hals zu stecken schien. Sein Bruder hatte für Brandy und ihn ein Kopfteil nach Maß angefertigt. Er fragte sich, was damit passiert war. Dieses Bett hatte einen einfachen Holzrahmen und Kopfteil.

Katie setzte sich auf das Bett, ließ sich auf ihre Seite fallen und kuschelte sich zusammen wie ein Baby.

„Noch nicht. Doktor Parker sagte, dass du ein paar Stunden nicht schlafen darfst." Er hielt ihre Hände und zog sie in eine sitzende Position. Er verstand, dass eine Kopfverletzung eine Person verändern konnte, aber Katie tat so, als hätte ihr jemand ihre beste Freundin genommen. „Bist du okay? Du siehst traurig aus oder deprimiert. Gibt es etwas, worüber du sprechen möchtest?"

Sie wandte den Kopf ab und er konnte sehen, wie sich Tränen in den Winkeln ihrer strahlendblauen Augen sammelten. „Nein, ich bin müde, das ist alles."

Er musste ihr das glauben, denn eines, was er über Katie wusste, war, dass sie nicht log. Sie war wie ein offenes Buch, und wenn sie etwas bedrückte, war er überzeugt davon, dass sie es ihm erzählen würde.

„Ich sag dir was. Lass uns ins Wohnzimmer gehen und schauen, ob wir nicht einige der Wünsche erfüllen können." Er half ihr auf die Beine und brachte sie zum Tisch, wo sie die winzigen Zettel sortierte.

Sie öffnete eine der Notizen, zerknüllte sie und warf sie in den nahe gelegenen Mülleimer.

„Hey, das ist der Wunsch von jemandem, den du da wegwirfst."

Sie zog den Zettel wieder heraus und reichte ihm eine Notiz mit der Aufschrift *Ich möchte einen Dreißig-Zentimeter-Ständer*. Jetzt zerknüllte Bowie das Papier und warf es zurück in den Eimer.

„Tun wir das nicht alle." Er griff nach einem neuen Zettel. „Welche Regeln gibt es?"

„Man darf sich nichts Unsinniges wünschen, wie eine Million Dollar oder einen Sportwagen. Die meisten Wünsche sind leicht zu erfüllen, so wie dieser." Sie nahm eine rosa Haftnotiz hoch.

Ich hätte gerne ein Dutzend Herzkekse zu meinem Geburtstag.

Lily Dawson

„Oder dieser." Sie öffnete das gelbe Zettelchen.

Bitte betet für meinen Papa. Er braucht wirklich einen Job.

„Dieser ist albern, aber machbar."

Bitte kleben Sie ein paar Sterne über Ihre Tür. Ich sagte Jackson, dass er mich eines Tages unter dem Sternenhimmel küssen würde, aber der einzige Ort, an den er mit mir geht, ist Ihre Bäckerei bei Tageslicht.

Sadie

P.S. Dieser Samstag wäre wunderbar.

Katie nahm eine Schere und schnitt eine Handvoll Sterne aus.

„Hast du dir diese Aktion ausgedacht?"

„Als ich klein war, habe ich mir viele Dinge gewünscht. Dinge, die man sich nicht wirklich wünschen kann, wie eine Königliche Hoheit zu werden oder nie wieder krank zu sein. Der Wunsch, keine Windpocken zu bekommen, wurde mir erfüllt, und meine Eltern kauften mir das Barbie-Traumhaus, aber die meisten Wünsche blieben unerfüllt. Deshalb habe ich das Wunschbrett ins Leben gerufen."

Bowie sortierte die Wünsche auf verschiedene Stapel. Es gab einen mit Gebeten. Einer war der Albern-aber-machbar-Stapel. Der letzte war der So-gut-wie-unmöglich-Stapel. Er hätte Louise Williams' Bitte auf diesen letzten Stapel gelegt, weil niemand, der bei klarem Verstand war, sieben Kinder babysitten würde. Außer Katie, und sie konnte diese Entscheidung nicht auf eine Gehirnerschütterung schieben.

„Als ich dir sagte, dass ich ein kränkliches Kind war ..." Sie warf ihm einen Blick zu und schnitt weiter Sterne aus. „Ich habe es nicht näher erläutert, aber ..."

„Es spielt keine Rolle. Ich habe vor langer Zeit gelernt, mich nicht mit Dingen zu beschäftigen, die nicht geändert werden können."

„Es könnte wichtig sein. Was ist, wenn es alles verändern würde?"

Er lehnte sich in seinem Stuhl zurück und sah zu, wie sie mit der Schere herumfuchtelte. „Wenn du nicht an einer unheilbaren Krankheit leidest, wird nichts, was du sagen könntest, einen Unterschied machen. Was bringt es, über die Vergangenheit zu sprechen? Es ist die Vergangenheit. Worüber wir sprechen sollten, ist die Zukunft." Er reichte ihr eine leere Haftnotiz. „Wenn du dir jetzt etwas wünschen könntest, was wäre es?“ Er drückte ihr einen Stift in die Hand.

Sie dachte ein paar Minuten nach und schrieb dann schnell etwas auf. Er schnappte sich den Zettel vom Tisch, bevor sie ihn vor ihm verstecken konnte. Darauf stand:

Betet für mich, dass Bowie Bishop mich trotzdem lieben wird.

Er war überzeugt, dass der Schlag auf den Kopf ihr Gehirn benebelt hatte. *Trotzdem?*

Er nahm den Stift und strich das Wort „trotzdem“ durch und ersetzte es durch „immer“. Er streckte sich über den Tisch und küsste sie. „Ich werde dich immer lieben.“

KAPITEL NEUNZEHN

Zwei Tage, in denen Bowie sie umsorgte, waren genug. Ben kümmerte sich um die Bäckerei und Cannon um den Köder- und Angelladen. Sage kam herüber und bemutterte Katie, während Bowie nach Hause ging, um sich umzuziehen.

„Ich habe Bowie versprochen, dich nicht alleine zu lassen." Sage stand vor ihr, die Hände in die Hüften gestemmt.

„Du wirst nur auf der anderen Straßenseite sein und mir ein gegrilltes Käse-Sandwich und einen Obstsalat besorgen. In der Zeit, die du brauchst, um es abzuholen, komme ich schon zurecht." Katie schüttelte das Kissen auf und stützte sich auf die blaue Sofalehne. Bowie bestand darauf, dass sie sich hinlegte. Sie wehrte sich bei jeder Gelegenheit gegen seine übermäßige Fürsorge, zog aber immer den Kürzeren. „Es ist wahrscheinlicher, dass ich vor Hunger sterbe als an einer Kopfverletzung." Katie sah an Sage vorbei und schaltete durch die Fernsehkanäle. Das Tagesprogramm war fürchterlich, und da sie nur über geringe Geldmittel verfügte, war teures Kabelfernsehen keine Option, aber jedes Mal, wenn sie die bescheidene Auswahl an Sendern einstellte, die sie sich leisten konnte, war sie mit Stolz erfüllt. Sie hatte für diese Kanäle mit ihrem eigenen Geld bezahlt. Nicht ein einziges Mal hatte sie ihren Treuhandfonds angetastet, um irgendetwas zu finanzieren, einschließlich ihrer teuren Versicherung.

Sage warf ihr einen Du-hast-gewonnen-Blick zu. „Okay, aber beweg dich nicht."

Katie zog die kuschelige Decke bis zum Kinn hoch. „Ich gehe nirgendwohin."

Sie warf einen Blick auf ihr Handy, das auf dem Tisch lag. Sie hatte auf eine ungestörte Minute gewartet, um ihre Mutter anzurufen. Obwohl sie sich nach Unabhängigkeit sehnte, brauchte sie ihre Mutter für die schwierigen Momente.

„Du bewegst dich auf keinen Fall. Ich will nicht, dass Bowie wütend auf mich ist." Sage nahm ihre Tasche und ging zur Tür.

Als Katie hörte, wie ihre Schritte die Treppe hinunter verschwanden, rief sie ihre Mutter an.

„Mama?" Sie versuchte ihre Stimme ruhig klingen zu lassen und wischte sich die Tränen ab, die über ihre Wangen liefen.

„Katie, Mädchen, was ist los?" Panik ließ ihre Stimme schrill werden. Mütter hatten diesen sechsten Sinn für ihre Kinder und bemerkten immer, wenn etwas nicht stimmte.

Trotz der heldenhaften Versuche, ihre Emotionen unter Kontrolle zu behalten, konnte Katie nicht verhindern, dass sie in Schluchzen ausbrach. „Ich weiß nicht, was ich machen soll."

„Was meinst du, Schatz?"

„Ich bin in Bowie verliebt."

Schweigen breitete sich zwischen ihnen aus.

„Er heißt Bowie?" Typisch für ihre Mutter, sich auf den Namen zu konzentrieren und nicht auf die Gefühle.

„Konzentriere dich bitte auf das Wesentliche. Ich sagte, ich *bin verliebt.*" Katie setzte sich auf und stützte sich seitlich auf die Armlehne. „Er ist so unglaublich."

„Der Köder-und-Angel-Mann?" Im Hintergrund hallte das Geräusch eines Stuhls durchs Telefon wider, der über Fliesen kratzte. „Lass mich einen Kaffee holen."

Katie hörte ihre Mutter durch die Küche ihres Hauses im vornehmen Highland Park laufen.

„Er ist mehr als ein Köder-und-Angel-Mann." Katie wusste, dass eine riesige Portion Sarkasmus ihre Stimme färbte, aber ihre Mutter sollte ihr zuhören.

„Schatz, das ist wunderbar. Alles, was dein Vater und ich jemals für dich wollten, war glücklich und gesund zu sein. Warum also die Tränen?"

Katie begann von Anfang an, als ein rosafarbener Umschlag ihr Leben veränderte. Als sie an dem Punkt ankam, sowohl Brandys Verlobten zu haben als auch ihr Herz, weinte ihre Mutter mit ihr.

„Ich möchte diese Frau umbringen und sie gleichzeitig umarmen." Sie nahm einen zitternden Atemzug. „Sie bescherte dir Leben und Leid in ein und demselben Geschenk."

Katie konnte sich vorstellen, wie ihre Mutter mit einem Taschentuch vorsichtig ihre Augen abtupfte, damit sie nicht das Make-up ruinierte, dessen Auftragen mehr als eine Stunde dauerte.

„Mama, sie hat mir alles gegeben. Eine zweite Chance auf Leben. Eine Möglichkeit, unabhängig zu sein, damit ich in deinen Augen nicht ewig Kind bleiben muss. Sie gab mir ein Ziel und Freunde und den besten Mann der Welt, aber was passiert, wenn ich es ihm erzähle? Was ist, wenn er es nicht ertragen kann, mich anzusehen, weil es einfach zu unheimlich ist?“

„Er hat dir gesagt, nichts könne seine Gefühle für dich ändern. Gib ihm die Chance, es zu beweisen.“

„Ich habe solche Angst.“

Ihre Mutter seufzte lange. „Du hattest schon einmal Angst und hast überlebt. Du hast im Leben mehr erlebt als jeder andere, den ich kenne. Das sind alles Kleinigkeiten im Vergleich zum Sterben.“

Das war die Magie der Mütter. Sie rückten die Dinge ins rechte Licht. Sophia Middleton hatte Katie beigebracht, das Leben aus einer Glas-halb-voll-Perspektive zu betrachten. Es sei denn, das Glas enthielt edlen Champagner, denn dann sagte Sophia, es sei besser, es als halb leer anzusehen und sich in der Schlange anzustellen, um es auffüllen zu lassen.

„Was ist, wenn er mich verlässt?“

„Dann hat er dich nie wirklich geliebt.“

„Was ist, wenn er mich nur liebt, weil ihr Herz in mir schlägt?“

Ihre Mutter machte nur selten Geräusche, die nicht damenhaft waren. Sie waren einfach nicht schmeichelhaft, aber das Knurren, das sie gerade hören ließ, hätte einen Dachs zu Tode erschrecken können. „Schatz, er hat gesagt, er liebt dich. Er kennt dieses Herz nicht, nur was darin ist. Es ist dein Blut, das es schlagen lässt. In dem Moment, in dem das Herz seinen Platz in deiner Brust einnahm, wurde eine Vereinbarung getroffen. Es würde dich mit Leben versorgen, aber nicht ohne dein lebensspendendes Blut. Ihr Anteil an deiner Existenz ist nicht stärker als deiner. Du und sie, ihr seid Partner fürs Leben.“

Ihre Mutter hatte recht. Brandys Herz würde ohne Katies Blut nicht schlagen, und Katies Blut könnte ohne ihr Herz nicht zirkulieren. „Ich hab dich lieb, Mama.“

„Willst du, dass ich zu dir komme? Ich steige gerne noch heute ins Flugzeug." Ihre Stimme war hoffnungsvoll.

Katie war kurz davor, zuzustimmen, aber sie sagte: „Nein. Ich muss das alleine durchstehen. Ich werde ihm die Wahrheit sagen. Du hast recht. Wenn er ein so guter Mann ist, wie ich denke, wird er es verstehen. Wenn nicht, war er nicht für mich bestimmt."

„Das ist mein Mädchen. Wenn die Dinge nicht so laufen, wie du es erwartest, bin ich hier, Prinzessin. Papas Flugzeug kann in wenigen Stunden dort sein, um dich abzuholen."

Katie verabschiedete sich von ihrer Mutter und legte auf. Sie dachte über ihr Gespräch nach. Während der gesamten Unterhaltung hatte ihre Mutter nicht einmal etwas dazu gesagt, dass Katie eine Kopfverletzung hatte. Sie lächelte vor sich hin, weil das bedeutete, dass ihre Mutter lernte, ihr zuzutrauen, sich um ihre eigene Gesundheit zu kümmern.

Das Klappern von Sages Schuhen auf der Treppe bedeutete, dass das Essen da war. Sie musste sich stärken, um Bowie gegenüberzutreten.

„Ich bin zurück." Sie eilte durch die Tür und ihre roten Locken standen von ihrem Kopf ab wie züngelnde Flammen. „Dalton hat gesagt, du sollst alles aufessen. Er findet, du bist zu dünn. Er hat ein paar Extras eingepackt."

Katie schwang ihre Beine von der Couch und stellte sie auf den Boden. „Dalton ist Koch. Er denkt, jeder sei zu dünn. Schlanke Leute helfen ihm nicht dabei, seine Rechnungen zu bezahlen."

Sage ließ sich auf das mittlere Sitzpolster der Couch fallen und breitete ein Festmahl auf dem Kaffeetisch vor ihnen aus. „Sei nicht sauer auf mich. Dalton sagte, das gegrillte Käse-Sandwich würde hervorragend zu Tomatensuppe passen, dass die Früchte mit echter Schlagsahne besser schmecken und die Sahne ohne den berühmten Kirschkuchen seiner Mutter einsam wäre."

Katie sah sich das Buffet vor ihr an und wusste, dass sie jeden Bissen essen würde.

„Ich bin Bowie begegnet und habe ihm gesagt, dass ich dich abfüttere. Er sagte, er käme vorbei, nachdem er seine Warenbestellung aufgegeben hat." Sage öffnete ihre Transportverpackung, die einen Hamburger und Pommes frites enthielt. „Er macht sich Sorgen um dich und hält den Schlag auf den Kopf für schwerwiegender, weil du nicht mehr so viel lachst oder lächelst." Sage öffnete ihren Behälter mit Ketchup und ertränkte ein paar ahnungslose Pommes frites darin. „Mir ist es auch aufgefallen. Denkst du, wir sollten dich für ein MRT nach Copper Creek bringen? Vielleicht hast du ein SHT?"

Katie lachte über ihre Verwendung von Akronymen. Sage benutzte sie ständig, und wenn Katie nicht einen Großteil ihres Lebens im Krankenhaus verbracht hätte, würde sie nie wissen, wovon ihre Freundin sprach. „Ich habe kein Schädel-Hirn-Trauma. Mir geht nur viel im Kopf herum." Katie fragte sich, ob sie es zuerst Sage erzählen sollte. Es könnte eine gute Idee sein, ihre Rede an ihrer besten Freundin auszuprobieren.

„Willst du darüber reden? Stimmt etwas nicht mit dir und Bowie?" Ihre lebhaften grünen Augen drückten Besorgnis aus.

„Ja ... ich meine, nein." Katie ließ den Kopf hängen. „Was ich meine, ist, dass ich reden muss, aber was ich zu sagen habe, sollte ich zuerst Bowie sagen, nur befürchte ich, dass er das Weite suchen und nie mehr zurückkommen wird, wenn ich es ihm gesagt habe."

Sage zog die Essensbox auf ihren Schoß und wandte sich Katie zu. „Dieser Mann liebt dich. Du bist der Grund, warum er immer noch hier ist."

Katie hob langsam ihr Kinn. „Ich könnte der Grund sein, warum er geht. Ich möchte es dir erzählen, weil ich deinen weisen ‚Sage'-Rat brauche, aber du musst versprechen, kein Wort zu sagen, bis ich mit Bowie gesprochen habe."

Sage kaute auf einem Stück Pommes frites herum. „Wann wirst du es ihm sagen, egal, worum es sich handelt?"

„Bald."

Sage stellte ihr Essen auf den Tisch und griff nach Katies Händen. „Ich mag es nicht, Geheimnisse zu haben, aber ich möchte für dich da sein."

Katie holte dreimal tief Luft. Sie stand auf und zog ihr Sweatshirt bis nach oben an den Hals. „Ich habe diese Narbe." Katie hatte gehofft, dass sie Sage aufgrund ihrer Erfahrung als Krankenschwester nicht viel erklären müsste und dass sie die Puzzleteile allein zusammensetzen würde, aber sie saß schweigend da, während Katie ihren Pullover wieder fallen ließ und sich setzte.

„Wow, das ist ein Hammer. Herz? Lunge? Autounfall?"

„Herz. Eine Kinderkrankheit, die mein Herz geschwächt hat."

Sage lächelte. „Und sieh dich jetzt an."

„Erinnerst du dich, wie wir in der Bäckerei saßen und versucht haben, Beas Verbindung zu mir herauszufinden? Wie sie gesagt hat, ich hätte ein gutes Herz?"

Katie wusste sofort, wann bei Sage der Groschen fiel.

„Oh, Mist." Ihre Hand flog zu ihrem Mund. „Du konntest es dir damals nicht zusammenreimen?"

Ihr Mund wurde staubtrocken. „Nein. Ich dachte, es wäre, weil ich freiwillig im Kinderkrankenhaus gearbeitet habe. Ich wusste, dass ich nicht Beas Herz hatte aber ich hatte keine Ahnung, dass Bea eine Tochter hatte. Als ich dann von Brandy erfuhr, sagten alle immer, sie wäre vor zehn Jahren gestorben." Sie schlug gegen ihre Brust. „Ich habe dieses Herz vor acht Jahren bekommen." Katie zog ihre Hände vors Gesicht. „Acht Jahre sind kein Jahrzehnt. Es sind acht verdammte Jahre."

„Oh, Mist", wiederholte Sage. „Wann hast du es herausgefunden?"

„Als du mir die Blumen gegeben und gesagt hast, ich solle zum Friedhof gehen, um meinen Freund zu holen."

„Oh, Mist. Es ist meine Schuld."

Katie schüttelte den Kopf. „Nein. Nein, ist es nicht. Selbst wenn ich die Blumen nicht genommen hätte, ändert es nichts an der Tatsache, dass ich Brandys Herz in meiner Brust habe. Ich habe Bowie an diesem Tag bei der Grabstätte gefunden. Ich ging auf ihn zu. Er hatte sich verändert. Er hatte sie gehen lassen, damit er mit mir zusammen sein kann. Ich war so glücklich."

„Oh, Mist."

„Hör bitte auf ‚oh, Mist' zu sagen. Ich hatte die Blumen und er brachte mich zu Beas Grab, damit ich sie dort ablegen könnte. Dann sah ich das Datum. Brandy starb drei Tage nach Cannons und Bowies Mutter, weil Bea sie so lange an den lebenserhaltenden Maschinen behielt, bis man geeignete Empfänger für ihre Spenderorgane fand. Sie sagte niemandem, dass sie sie gespendet hatte. Als ich sah, dass das Datum auf denselben Tag fiel, an dem ich mein Herz bekam, bin ich in Ohnmacht gefallen."

„Oh ... Süße." Sage beugte sich vor und zog Katie in eine Umarmung. Als sie sich zurücklehnte, lächelte sie. „Es ist das Romantischste, was ich je in meinem Leben gehört habe."

„Oder das Gruseligste." Katie löste sich von ihr. „Was zum Teufel wird er tun, wenn er herausfindet, dass er mit dem Mädchen zusammen ist, das das Herz seiner ersten Liebe hat? Ich hatte sogar eine dumme Reihe von Gedanken und fragte mich, ob ihr Herz ihn erkannt und ich mich vielleicht deshalb in ihn verliebt habe."

„Du liebst ihn von ganz alleine. Brandys Herz hat nichts damit zu tun." Sie sprach die Worte zwar aus, aber es gab einen Moment, in dem Sage unsicher aussah. „Ich weiß nicht, was er tun wird. Ich weiß nicht, was ich tun würde."

„Du bist keine große Hilfe. Im Moment brauche ich deinen weisen ‚Sage'- Rat." Sie saß da und schaute ihre Freundin an, in der Hoffnung, dass sie ihr in einer schwierigen Situation kluge Ratschläge erteilen könnte.

„Du musst es ihm sagen. Bowie hat ein Recht darauf, es zu erfahren."

Die bereits offene Tür ging noch weiter auf, um seinen Körper hindurchzulassen. „Mir was sagen?" Bowie stand vor Katie und wartete auf Antworten.

KAPITEL ZWANZIG

Katies Gesicht wurde weiß, als er durch die Tür hereinkam. Er konnte erkennen, dass sie versuchte, ihre Unruhe hinter einem Lächeln zu verbergen. Ein aufgesetztes Lächeln, das ihre Augen nicht erreichte. Etwas stimmte nicht. Sein erster Impuls war, zu ihr zu laufen.

„Was ist los?" Er eilte zu ihr, nahm ihr Gesicht in seine Hände und sah ihr in die Augen. Das einst leuchtende Blau hatte sich in düsteres Grau verwandelt. „Ist es dein Kopf?" Er fiel auf die Knie und schob den Couchtisch zurück, um Platz für sich zu machen. Er schüttelte das Kissen neben ihr auf. „Leg dich hin und ich kümmere mich um dich."

Bowie hatte Sages Anwesenheit so gut wie vergessen, bis sie sich von der Couch erhob. „Das ist mein Stichwort zu gehen." Sie packte ihr Essen ein und ihre Tasche und war weg, bevor er oder Katie sich verabschieden konnten. Er hatte noch nie gesehen, dass Sage sich so schnell bewegte. Es war, als würde sie fliehen.

Katie legte ihre Hand an seine Wange. Sie rieb immer gerne über seinen Drei-Tage-Bart. Obwohl ihr seine Narbe nicht gleichgültiger sein könnte, war der Bart, den sie liebte, gewachsen und verbarg sie. „Mir geht es gut.“ Ihre Hand fiel auf den weichen Stoff der Couch. Katie drehte sich so, dass die Armlehne ihren Rücken stützte, zog ihre Beine hoch an ihre Brust und legte ihre Arme darum.

„Dir geht es nicht gut. Du bist so blass wie ein Eiweiß.“ Er rutschte zur Seite und setzte sich auf das Polsterkissen, das Sage geräumt hatte. „Was tut dir weh?“

Sie zog ihre Oberlippe zwischen ihre Zähne. Das war ihre Denkpose. Nicht für die einfachen Dinge, wie die Entscheidung zwischen Rindfleisch oder Hühnchen, sondern der Blick, den sie bekam, wenn ihr Verstand raste.

„Mach langsam, Schatz, bevor du ein Loch in deine Lippe kaust.“ Er streckte seinen Arm aus und strich mit dem Daumen über ihre Oberlippe. „Ich habe eine Vorliebe für deine Küsse. Sie wären weniger verlockend, wenn du nur eine Lippe hättest.“

„Du sagst also, dass du mich weniger lieben würdest, wenn ich etwas verlieren würde, das du für wichtig hältst?“

Er lehnte sich zurück. „Warum habe ich das Gefühl, dass das eine Fangfrage ist?“

„Ist es nicht. Ich frage mich einfach, was aus deiner Sicht wichtig ist. Du scheinst meine Lippen zu mögen.“

Er beugte sich vor, atmete ihren Duft ein und drückte seine Lippen sanft auf ihre. „Ich mag alles an dir, aber diese Lippen ...“

Er schloss die Augen und erinnerte sich an die Nacht, in der sie vor ihm kniete und ihre Lippen ihn umschlossen. Der Geruch ihres Erdbeershampoos schwebte durch die Luft und umarmte ihn.

Sie waren seit ihrem Unfall nicht mehr intim gewesen. Er vermisste diese Verbindung, die sie hatten. Obwohl er fast jede Minute mit ihr verbrachte, seit sie ohnmächtig geworden war, fühlte er eine Kluft zwischen ihnen. Es war albern, denn zwischen ihnen war so viel mehr als Sex, aber wenn ihre Körper nicht miteinander verbunden waren, fühlte es sich an, als wären ihre Herzen meilenweit voneinander entfernt.

„Du musst essen." Er nahm ihr Sandwich und hielt es ihr hin.

„Ich kann nicht mehr essen." Zitternde Hände schoben es weg.

Er schaute auf das gegrillte Käse-Sandwich herab, an dem ein einziger Bissen fehlte. „Du musst mehr essen als das." Ihr Nährstoffmangel könnte die Ursache für ihr Händezittern sein, aber seine Gedanken kehrten zu dem Gespräch zurück, in das er hereingeplatzt war.

Du musst es ihm sagen, hatte Sage gesagt.

Sie hatte die Arme über ihrem Bauch verschränkt und wiegte sich vor und zurück. „Wir müssen reden."

Der plötzliche Druck in seinem Magen verursachte ihm körperliche Schmerzen, von seinem Bauch bis zu seinem Herzen. Diese drei Worte waren nie gut. Sein Verstand suchte fieberhaft nach einer Erklärung.

„Sag mir, was los ist. Was habe ich getan?"

Ihre Augen wurden riesig. „Du? Nichts. Du bist perfekt. Es liegt an mir."

„Ich bin alles andere als perfekt, also was zum Teufel habe ich getan?" Wegen der unerträglichen Anspannung fühlte sich Bowies Kehle an, als ob ein Feuer darin brannte. „Nichts Gutes beginnt mit ‚wir müssen reden' oder endet mit ‚es liegt an mir'." Er spürte, wie die lodernde Flamme seiner Angst von seinem Hals zu seinem Gesicht aufstieg und es rot färbte.

Macht sie mit mir Schluss?

Er hatte gerade seine Vergangenheit hinter sich gelassen, einen gewaltigen Schritt nach vorne gemacht und sich für die

Frau entschieden, mit der er seine Zukunft verbringen wollte. Er war verwirrt.

„Trennen wir uns?"

„Ich will mich nicht von dir trennen. Ich liebe dich, Bowie, aber nach dem, was ich dir zu sagen habe, willst du meine Liebe vielleicht nicht."

Ihm fiel absolut nichts ein, was seine Gefühle für Katie jemals ändern könnte. „Du kannst nichts sagen, was mich dazu bringt, dich weniger zu lieben."

Sie lachte. Nicht die Art des Lachens, mit der man auf etwas Lustiges reagierte, sondern das verrückte Gekicher von jemandem, der kurz davor war, den Verstand zu verlieren. Er rückte näher an sie heran und zog sie in seine Arme. Sie schmiegte ihren Körper an seinen und schluchzte in sein Hemd. Das letzte Mal, dass er jemanden so heftig weinen gehört hatte, war, als Bea ins Krankenhaus kam und erfuhr, dass Brandy hirntot war.

Obwohl Bowie wissen musste, was Katie auf dem Herzen hatte, sagte ihm sein Bauchgefühl, dass sich alles ändern würde, sobald sie es tat.

„Ich habe Angst, dich zu verlieren, Bowie."

„Nicht möglich."

Sie löste sich von ihm, blieb aber auf seinem Schoß sitzen. „Was wäre, wenn du etwas herausfindest, das nichts verändert, aber gleichzeitig alles ändert?"

Er hielt sie fester. Sein Herz raste und er fragte sich, ob sie hören konnte, wie schnell es gegen seine Rippen schlug.

„Ich war noch nie gut im Rätselraten. Was willst du mir sagen?"

„Erinnerst du dich an die Muffins mit den Schokoladenstückchen, die ich gebacken habe, und du sagtest, sie wären besser, wenn ich Orangenessenz hinzugeben würde?"

„Ich liebe Orangenessenz. Es macht sie so speziell. Als ob diese Extrazutat das Geheimnis ihrer Perfektion ausmacht."

Obwohl er versuchte, sie auf seinem Schoß festzuhalten, schob sie sich von ihm weg und setzte sich neben ihn. „Was ich dir zu sagen habe, könnte dich vielleicht anders über mich denken lassen."

„Herrgott noch mal, was ist es? Bist du vorbestraft? Hast du eine Handvoll Kinder auf dem Dachboden versteckt? Sag es mir einfach."

Sie atmete tief ein und zwischen leicht geöffneten Lippen aus. „Was wäre, wenn ich dir sagen würde, dass ich vor Jahren ein einfacher Schokoladenmuffin gewesen bin?"

„Nicht möglich. Du hast etwas Besonderes. Es gibt nichts Gewöhnliches oder Durchschnittliches an dir. Nicht jetzt und damals wahrscheinlich auch nicht."

„Erinnerst du dich, als ich erwähnte, dass ich krank wurde?" Ihre Hand legte sich auf ihre Brust. „Es waren zehn harte Jahre und ich verbrachte sehr viel Zeit im Krankenhaus. Tatsächlich war ich dem Ende meines Lebens ziemlich nahe und dann geschah etwas. Mir wurde etwas Besonderes angeboten, wie Orangenextrakt, aber besser."

Die anhaltende Furche zwischen seinen Brauen ließ seine Augäpfel schmerzen. „Ich habe nie nach dieser Narbe gefragt, weil es mir egal ist, woher du sie hast. Willst du mir sagen, dass du nicht gesund bist? Bist du wieder krank?" Er könnte es nicht ertragen, noch eine Frau zu verlieren, die er liebte.

„Nein", flüsterte sie. „Ich bin nicht krank."

Diese ganze Situation zog sich schon viel zu lange hin. „Sag mir einfach, was deiner Meinung nach meine Gefühle verändern wird. Ich verspreche, dass du mir nichts sagen kannst, was meine Meinung über dich ändern würde."

„Das ist ein Versprechen, das du nicht geben kannst." Sie fuhr sich mit zitternden Fingern durch ihre Haare und zerrte daran. Ihre Hände bedeckten ihr Gesicht, bevor sie auf ihren Schoß herabfielen. „Am dreiundzwanzigsten April, vor acht Jahren, hast du etwas verloren. Ich habe etwas bekommen." Ihr Atem beschleunigte sich. „Du hast die Liebe deines Lebens verloren. Weil sie gestorben ist, durfte ich leben." Sie legte ihre Hand wie beim Ablegen eines Treue-Eides auf ihre Brust. „Ich habe ihr Herz."

Bowie saß wie versteinert. „Was?"

„Ich sage dir, die Orangenessenz in mir ist Brandys Herz. In meiner Brust befindet sich ein Teil der Frau, die du geliebt und verloren hast."

Die Welt verblasste zu Grautönen, bevor sie in voller Farbe zurückkehrte und ihm den Boden unter den Füssen wegzog. Er öffnete mehrmals den Mund, um zu sprechen, aber es kam nichts heraus, bis sein Gehirn die Ungeheuerlichkeit ihres Geständnisses verarbeiten konnte. „Du wusstest es und hast nichts gesagt." Er stand abrupt auf und schlug auf den Couchtisch, sodass Essen in alle Richtungen flog. „Du wusstest, wie verletzlich ich war." Sein Hals schmerzte vor lauter Erregung. „Wie konntest du vorher nichts sagen?"

Eine Tränenflut strömte über ihre Wangen. „Ich wusste es nicht. Nicht, bis ich die Blumen an Beas Grab brachte." Sie presste ihre Fäuste auf ihre bereits geschwollenen Augen. „Ich habe das Datum gesehen und alles ergab plötzlich Sinn. Die Bäckerei, ihre Liste, alles fügte sich zusammen."

Bowie wich vor ihr zurück, bis er keinen Platz mehr hatte und gegen die Wand stieß. „Das war vor Tagen. Warum hast du es mir damals nicht gesagt?"

Sie fiel ins Kissen zurück und kauerte sich zusammen. „Ich ... Ich habe es versucht, aber du hast gesagt, ich solle mir nicht über Dinge den Kopf zerbrechen, die nicht geändert werden können. Ich kann nicht ändern, wessen Spenderherz ich bekommen habe. Nichts hat sich verändert."

„Alles hat sich geändert." Er schaute sich in der Wohnung um und zurück zu der Frau, in die er sich verliebt hatte. Warum sollte er sie nicht mehr lieben? Sie hatte den besten Teil von Brandy. „Ich muss gehen. Ich muss nachdenken."

Katie eilte von der Couch zu ihm und schlang ihre Arme um seine Taille. „Du hast gesagt, du würdest mich immer lieben."

Bowie sah den Schmerz in ihren Augen. Sein Herz empfand ihren Schmerz und seinen eigenen. „Du hast gebetet, dass ich dich trotzdem lieben würde. Das hast du getan, weil du es wusstest." Er befreite sich aus ihrem Griff. „Ich liebe dich, Katie. Das tue ich immer noch, aber ich brauche Zeit und Abstand, um das alles zu verarbeiten."

Sie nickte mit dem Kopf und atmete ängstlich ein. „Ich weiß ... zu seltsam, nicht wahr?"

Er starrte sie an und seine Augen wanderten zu ihrer Brust. „Es ist unheimlich." Würde er sie als die Frau sehen, die sie war, oder als die Liebe betrachten, die er verloren hatte? Er musste seine Gefühle für sie infrage stellen. Hatte er sich so heftig und schnell verliebt, weil er bereits so vertraut mit ihrem Herzen war? Gerade als er dachte, er sei einen Schritt vorangekommen, wurde er zurück in die Hölle katapultiert. „Gib mir ein wenig Zeit, um es zu verarbeiten."

Sie machte einen Schritt zurück und senkte den Kopf in einer Geste, die man nur als Niederlage bezeichnen konnte. „Zeit würde uns beiden guttun."

Er rannte die Treppe hinunter und ging direkt zur Bar, da er wusste, dass es dort viel Alkohol und gute Ratschläge geben würde.

Sage stand hinter der Bar, als er auf dem Hocker in der Mitte Platz nahm. „Du wusstest es?" Er hasste es, dass seine Stimme so vorwurfsvoll klang, aber sie war diejenige, die Katie angefleht hatte, es ihm zu sagen.

Sie schüttelte den Kopf. „Nein, ich habe es erst zwei Minuten vor deinem Eintreffen erfahren."

„Was erfahren?" Cannon kam mit einer vollen Flasche *Jack Daniels* in der Hand aus dem Lagerraum.

Bowie griff nach ihr und öffnete den Verschluss. „Katie hat Brandys Herz."

Sage stellte ein paar Schnapsgläser auf den Tresen.

Cannon stolperte rückwärts und lehnte sich an den hinteren Tresen. „Sie hat was?"

Die Glocke über der Eingangstür klingelte, und der Doktor kam herein. „Ich sah dich über die Straße rennen. Dachte, du würdest vielleicht gerne reden."

Bowie drehte sich zu Doktor Parker um. „Sie wussten es und haben niemandem etwas gesagt."

Er rutschte auf den Hocker neben Bowie. Mit erhobenen Händen sagte er: „Ich wusste es nicht, mein Junge. Sie wusste es nicht. Niemand in der Stadt wusste es. Wenn du also das Gefühl hast, betrogen worden zu sein, solltest du das am besten ganz schnell vergessen, weil sie niemanden angelogen oder für längere Zeit etwas verschwiegen hat."

Cannon stieß sich von der Theke ab, trat vor und nahm Bowie die offene Flasche ab, um die Schnapsgläser zu füllen. „Willst du auch einen, Liebling?", fragte er Sage.

„Nein, ich denke, ich sollte zu Katie gehen." Sie zog eine Flasche Wein aus dem Kühler und wandte sich an den Doktor. „Darf sie ein Glas haben?"

„Ein Glas wird sie nicht umbringen."

Sage nahm zwei Weingläser vom Gestell über der Bar, ging hinaus und ließ die drei Männer allein zurück.

„Damit ich das richtig verstehe", begann Cannon, während er Bier für die Gruppe zapfte. „Katie, das Mädchen, das du jetzt liebst, hat das Herz des Mädchens, das du früher geliebt hast. Bin ich nahe dran?"

Bowie legte den Kopf zurück und trank das erste von vielen Gläsern. „Volltreffer." Er wandte sich an den Doktor. „Wussten Sie, dass Bea Brandys Organe gespendet hat?"

Doktor Parker nippte an seinem Whiskey. „Fehlanzeige. Sie hat nie ein Wort gesagt, außer, dass Brandy unter uns weiterlebte. Ich dachte immer, das wäre so eine Redewendung. Als ob sie uns im Geiste umgeben würde."

Cannon schenkte Bowie nach. „Katie hat also wirklich ein Spenderherz, und dieses Herz gehörte Brandy." Cannon lachte. „Was für ein verdammtes Glück du hast, dich zweimal in dasselbe Herz zu verlieben."

„Glück?" Bowie schüttete den zweiten Whisky herunter und schüttelte sich, als dessen Hitze durch seinen Körper raste. „Es ist eine Freakshow."

„Nana, junger Mann. Ich werde es nicht dulden, dass du Katie einen Freak nennst. Ich wusste immer, dass dieses Mädchen etwas Besonderes ist. Ich wusste nur nicht, dass sie etwas ganz Besonderes ist."

„Dann erklären Sie mir das mal. Liebe ich sie, weil ich sie liebe, oder ist es irgendeine kosmische Angelegenheit? Kennt mein Herz dieses Herz?"

Doktor Parker rieb seine buschigen Augenbrauen, sodass sie himmelwärts zeigten. „Hast du sie gestern geliebt, als du nicht wusstest, dass sie dieses Herz hat? Hast du sie je nach der Narbe gefragt?"

„Ja, ich habe sie geliebt und nein, ich habe sie nicht nach der Narbe gefragt, es war nicht wichtig."

„Aber jetzt ist es wichtig?", fragte der Arzt.

„Jetzt ist es anders, weil ich weiß, dass sie das Herz hat."

Doktor Parker trank sein Glas aus und stellte es dann verkehrt herum auf den Tisch. „Sie ist dasselbe Mädchen wie gestern. Lass mich dich was fragen. Was wäre, wenn du einen neuen Motor für deinen Truck bräuchtest und der, der verfügbar ist, vom Truck deines Vaters stammt? Ist es dann dein Truck oder der deines Vaters, wenn er repariert ist?"

„Es ist mein Truck."

„Das Herz, von dem wir reden, ist Katies Herz. Es hat aufgehört, Brandys zu sein, als sie starb. Es ist nur so etwas wie ein Bestandteil, mein Sohn. Wir alle sind die Summe unserer Bestandteile. Es ist Katies Blut, das durch dieses Herz fließt, nicht das von Brandy. Es ist Katies Gehirn, das dafür sorgt, dass es funktioniert. Irgendwie fand Brandys Herz seinen Weg in Katies Brust. Du hättest es nie erfahren, wenn Bea ihr die Bäckerei nicht vermacht hätte. Was wäre, wenn Katie das Erbe ausgeschlagen hätte? Ist hier ein wenig Schicksal im Spiel? Ich weiß es nicht. Ich weiß nur, dass du da eine besondere Frau hast, die dich genug liebt, um es dir zu erzählen. Sie musste nicht ehrlich sein."

„Sie hätten also nichts gesagt?"

Der Doktor nickte. „Ich konnte nicht. Es gibt eine Schweigepflicht für Ärzte. Aber selbst wenn ich gedurft hätte, hätte ich es nicht getan. Katie musste es dir alleine sagen, und das hat sie gemacht."

„Zwei Tage später." Eine Spur von Aufregung stieg in seiner Stimme auf.

Der Doktor nahm die jetzt wieder verschlossene Flasche Whisky und tippte Bowie damit hart genug auf den Kopf, dass er es spüren würde, aber nicht hart genug, um Schaden anzurichten.

„Sie hatte eine Kopfverletzung, du Blödmann. Lass mich etwas härter zuschlagen und sehen, wie klar du dann noch denkst. Diese Frau hat dem Tod ins Auge gesehen und gewonnen. Sie ist glücklich und gesund und verliebt. Was glaubst du, wie schwer es für sie war, das alles zu riskieren, indem sie dir die Wahrheit sagte? Das nennt sich Redlichkeit – ein weiteres besonderes Geschenk."

Der Doktor sah Cannon an und nickte dann Bowie zu. „Er zahlt heute Abend. Ich habe so viele Weisheiten verkündet, dass es einen Whisky und ein Bier wert war." Er nahm seinen Krug und leerte ihn, wobei der Schaum an seinem Schnurrbart kleben blieb. „Du bist ein kluger Mann, Bowie; sei heute Abend nicht dämlich." Doktor Parker ging zur Tür hinaus.

„Heilige Scheiße." Cannon stieß einen langen Pfiff aus. „Was zur Hölle wirst du tun?"

Bowie hielt sein Schnapsglas hoch. „Ich betrinke mich."

„Danach?"

„Werde ich Katie sagen, dass es mir leidtut."

KAPITEL EINUNDZWANZIG

Fest umschlungen von Sages Armen, weinte Katie sich die Tränen aus dem Leib. „Er sah so verzweifelt aus. Ich fühle mich so schlecht." Sie bewegte ihren Kopf, um eine trockene Stelle auf Sages geblümter Bluse zu finden.

„Er wird zurückkommen. Der Junge liebt dich."

Da Katies Ohr unbequem auf einem der Knöpfe lag, löste sie sich aus Sages Umarmung und sah ihre Freundin an. „Sie hat er auch geliebt. Wenn er wirklich zurückkommt, woher weiß ich, ob er meinetwegen oder ihretwegen kommt?"

„Oh, Süße. Du wirst es in *deinem* Herzen wissen." Sie tippte mit ausgestrecktem Zeigefinger mitten auf Katies Brust.

„Das nennt man pure Ironie. Ihr Herz, mein Herz, wo endet das eine und wo beginnt das andere?"

„Das Herz in deiner Brust ist deins." Sage nahm die Flasche und goss Katie mehr Wein ein. „Doktor Parker sagte, du dürftest ein Glas haben. Ich glaube nicht, dass dir ein halbes Glas mehr schaden wird."

An jedem anderen Tag hätte Katie abgelehnt, aber sie brauchte die Ruhe, die anderthalb Gläser Wein ihr verschaffen konnten. „Ich wette, du fragst dich, warum ich es niemandem erzählt habe."

Sage sprang von der Couch und ging zur Küche. „Wenn wir das Thema vertiefen wollen, brauche ich Zucker. Wo ist dein Vorrat?"

Katie folgte ihr und öffnete den Küchenschrank. Sie griff in das oberste Regal nach dem Behälter mit den Süßigkeiten, die sie für PMS und schlechte Tage aufbewahrte. Und wenn es einen Tag gab, der als schlecht bezeichnet werden konnte, dann war es dieser. Es war eine schlechte Woche gewesen und sie hatte den Behälter nicht ein einziges Mal geöffnet. Sie spähte unter den Deckel und reichte ihn dann an Sage weiter.

Sage griff tief hinein. „Oh, du hast Erdnussbuttertörtchen und Skittles. Meine liebsten Süßigkeiten." Sie drückte die Dose an ihre Brust und ging zurück zu ihrem Platz auf der Couch. „Jetzt bin ich für ein paar Stunden versorgt. Fang bei deiner Geburt an, wenn du so weit zurückgehen musst."

Zum ersten Mal in dieser Nacht lachte Katie. „Du bist wirklich einfach zufriedenzustellen."

„Und anspruchslos, aber verrate es Cannon nicht."

„Er würde dich sowieso lieben." Diese Worte kamen ohne nachzudenken aus Katies Mund. Sie waren eine Erinnerung an den Wunsch, dass Bowie sie trotzdem lieben sollte. Sie hatte so sehr gehofft und gebetet, dass ihr Hirn noch schlimmer schmerzte als ihr Herz. Sie konnte nichts tun außer abzuwarten, ob er sich mit dem abfinden konnte, was sie ihm erzählt hatte.

„Bowie liebt dich. Er wird sich schon wieder beruhigen. Wer weiß? Wir könnten eines Tages Schwestern sein."

„Wäre das nicht großartig? Glaubst du, dass dir Cannon bald einen Antrag macht?" Über Sages Zukunft zu sprechen, machte den Verlust ihrer eigenen weniger schmerzhaft. Sich auf etwas Freudiges zu konzentrieren, machte es schwierig, ihren eigenen Kummer zu beklagen. „Denkst du an einen bestimmten Ring? Marquis-Schliff? Oder Prinzessin? Oval?" Katie hatte Jahre damit verbracht, sich Ringe, Brautkleider und Veranstaltungsorte für Hochzeiten anzusehen – Dinge, die sie nie für möglich gehalten hätte, bis ein Spenderherz verfügbar wurde.

In ihrer Fantasie war sie tausendmal den Weg zum Altar entlanggegangen. Immer in weiß gekleidet, trug sie eine lange Schleppe und einen riesigen Diamanten, dessen Gewicht ihre Hand nach unten zog. Alle diese Träume würde sie gegen eine weitere Fahrt auf dem Rücksitz von Bowies Harley eintauschen. Für einen Kuss seiner Lippen. Den Klang seiner Stimme, wenn er ihr sagte, dass er sie liebte. Katie schlug sich diese Gedanken aus dem Kopf.

„Einen Ring? Dieser Mann kann sich keine neue Jeans leisten. Er würde niemals einen Ring bezahlen können und der Ring ist mir eigentlich egal, aber wenn ich wählen könnte, dann einen einfachen Goldring." Sage sah auf ihren leeren Ringfinger. „Große Diamanten und Krankenpflege passen nicht gut zusammen. Die Fassung, die den Diamanten hält, zerreißt die Latex-Handschuhe."

„Du bist wirklich einfach und anspruchslos." Katie griff in den Eimer und angelte sich ein Schokoladenküsschen heraus. Das würde für sie auf absehbare Zeit einem Kuss am nächsten kommen. „Ich habe im Kurzwarenladen ein wunderschönes Kopfteil für ein Bett gesehen. Das muss Cannons Werk sein. Wenn es verkauft wird, könnte er sich viele neue Jeans anschaffen und noch genug für etwas Besonderes übrig haben. Vielleicht für einen Ring?"

„Wir sind noch nicht an diesem Punkt, aber es ist ein schöner Gedanke für die Zukunft."

Katie konnte es sich nicht erlauben, über die Zukunft nachzudenken. Es würde schwer genug werden, die Nacht zu überstehen. „Weißt du, ich habe überlegt, es selbst zu kaufen. Es ist so hübsch.“

„Nein. Kauf es nicht.“ In Sages Stimme war nichts Scherzhaftes zu hören. Nicht der Hauch einer Andeutung. Es war eine Forderung.

„Warum nicht?“ Das Kopfteil war wunderschön und offensichtlich Cannons Arbeit. Warum sollte sie nicht wollen, dass es verkauft wird?

Sage griff in den Süßigkeiteneimer und zog zwei Stücke heraus. Sie aß beide, bevor sie ein weiteres Wort sagte.

„Dieses Kopfteil war Cannons Hochzeitsgeschenk für Brandy und Bowie.“

Katie schnappte nach Luft. Sie war dankbar, dass sie es nicht gekauft hatte. Sie war kurz davor gewesen, aber der Laden akzeptierte nur Bargeld und ihr hatten mehrere Hundert Dollar gefehlt. „Die Leute in dieser Stadt müssen mehr miteinander reden“, beschwerte sie sich. „Ich habe wirklich gedacht, dass es in meinem Zimmer gut aussehen würde. Himmel noch mal, kannst du dir vorstellen, was passiert wäre, wenn ich es gekauft hätte?“

„Nein, aber wo wir gerade vom Reden sprechen, warum hast du es niemandem erzählt?“

„Weil es kein geeigneter Gesprächseinstieg ist.“ Sie trank etwas Wein und genoss den fruchtigen Geschmack, der über ihre Zunge tanzte. Es schmeckte viel süßer als Kummer und Leid. „Du schüttelst niemandem die Hand und sagst: ‚Hallo, ich bin Katie und ich habe ein Spenderherz‘.“

„Du hast recht. Ehrlich gesagt, geht es niemanden etwas an.“

Katie nahm den Süßigkeitenbehälter und durchwühlte ihn, bis sie einen Snickers-Riegel fand. „Das Problem ist, dass die Leute dich anders behandeln, sobald sie wissen, dass du ein Spenderorgan hast.“

Sage lächelte verschmitzt. „Solltest du das bei deinem Gesundheitszustand essen?“ Sie übertrieb die Sorge in ihrer Stimme.

„Ganz genau. Ich war achtundzwanzig und musste von zu Hause weglaufen, um endlich frei zu sein. Denkst du, dass ich mir das von Fremden nehmen lasse? Auf gar keinen Fall. Ich liebe es, wie ein normaler Mensch behandelt zu werden.“

„Du bist ein normaler Mensch.“ Sage zuckte mit den Schultern. Sie griff wieder in den Eimer und fischte eine weitere Tüte Skittles heraus. „Andererseits ist ‚normal‘ ein weit gefasster Begriff.“

„Danke, dass du mich aufheiterst.“

Sage legte den Kopf schräg und lächelte breit. „So bin ich eben, ich bin wie ein wandelnder Sonnenstrahl.“

Katie berührte eine von Sages vielen roten Locken. „Du bist eher ein Feuerball.“

„Haar-Witze? Warte einfach, bis ich nach schlechten Transplantationswitzen gegoogelt hab.“ Sie steckte sich ein paar grüne Skittles in den Mund.

Das Lachen brodelte in Katie hoch, bis sie es nicht mehr zurückhalten konnte. „Ich habe einen für dich. Aufgepasst.“ Sie saß so gerade wie ein Lineal. „Ein Arzt erklärt einem Mann, der eine Herztransplantation benötigt, dass das einzige zur Verfügung stehende Herz das eines Schafes ist. Der Mann ist damit einverstanden und der Arzt führt die Transplantation mit dem Schafsherz durch.“ Katie hielt für die dramatische Wirkung inne. Sie hatte gehört, dass das für die Pointe wichtig war, und sie wollte Sage zum Lachen bringen. „Wenige Tage nach der Operation kommt der Mann zu einer Untersuchung und der Arzt fragt ihn: ‚Wie fühlen Sie sich‘? Der Mann antwortet: ‚Nicht Schläääääääächt‘!“

Sage zog die Süßigkeiten wieder auf ihren Schoß zurück. „Der war einfach schrecklich. Zur Strafe bekommst du nichts

Süßes mehr." Sie drückte den Deckel auf den Plastikbehälter herunter. „Wer hat dir diesen schlechten Witz erzählt?"

„Mein Transplantationsarzt", sagte Katie zwischen Lachanfällen.

„Wir brauchen besseres Material. Du brauchtest wirklich einen anderen Arzt."

„Dann gibt es noch den, wo der Chirurg seiner Patientin, die eine Herztransplantation benötigt, sagt: ‚Sie haben Glück, wir haben zwei passende Spender. Einen zwanzigjährigen Hochleistungssportler und einen achtzigjährigen Rechtsanwalt. Welches Herz möchten Sie'?"

Sage beugte sich vor, als würde Katie ein Geheimnis hüten. „Welches hat sie genommen?"

Katie verdrehte die Augen. „Das des achtzigjährigen Anwalts natürlich. Sie wollte das Herz, das noch nicht benutzt wurde."

Sage versuchte ihr Lachen zu unterdrücken, aber ein Kichern brach aus ihr heraus. „Der ist viel besser. Hast du den von demselben Arzt?"

„Nein. Der war von einer meiner Krankenschwestern."

„Natürlich. Krankenschwestern haben alles, Verstand, Schönheit und Humor."

„Ich würde gerne die Witze hören, die deine Schwester erzählt."

„Meine Schwester hat keinen Sinn für Humor, besonders in letzter Zeit."

„Warum? Was ist denn mit ihr los?"

Sage ließ sich auf das Sofa zurückfallen. „Sie kommt in die entscheidende Phase ihrer Assistenzzeit und hat extrem viel Stress. Sie hat damit gerechnet, dass das Krankenhaus sie übernehmen würde, aber vielleicht war es keine gute Idee, mit dem Chef zu schlafen."

„Liebt sie ihn?"

„Sie glaubt, dass sie es tut."

Katie bemerkte, wie der Bildschirm ihres Telefons aufleuchtete. Sie nahm es hoch und sah Bowies Nachricht.

Kann ich vorbeikommen?

Sie las es zweimal. „Er will vorbeikommen."

„Siehst du, ich habe dir gesagt, er würde zur Vernunft kommen."

Die Ruhe, die der Wein ihr verschafft hatte, löste sich in nichts auf. „Das hast du, aber ich bin mir nicht sicher, wie ich mich dabei fühle."

Sage warf ihr einen verwirrten Blick zu. „Ich verstehe nicht ganz. Willst du nicht mit Bowie zusammen sein?"

Katie hob das Display an ihre Nase und atmete ein, als könne sie ihn riechen. Es war verrückt. Sie wusste, dass sie *ja, ja, ja* tippen sollte, aber sie konnte es nicht, weil sich ihr eine Frage aufdrängte. Wenn Bowie sie zukünftig ansah, würde er dann sie oder würde er Brandy in ihr sehen?

„Doch, natürlich, aber ich muss sichergehen, dass er mit mir zusammen sein will. Dem wahren Ich." Sie zeigte auf ihre Brust. „Diese kleine Pumpe hat alles durcheinandergebracht."

„Was wirst du ihm sagen?"

Sie strich mit ihren Fingern über den Bildschirm. „Ich sage ihm die Wahrheit. Dass auch ich Zeit brauche. Er ist nicht der Einzige, der neue Informationen verdauen muss." Sie schrieb eine Nachricht an ihn.

Bowie, ich liebe dich, aber ich brauche Zeit, um zu verarbeiten, was passiert ist. Gib mir ein oder zwei Tage.

Seine Antwort kam erst nach einigen Minuten.

Es tut mir so leid. Ich werde dir alles geben, was du brauchst.

„Willst du, dass ich bleibe?", fragte Sage.

Jede mögliche Antwort ging Katie durch den Kopf. Ja, nein, vielleicht, aber Katie wusste, dass sie, egal wie weise die Ratschläge ihrer Freundin sein würden, ihr eigenes Herz nach Lösungen durchforsten musste.

„Nein. Ich brauche Zeit zum Nachdenken." Katie stand auf, ohne Sage die Möglichkeit zu geben, sie umzustimmen. An der Tür umarmte sie sie fest. „Danke, dass du für mich da bist. Ich hatte noch nie eine so wunderbare Freundin wie dich."

Sage hielt sie eine lange Minute fest. „Du und ich, wir haben eine besondere Verbindung. Bea hat uns ausgewählt. Sie hatte einhundert Gründe, uns hierher zu bringen."

„Zweihundert, wenn man sie zusammenzählt." Sie packte Sages Schultern und drehte sie Richtung Tür. „Geh und finde deinen Mann. Sag ihm, ich verspreche, das Kopfteil nicht zu kaufen, wenn er verspricht, mehr Weihnachtsschmuck zu schnitzen."

„Ich richte es ihm aus."

In dem Moment, in dem Katie die Tür abschloss, drehte sich ihr der Magen um. Er rumorte und verkrampfte sich. Hatte sie sich richtig entschieden? Es wäre einfacher gewesen, ja zu sagen und in Bowies Arme zu sinken, aber einfach war nicht immer das Beste.

Die Weinsäure stieg in ihrer Kehle hoch. Sie schaffte es gerade noch rechtzeitig ins Badezimmer, bevor sie sich übergeben musste.

ES WAR ZWEI TAGE HER, seit die Wahrheit ans Licht gekommen war – zwei einsame, schreckliche Tage, in denen Bowie so nah war und doch so fern. Sie hörte ihn nebenan im

Köder- und Angelladen, wie er Dinge hin und her räumte. Sie erwischte ihn mehrmals am Tag dabei, wie er durch das Fenster spähte. Jedes Mal, wenn sie einen Blick auf ihn erhaschte, spürte sie einen Stich im Herzen. Sie würde nie über ihre Liebe zu ihm hinwegkommen und hoffte, dass sie es nicht tun müsste, denn er war alles und allgegenwärtig für sie. Er war die Luft, die sie atmete. Sein Duft aus Ambra, Kiefern und Sonnenschein überlagerte den von Zimt und Zucker ihrer Kekse.

Katie saß unter dem Wunschbrett und füllte eine rosafarbene Haftnotiz für sich aus. Sie hatte in den letzten zwei Nächten wachgelegen und Bowie vermisst. Ihre Entscheidung, Abstand zu brauchen, war klug gewesen, aber dieses Wissen machte sie nicht glücklicher. Sie schrieb ihren Wunsch auf das winzige Stück Papier und klebte es an die Tafel.

Die Türklingel ertönte. Sie hob den Kopf und erwartete, Ben zu sehen, aber es war Bowie, der vor ihr stand, und er sah schlimmer aus, als sie sich fühlte.

KAPITEL ZWEIUNDZWANZIG

„Ich weiß, dass du Abstand willst, aber ich wollte dich sehen und mich davon überzeugen, dass es dir gut geht."

„Ich bin okay." Sie ging an ihm vorbei und hinter die Theke. „Ich hole dir Kaffee und einen Muffin."

Sie hatte ihn nicht rausgeworfen. Das war ein Pluspunkt. Die harte Linie seiner Lippen verzog sich zu einem Lächeln. „Kaffee und Muffin klingt großartig." Er lehnte sich gegen die Theke und beobachtete, wie sie sich so anmutig bewegte wie ein Blatt im Wind.

Sie warf eine Kaffeekapsel in die Maschine und legte einen Muffin auf einen Teller. „Wie das Leben so spielt, ist heute Schokoladen-Orangen-Muffin-Tag."

Er atmete das Orangenaroma ein. Er würde diesen Duft nie wieder riechen können, ohne an Katie zu denken. „Unglaublich." Er zog eine Augenbraue hoch, als sie ihm den Teller reichte.

„Zufall oder Schicksal?" Sie zuckte die Schultern.

„Ironie", antwortete er. Bowie räusperte sich. „Du weißt das vielleicht nicht, aber ich mag Orangenessenz in meinen Muffins."

„Ich habe so was gehört."

„Du weißt vielleicht auch, dass ich Mädchen liebe, die etwas Besonderes sind."

Katie beugte sich über die Theke. „Was macht diese Mädchen so besonders?"

Bowie nickte in Richtung Kaffeemaschine und Katie reichte ihm seine Tasse. Er blickte auf den Tisch unter dem Wunschbrett. „Setzt du dich zu mir?"

Er nahm an dem Tisch Platz, auf dem ein Berg von Wünschen darauf wartete, erfüllt zu werden. Der einzige Wunsch, der an der Korktafel hing, war ihrer. Das wusste er, weil er gesehen hatte, wie sie ihn aufgeschrieben und aufgehängt hatte.

„Du hast die Frage nicht beantwortet." Sie nahm eine Flasche Wasser aus dem Kühlschrank und folgte ihm. Ein weiteres gutes Zeichen.

„Weil die Antwort nicht kurz oder einfach ist." Er brach den oberen Teil des Muffins ab und biss hinein. „So gut."

Er sah sie an, als wäre sie der Muffin. Er hatte sie vermisst. In der ersten Nacht, als er gefragt hatte, ob er vorbeikommen könne und sie Nein sagte, war er davon überzeugt gewesen, dass sie ihn für sein impulsives Handeln bestrafte, aber jetzt wusste er es besser. Zeit zum Nachdenken war für sie beide wichtig gewesen.

„Das macht die Orange."

„Das dachte ich auch, aber ich habe mich geirrt. Es geht mehr um die Überraschung. Auch ohne die Orange wäre es ein ausgezeichneter Muffin und ich würde ihn immer noch lieben."

Er sah sie mit so viel Liebe an, wie er ihr, ohne sie zu berühren, zeigen konnte. „Würdest du das?"

„Ja." Er spielte mit den Zetteln auf dem Tisch und nahm einen hoch.

Ich wünschte, wir hätten einen Park.

Er legte ihn hin, mit der Schrift nach oben, damit man den Wunsch lesen konnte. „Wir hatten mal einen Park."

„Du willst über Parks reden?"

Er beugte sich vor und nahm ihr Gesicht in seine Hände. „Nein, ich möchte über Wünsche sprechen. Willst du meinen hören?"

Sie reichte ihm eine Haftnotiz und einen Stift. „Hier gibt es ein System. Befolge die Regeln."

„Ich war noch nie ein Freund von Regeln, aber für dich ..." Er notierte seinen Wunsch und heftete ihn an die Wand. Dann entfernte er ihren und öffnete ihn.

„Hey, das ist meiner."

„Ich weiß, und wenn ich ihn nicht erfüllen kann, dann kann es niemand." Er öffnete ihn und lächelte. „Wirklich?"

„Was?"

Er strich die Notiz flach und las. *Bowie soll mich lieben.*

„Herzogin, das tue ich. Ich liebe *dich*." Er rückte seinen Stuhl näher heran und zeigte auf ihre Brust. „Darf ich es mal hören?"

Seine Bitte war seltsam, aber sie verstand den Grund dafür. Sie würde es auch hören wollen. Es hatte einmal in einer anderen Brust für ihn geschlagen. „Sicher." Sie legte ihren Kopf in den Nacken, damit er sein Ohr an ihr Brustbein legen konnte.

Er presste sein Ohr an ihre Brust und lauschte. „Nein. Es ist nicht dasselbe." Er lehnte sich zurück und lächelte. „Dieses Herz gehört dir und nur dir."

„Glaubst du, was du da sagst?"

Bowie fiel auf die Knie, beugte sich vor und senkte den Kopf. „Nach den Ereignissen von neulich Nacht weiß ich, dass es schwer ist, mir zu glauben. Ich habe in dieser Nacht über ein Leben ohne dich nachgedacht. Diejenige, die ich vor zwei Tagen kannte, die dieselbe ist, die du heute bist. Es tut mir so leid, Katie. Es war ein Schock."

„Für uns beide, aber ich muss wissen, dass du nicht jedes Mal, wenn du mich ansiehst, etwas von ihr sehen wirst."

Er hob den Kopf, sodass ihre Gesichter nur Zentimeter voneinander entfernt waren. „Wenn ich dich anschaue, sehe ich nur Liebe. Ich sehe, wie sehr ich dich liebe und wie sehr du mich liebst."

„Wir müssen reden."

Er hasste diese Worte. „Ich will nicht reden. Ich möchte dich küssen und mit dir schlafen. Bist du sicher, dass du reden willst?"

„Wir müssen reden. Du musst Dinge über mich wissen, bevor du dich entscheidest, ob du mit mir zusammen sein willst." Sie rang die Hände. „Ich schuldete dir eine Erklärung für meine Narbe. Mein egoistischer Akt des Verschweigens hat dir nicht genügend Informationen geliefert, um über eine Beziehung mit mir zu entscheiden."

„Ich brauche keine Informationen, um zu wissen, dass ich dich liebe. Ich muss nur wissen, dass du mich auch liebst." Er setzte sich auf den Stuhl, lehnte sich zurück und war bereit, stundenlang hier zu sitzen, wenn es das war, was sie brauchte.

Mit ausgestreckten Armen ergriff sie seine Hände. „Es gibt so viele Faktoren, die unsere Beziehung beeinflussen können. Ich war so in der Euphorie von allem gefangen, dass ich vergessen habe, die Realität zu sehen."

„Bist du krank?"

Sie hielt ihn fester, als ob sie befürchtete, er würde weglaufen, aber er rannte nicht.

„Nein. Ich bin gesund. Ich bin gesund seit dem Tag, an dem ich ihr Herz bekam."

Bowie betrachtete das grüne Baumwoll-T-Shirt, das Katies Narbe bedeckte. Er zwang sich dazu, sich vorzustellen, dass es Brandys Herz da drinnen war, aber er konnte es nicht. Der Doktor hatte recht. Einen Teil von Etwas zu haben, machte einen nicht zu diesem Etwas. „Die einzige Realität, die ich sehe, ist, dass wir zwei Menschen sind, die sich lieben."

Bowie drehte seine Hände so, dass sie ihre umschlossen. „Okay, aber du brauchst Fakten, und ich werde sie dir geben."

„In Ordnung, erzähl mir diese Fakten." Sie versuchte ihre Hände wegzuziehen, aber er hielt sie fest. Sie würde ihm nie wieder entkommen.

„Erstens habe ich dieses Herz seit acht Jahren. Alles war seitdem gut. Ich nehme jeden Tag meine Medikamente, damit mein Körper das Geschenk nicht abstößt. Ich habe länger überlebt als der typische Empfänger eines Spenderherzens."

Sein Puls beschleunigte sich. Das Blut pochte in einem trommelähnlichen Rhythmus in seinen Ohren. „Du hast gesagt, du wärst nicht krank, und jetzt erzählst du mir, dass du bald sterben wirst?" Er hatte in den letzten zwei Tagen so viel gelesen, wie er im Internet finden konnte. Das meiste davon überstieg sein Begriffsvermögen, aber er war auf viele Fälle gestoßen, in denen Organempfänger jahrzehntelang ein normales, gesundes Leben führten. Er hatte bereits entschieden, dass Katie alt werden würde. Er wollte sehen, wie sie beide Falten bekommen und grau werden würden.

„Ich habe nicht vor, bald zu sterben. Ich fühle mich großartig." Sie sah sich in der Bäckerei um. „Hast du jemals über dein Vermächtnis nachgedacht?"

Bowie folgte ihrem Blick. Dies hier war Beas Vermächtnis. Die Bäckerei hätte einmal Brandy gehört. „Nein, ehrlich gesagt hätte ich nie gedacht, dass ich es lebend aus der Wüste schaffe. Das Universum oder das Schicksal oder Gott hatten andere Pläne für mich."

„Zum Glück. Ben erzählte mir, dass du drei Tapferkeitsmedaillen und eine ganze Schachtel mit anderen Orden und Auszeichnungen hast. Er sagt, dass du ein Held bist. Das ist Teil deines Vermächtnisses." Sie löste ihre Hände aus seinen und hob ihr Wasserglas an die Lippen. „Ich frage, weil Vermächtnisse Geschichten, Erbstücke und Vermögenswerte sind, die man an die nächste Generation weitergibt. Willst du Kinder?"

Schon früh hatte Bowie an eine Familie gedacht. Er hatte sich Kinder gewünscht, aber als Brandy starb, war dieser Traum mit ihr gestorben. „Darüber habe ich lange nicht mehr nachgedacht."

„Du musst darüber nachdenken, weil ich keine Kinder haben kann." Sie schüttelte den Kopf. „Das stimmt nicht. Ich kann körperlich schwanger werden, sollte es aber nicht."

„Wenn du es nicht solltest, warum nimmst du dann nicht die Pille? Wir haben Kondome benutzt, und obwohl ich nie ein Malheur mit einem hatte, ist das keine Seltenheit. Tatsächlich hatte ein Kumpel von mir gerade das, was er ein ‚Wüstenbaby' nennt. Er schiebt das Versagen des Kondoms auf Hitze und Sand."

„Das macht Sinn." Als die Wasserflasche wieder auf dem Tisch stand, beugte sie sich mit den Ellbogen auf die Knie gestützt nach vorne. „Typen denken, dass sie schlau sind, wenn sie Kondome in ihrer Brieftasche aufbewahren, aber wusstest du, dass die konstante Körperwärme Latex zersetzt?"

„Wirklich?"

Bowie überlegte, welche Kondome sie in der ersten Nacht benutzt hatten. Sie waren seit einem Jahr in seiner Brieftasche gewesen und hatten die drückende Hitze eines Auslandseinsatzes in Afghanistan überlebt. Zum Glück war

Katies Zyklus regelmäßig gewesen. Er war kurz, aber sie hatte einen.

„Ich habe dir gerade gesagt, dass wir niemals Kinder bekommen können, und jetzt sprechen wir über Latex und Afghanistan. Willst du keine Kinder, Bowie?"

Wollte er welche? Eine Sache, die er mit absoluter Sicherheit wusste, war, dass er sie wollte, mit oder ohne Kinder.

„Wir schaffen uns einen Hund an. Ich habe gehört, dass sie weniger Probleme bereiten und uns auf lange Sicht nicht so viel kosten werden."

Katie funkelte ihn mit ihren schönen blauen Augen an. „Ein Hund ist kein Sohn oder keine Tochter. Er wird nicht deinen Namen tragen."

„Blödsinn. Wir nennen ihn Bishop."

„Ich meine es ernst. Ich komme mit Einschränkungen. Ich werde niemals den Mount Everest besteigen. Ich werde dir weder eine Tochter noch einen Sohn schenken. Ich habe ein geschwächtes Immunsystem. Die Dinge können sich für mich schnell ändern."

Bowie zog sie auf seinen Schoß, sodass sie rittlings auf ihm saß. „Ich wollte nie den Everest oder irgendeinen anderen Berg besteigen." Er neigte den Kopf für einen kurzen Kuss. „Wir adoptieren, wenn es dir wichtig ist, Kinder zu haben." Noch ein Kuss. „Ich werde mich um dich kümmern."

„Was ist, wenn eines Tages alles schrecklich schiefgeht?"

„Ich habe schrecklich schief bereits erlebt. Ich habe überlebt. Wir tun alles, was wir können, damit du gesund bleibst. Ich kann ohne risikoreiche Aktivitäten leben, aber ich kann nicht ohne dich leben. Ich liebe dich. Lass mich dir zeigen, wie sehr." Er drückte seine Lippen auf ihre, aber dieses Mal hielt er sich nicht zurück. Die Türglocke ertönte, aber er hörte nicht auf, sie zu küssen. Der Kuss war lang und intensiv. Ein Kuss, der ewig dauern sollte.

„Wollt ihr beiden damit nicht lieber oben weitermachen?“, fragte Ben, während er um den Tresen herumging.

„Ja, wollen wir.“ Bowie hob sie vom Stuhl.

„Warte.“ Katie griff nach seinem Wunsch. Sie hatte ihn von der Tafel abgemacht und gelesen. „Ich wünsche mir eine zweite Chance mit Katie. Sie ist meine Zukunft.“ Sie schlang ihre Arme um seinen Hals. „Den Wunsch kann ich dir erfüllen, Ich kann bestätigen, dass das Leben im zweiten Anlauf besser ist.“

Bowie bettete sie bequem auf seine Arme und machte sich auf den Weg zur Hintertreppe. „Ruf Cannon an und sag ihm, dass er heute den Köderladen übernehmen muss“, rief er seinem Vater über die Schulter zu. „Ich verbringe den Tag mit meinem Mädchen.“

Als sie oben ankamen, brachte Bowie sie direkt ins Bett. „Ich möchte mit dir schlafen.“

Sie zog ihn auf sich. „Ich will dich auch.“ Ihre Hände griffen nach dem Knopf seiner Jeans. „Zu viele Klamotten.“ Das heisere, sanfte Vibrieren ihrer Stimme steigerte sein Verlangen um das Zehnfache.

„Lässt sich leicht ändern.“

Er streifte seine Stiefel ab und ließ seine Kleidung in alle Richtungen fliegen. Sobald er nackt war, widmete er sich ihr. Zuerst waren die Schuhe dran, dann ihre Hose und Unterwäsche. Bowie liebkoste ihre langen Beine Zentimeter für schönen Zentimeter, bis er die samtige Haut ihrer Schenkelinnenseiten erreichte. Oh, wie gerne er hier innehalten und den Nachmittag genau dort verbringen würde, aber er hatte den ganzen Tag Zeit, also fuhr er mit seiner Zunge weiter nach oben, bis zum Saum ihrer Bluse.

„Die stört.“ Vorsichtig zog er ihr die weiche Baumwolle über den Kopf.

Es war das erste Mal, dass er ihre Narbe sah, nachdem er

die Wahrheit kannte. Während er die silberne Linie musterte, die sich über die gesamte Länge ihrer Brust erstreckte, beobachtete sie ihn. Er wusste, dass sie nach einem Anzeichen dafür suchte, das ihr verriet, dass er etwas anderes sah als sie. In seinem Hinterkopf wusste er, dass Brandys Herz unter ihrem Brustbein schlug, aber alles, was er sah, war Katie.

Mit einer Handbewegung öffnete sich der vordere Verschluss ihres BHs und ihre perfekt geformten Brüste fielen in seine Hände. Sorge verdunkelte ihren Blick. Er musste sie davon überzeugen, dass sie die Einzige war, die mit ihm im Bett lag.

„Ich sehe dich, Herzogin. Nur dich." Er senkte seinen Mund auf ihren, küsste sie und genoss es, wie sie an seinen Lippen seufzte. Es zerriss ihn innerlich, dass sie tagelang getrennt gewesen waren. Verschwendete, kostbare Minuten, in denen seine Liebe ihren Kummer hätte auslöschen können. „Ich möchte nie wieder von dir getrennt sein. Nicht einmal für einen Tag."

Katie streichelte seinen Rücken und schmeckte seinen Mund, während sich ihre Hüften hoben und nach seinem Körper suchten. Er stützte sein Gewicht ab, um sie darunter nicht zu erdrücken. Er wollte, dass dieser Moment ewig dauerte. Eine Bestätigung, dass ihre Liebe ein Leben lang halten würde, aber als er ihren Mund freigab und ihr in die Augen schaute, sah sie die feurige Hitze, die zwischen ihnen ausbrach. Sie legte ihre Handfläche auf seine Brust.

„Bowie", sagte sie atemlos. Sein Name auf ihren Lippen erfüllte ihn mit Hoffnung und unendlicher Zufriedenheit. Seine wachsende Länge presste sich zwischen ihre Beine.

„Wir müssen dich schützen, Liebes." Er glitt an ihrem Körper hinunter, über ihren flachen Bauch und ihre Beine. Widerstrebend löste er sich von ihr. In ihrem Nachttisch befand sich eine Schachtel mit Kondomen, die er heute Abend zu leeren hoffte.

Sobald er es angelegt hatte und bereit war, machte er sich auf den Weg zurück zu ihrem schönen Körper. Er spreizte ihre Beine und vergrub sein Gesicht. Ihr scharfes Einatmen, das leise Geräusch, das sie von sich gab, und ihr süßer Geschmack ließen ihn wissen, dass er zu Hause war. Für ihn gab es keinen anderen Platz als den bei Katie, und alles, was er wollte, war, sie zu verwöhnen. Sie wand sich unter seinem Mund. Als ihr Atem immer schneller wurde, ließ er ihren kleinen Lustknoten pulsierend zurück und bewegte sich an ihrem Körper entlang nach oben.

Zwischen ihren Beinen liegend, blickte er auf pure Perfektion herab. Sie hatte Narben. Er hatte Narben. Sie waren füreinander geschaffen. Obwohl er nicht wollte, dass Brandy Teil dieses Moments war, konnte er nicht anders, als sich still für ihr Opfer und das Geschenk an Katie zu bedanken.

Sein Mund nahm mit einem alles verzehrenden Kuss Besitz von ihrem. Er drang mit einem tiefen, langsamen Stoß, der sie aufkeuchen ließ, in sie ein. Ihre Hüften hoben sich, um jedem seiner Stöße zu begegnen, und ihr Seufzen wurde zu Stöhnen, als er sich in ihr bewegte.

Es wäre so einfach, sich seiner Leidenschaft zu ergeben und seinen Höhepunkt zu erreichen, aber er war fest entschlossen, ihre Bedürfnisse über seine zu stellen. Er bewegte sich rhythmisch, was beide tiefer und schneller atmen ließ. Ihre Hitze brachte ihn fast um den Verstand, aber er hielt sich zurück, während ihr Körper seine Befriedigung suchte. Mehr als alles andere wollte er ihr Lust bereiten. Den Schmerz der letzten zwei Tage durch Genuss ersetzen. Sie hörte auf, sich zu bewegen. Ihr Atem stockte, während sie auf das Einsetzen der Lustschauer wartete. Als ihre süße Stimme seinen Namen rief, schob er sich tief in sie hinein und ließ sich von dem Moment äußerster Lust überwältigen.

Ihr Atem beruhigte und ihr Körper entspannte sich. Aus kurzen Atemzügen wurden Seufzer. Sie drückte sanfte und süße Küsse auf seine Lippen.

„Ich liebe dich", sagte sie.

Er ließ sich neben sie fallen und lag seiner Zukunft Auge in Auge gegenüber. Ihm gefiel, was er sah.

„Ich liebe dich auch."

Sie liebten sich so perfekt, so eng, dass sie sich wie zwei Körper mit einem Herzen fühlten. Er hoffte, dass sich seine Liebe in ihre Seele einbrennen würde, denn er wusste ohne jeden Zweifel, dass sie ihre Liebe in jede seiner Zellen eingebrannt hatte.

KAPITEL DREIUNDZWANZIG

Arzttermine waren für Katie nichts Neues, aber dieser war interessant. Bowie hatte sie gebeten, ihn zu Doktor Parker zu begleiten, damit er sich ein Bild von ihrem Zustand machen könnte und verstand, was er tun musste, damit sie gesund blieb.

Es war zwei Tage her, seit er sie in ihre Wohnung getragen hatte. Sie hatte sich noch nie so geliebt gefühlt oder war noch nie so vollständig geliebt worden.

„Ich verstehe, warum Sie es ihm nicht gesagt haben." Der Doktor drehte sich zu ihr um und hob seine buschigen Brauen.

„Nicht wahr? Vor ein paar Wochen konnte ich problemlos ein Boot rudern, aber heute möchte er nicht einmal, dass ich alleine die Straße überquere." Katie legte eine Hand auf Bowies Rücken. Sie wusste, dass er aus einem Gefühl der Besorgnis und Liebe heraus handelte. „Diese Art von obsessivem Verhalten ließ mich aus Dallas flüchten."

Bowies Kopf schnellte in ihre Richtung. „Wenn du wegläufst, werde ich bis ans Ende der Welt gehen, um dich zu finden."

„Wenn ich irgendwohin laufe, dann nur *zu* dir, aber du musst gelassener werden. Sagen Sie es ihm, Doktor. Ich bin gesund. Ich kann fast alles tun, was eine Person ohne Transplantation tun kann."

Doktor Parker ließ einen Stoßseufzer hören, der von einem Kopfschütteln begleitet wurde. „Jung und verliebt zu sein." Er zog den Stuhl aus der Ecke zum Untersuchungstisch und ließ sich darauf fallen. „Lass sie leben, Bowie. Sie kann alles machen, was sie will."

„Okay, aber sie will heute Abend die acht Williams-Kinder babysitten."

„Sieben", sagten der Doktor und Katie gleichzeitig.

„Das muss ungesund sein."

„Verrückt, ja, aber ungesund, nein. Die Williams-Kinder sind nicht krank. Das Schlimmste, was passieren kann, ist, dass sie Katie ermüden." Der Doktor sah sie an. „Sieht aus, als würdest du das auch ganz gut hinbekommen, mein Junge."

Katie spürte, wie die Hitze in ihre Wangen stieg. Jetzt, da sie und Bowie sich versöhnt hatten, ließen sie sich keine Chance entgehen, miteinander zu schlafen. Der Arzt bestellte Kondome in großen Mengen und gab ihnen Rabatt.

„Siehst du? Mir geht es gut und jetzt hör auf damit, dir Sorgen zu machen."

Bowie verschränkte seine Finger in ihren. „Du kannst mir nicht vorwerfen, dass ich an etwas Großartigem festhalten will. Wenn ich dich beschützen will, dann nur deshalb, weil ich dich liebe."

„Ich liebe dich auch."

„Haben Sie einen Termin bei Dr. Holland gemacht?" Der Arzt steckte sich das Stethoskop in die Ohren. Die Stuhlbeine kratzten über den Linoleumboden, als er aufstand. Er drückte ihr das kalte Instrument an die Brust und hörte zu. „Das ist ein liebliches Geräusch.“ Er sah Bowie an. „Willst du hören, wie gesund sie ist?“

Er hatte sich Dutzende Male auf ihre Brust gelegt und zugehört, wie die Trommel des Lebens einen gleichmäßigen Rhythmus schlug.

„Ja. Gerne.“ Er wandte sich Katie zu. „Wenn es für dich okay ist.“

Sie machte sich keine Sorgen mehr darüber, was er denken würde. Er hatte in kürzester Zeit bewiesen, dass er alles an ihr liebte, von der Art, wie sie nachts die Decken stibitzte, bis hin zu der Art, wie sie leidenschaftlich seinen Namen rief.

„Es ist in Ordnung. Du kannst zuhören.“

Der Doktor reinigte die Ohrstecker mit einem Alkoholtupfer und platzierte sie in Bowies Ohren. Sie wusste genau, wann er ihr Herz schlagen hörte. Sein Lächeln wurde breit und strahlend. „Es schlägt so schnell“, flüsterte er voller Ehrfurcht.

„Einhundert Herzschläge pro Minute, nur für dich.“

Der Doktor nahm das Stethoskop an sich. „Ich war nie ein Freund von kitschiger Süßholzraspelei, aber ihr zwei seid nur noch eine Sekunde von Beziehungsdiabetes entfernt. Ihr nehmt besser noch eine Schachtel Kondome mit und verzieht euch wieder ins Bett. Das werdet ihr irgendwann auch hinter euch gebracht haben.“

Katie sprang vom Untersuchungstisch herunter. „Keine Zeit. Da gibt es sieben kleine Engel, auf die wir aufpassen müssen.“ Sie rieb sich die Hände wie ein teuflisches Superhirn. „Ich kann es kaum erwarten, Baby Bea in die Finger zu bekommen.“ Katie hatte sich vor langer Zeit damit abgefunden, dass sie niemals Mutter sein würde, aber das hielt sie nicht davon ab, eine sein zu wollen oder die Kinder anderer zu bemuttern.

Der Doktor tätschelte Bowies Rücken. „Hast du noch Fragen, mein Junge?“

„Ich glaube, ich weiß genug.“

Sie gingen zur Tür und Katie trat beiseite, um Bowie Platz zu machen, damit er ihr diese öffnen konnte. Sie sah zu, wie die beiden Männer Blicke austauschten.

„Machst du die Tür auf, Herzogin? Ich würde dir nur ungern deine Unabhängigkeit nehmen.“

Bowies Grinsen wurde immer breiter, bis Katie sich aufrichtete und ihm einen Schlag auf den Arm versetzte.

„Bowie Bishop, ich tausche meine Unabhängigkeit nicht gegen deine schlechten Manieren ein.“

Der Doktor lachte schallend. „Das lernst du noch, Jungchen. Es mag vielleicht fünfzig Jahre dauern, aber du wirst es lernen.“

Bowie öffnete die Tür. „Ich werde eine Gebrauchsanweisung brauchen, nur um zu verstehen, wie das mit dieser Unabhängigkeit funktioniert.“

Katie schnappte ihn an seinem Hemd und zog ihn hinter sich her. „Ich schreibe dir eine.“

Sie stiegen auf Bowies Harley und fuhren zum Haus der Familie Williams. Als sie geparkt hatten, standen sie vor dem zweistöckigen viktorianischen Haus in der *Daisy Lane*. Blumenbeete blühten mit rosafarbenen, grünen und blauen Hortensien. Ein weißer Lattenzaun umgab einen mit Kinderspielzeug übersäten Hof. Ein Gefühl des Bedauerns durchzuckte Katie, das sie zu verdrängen suchte. Sie würde niemals so ein Leben wie dieses haben, aber ein Blick auf Bowie genügte, und ihr Bedauern verwandelte sich in Dankbarkeit. Sie würde ihr gemeinsames Kind vielleicht nie in ihren Armen halten, aber sie würde ihn halten, und das war genug.

„Bist du bereit?“ Sie sprühte vor Begeisterung. Louise hatte gesagt, die Kinder würden gebadet und gefüttert sein, und alles, was sie tun müssten, wäre, sie bis zum Schlafengehen zu beschäftigen.

„Ich war schon mehrere Male im Krieg. Ich kann mir nicht vorstellen, dass es schlimmer oder anders ist."

Sie wollte ihm sagen, dass er albern war, aber seine Beschreibung war treffend. Bei sieben Kindern, die beaufsichtigt werden mussten, gab es keinen Zweifel, dass in den nächsten drei Stunden Kämpfe gewonnen und verloren werden würden.

Bobbie und Louise empfingen sie an der Tür. Louise sah heute Abend wunderschön aus, ganz in Gelb gekleidet. Die kleine Bea schlief in ihren Armen.

So wie Bobbie seine Frau ansah, wusste Katie, dass Baby Nummer acht bald unterwegs sein würde, wenn die beiden nicht an einem öffentlichen Ort bleiben würden.

„Wir sind in *Bishop's Brewhouse*, wenn ihr uns braucht." Louise küsste ihre Tochter auf die Stirn, bevor sie sie an Katie weiterreichte, die Bea an ihre Brust kuschelte und den Duft von Babypuder und Weichspüler einatmete.

Es dauerte nur zwei Minuten, bis sich die augenblickliche Ruhe in Chaos verwandelte. Jill rannte auf Bowie zu und warf sich in seine Arme. Große Krokodilstränen liefen über ihre Wangen.

„David hat meiner Barbie den Kopf abgerissen." Sie hielt ihm eine enthauptete Puppe vor das Gesicht.

Bowies hilfloser Gesichtsausdruck verriet ihr, dass dies schlimmer war als Krieg.

David stritt alles ab, aber sein schlechtes Gewissen schien wie ein Leuchtfeuer aus ihm heraus. Katie hatte diesen schuldbewussten Blick auf den Gesichtern vieler Kinder gesehen, die sie im Kinderkrankenhaus besucht hatte. Wenn sie ans Bett gefesselt waren, war Unfug zu treiben das Einzige, was ihnen noch blieb.

Sie verfrachtete die kleine Bea auf einen Arm und streckte ihre Hand aus. „Gib ihn mir." Ihre Stimme war streng, trotz des Lachens, das in ihr sprudelte. „Jetzt sofort, junger Mann, oder deine Soldatenpuppe wird ein ähnliches Schicksal erleiden." Sie entdeckte seine Puppe, die er mit seiner Hand umklammerte, konnte aber den Barbie-Kopf nicht sehen.

„Sie hat ihre Puppe meine küssen lassen. Er ist ein Soldat."

Zum Glück für Katie waren Soldatenthemen etwas, mit dem Bowie sich auskannte. Er drückte Jill kurz an sich und stellte sie dann auf ihre Füße. „Geh mit Katie." Er wandte sich David zu. „Du und ich, wir werden über Frauen und den Krieg sprechen."

Als Katie die Kinder in das Wohnzimmer scheuchte, um einen Film anzusehen, den Louise für sie ausgewählt hatte, hörte sie Bowie David erzählen, dass es Schlachten gab, die ein Mann führen sollte, und solche, die man besser nicht führte. Als David behauptete, Küsse seien eklig, lachte Bowie und sagte ihm, er würde seine Meinung früh genug ändern.

Bowie kehrte einige Zeit später zurück und drehte den Puppenkopf zwischen seinen Fingern. Er fand den dazugehörenden Körper achtlos auf den Couchtisch geworfen. Nachdem er die beiden Teile wieder vereint hatte, legte er die Puppe in Jills Arme, die sich auf einen Sessel gekuschelt hatte und eingeschlafen war. Er quetschte sich neben Katie und schlang seinen Arm um sie.

Es dauerte einige Zeit, bis die Kinder zur Ruhe kamen. Eine Weile schien es, als bräuchten sie alle gleichzeitig irgendetwas anderes. Die erste Stunde wurde mit Toilettengängen und dem Aufkleben von Pflastern auf nicht vorhandene Wunden verbracht. Sechs Kinder und ein Baby ins Wohnzimmer zu bringen war wie Katzen zu hüten. Sie und

Bowie hatten es jedoch geschafft, und die Anstrengung war ihnen nicht anzumerken. Sie betrachtete die sieben Kinder, die entweder schliefen oder in den Zeichentrickfilm vertieft waren, und lächelte. Bis jetzt hatten sie überlebt.

„Weißt du“, sagte Katie zu Bowie. Sie schaute zu David, der auf dem Boden lag, eingebettet zwischen Melissa und Thomas. „Du warst wunderbar mit ihm.“

„Er ist ein gutes Kind und jetzt ist er in Bezug auf Frauen einen Schritt voraus. Ich habe ihn in die goldene Regel eingeweiht.“

„Es gibt eine goldene Regel?“ Ihre Stimme wurde mit jedem Wort eine Tonlage höher. „Was ist das?“

Bowie schien zu überlegen, ob er es ihr erklären sollte. „Ich habe ihm die Fakten gegeben. Er hat Unrecht, selbst wenn er Recht hat und wenn er Unrecht hat, dann hat er Unrecht. Er wird viel glücklicher sein, wenn er weiß, dass er immer Unrecht hat. Ich sagte ihm auch, dass der richtige Kuss von der richtigen Frau alles vollkommen machen würde. Dann haben er und ich und seine Soldatenpuppe ein paar Sachen in seinem Zimmer in die Luft gejagt.“

Jeden Tag verliebte sich Katie ein bisschen mehr in Bowie. Ihr Herz aus zweiter Hand war voll mit Emotionen. Sie hatte mit ihm den Hauptgewinn gezogen und befürchtete nur, dass er mit ihr nicht so viel Glück hatte. Es tat ihr weh, dass dieser Mann die Chance, eine Familie zu haben, für sie aufgeben würde.

„Bist du sicher, dass es für dich in Ordnung ist, nicht selbst so etwas Kleines zu haben?“ Sie drückte Bea näher an ihre Brust und beugte sich vor, um mit ihrer Wange über die weichen Babyhaare zu streichen.

Er sah im Zimmer umher und betrachtete die sieben Kinder. „Diese Brut zu hüten ist die beste Empfängnisverhütung aller Zeiten. Es ist ein Wunder, dass ihre Eltern überhaupt die Zeit hatten, so viele zu zeugen." Bowie drehte sich zu ihr und kuschelte sein Kinn in ihren Nacken. „Wenn wir jemals das Gefühl haben, etwas zu verpassen, wird Louise sicher ein Neues haben, das wir uns ausleihen können."

„Du hast wahrscheinlich recht, aber ich möchte nicht, dass du ein Opfer bringst, das du irgendwann bereuen wirst."

„Kein Bedauern. Alles, was ich will, bist du."

Als die Kinder nacheinander einschliefen, trug Bowie sie ins Bett. Die Einzige, die übrig blieb, war Bea, die Katie noch ein bisschen im Arm halten wollte, bis ihre Blase sie wissen ließ, dass es nun reichte.

„Hältst du sie für eine Sekunde, während ich auf die Toilette gehe?"

Bowie starrte das Baby an, als hätte sie ihn gebeten, eine gezündete Granate zu halten, aber er streckte seine Hände nach dem winzig kleinen Mädchen aus. Bowies Arme waren für die kleine Bea viel zu lang. Sie war kaum größer als seine nebeneinandergelegten Handflächen. Er sah perfekt aus, als er sie hielt. Katie stand im Flur und schaute zu, wie er mit Staunen und Ehrfurcht auf das Baby herabblickte. Sie wusste sofort, dass ihr einziges Bedauern darin bestehen würde, Bowie niemals ein Kind schenken zu können.

Bobby und Louise kehrten zurück, Händchen haltend. Sie gehörten zu der Sorte von Paaren, die das Licht der Liebe ausstrahlten. Katie sah es daran, wie sie ihre Kinder betrachteten – und wie sie einander anschauten. Sie entdeckte den gleichen Ausdruck in Bowies Augen, als er sie ansah.

„Bring dein Auto vorbei, wann immer du einen Ölwechsel brauchst", sagte Bobby zu Katie, bevor er die Tür schloss.

Am Motorrad angelangt, setzte ihr Bowie den Helm auf und sagte: „Du bekommst einen Ölwechsel fürs Babysitten? Ich habe geholfen. Was bekomme ich?"

„Ich zeige es dir, wenn wir nach Hause kommen." Sie klammerte sich an Bowie fest, als er zurück zu ihrer Wohnung raste, wo sie ihm über eine Stunde lang ihre Dankbarkeit bewies.

Danach lagen sie zufrieden und hielten sich gegenseitig umschlungen. „Diesen Kraftakt haben wir gemeistert. Was kommt als Nächstes?"

Katie drehte sich zu ihm um. „Du dachtest, das war ein Kraftakt? Warte, bis du meine Eltern kennenlernst. Ich habe sie zu meinem Geburtstag hierher eingeladen."

KAPITEL VIERUNDZWANZIG

Wie war das passiert?

Bowie saß am Ecktisch bei *Maisey's* und wartete auf Cannon und seinen Vater. In den vergangenen acht Jahren hätte er sich nicht einen Moment lang träumen lassen, dass er so glücklich sein würde. Obwohl er Brandy in vielerlei Hinsicht vermisste, hatte er so viel bei Katie gefunden. Ihre Lebenserfahrungen hatten sie gelehrt, die kleinen Dinge zu schätzen.

Sie wachte jeden Morgen auf und war bereit, die Welt zu erobern. Ihre positive Einstellung war ansteckend.

„Möchtest du Kaffee?" Maisey kam mit der Kanne in der Hand herüber.

„Es ist eher so, dass ich ihn *brauche*." Bowie nahm die saubere Tasse, die verkehrt herum auf dem Tisch gestanden hatte und schob sie an den Tischrand.

„Lange Nacht gehabt?"

Bowie lachte. „Früher Morgen." Da sie wussten, dass sie die nächsten Nächten nicht zusammen verbringen würden, waren er und Katie wach geblieben, um sich zu lieben. Es war albern, ihre Routine wegen ihrer Eltern zu ändern. Sie waren mündige Erwachsene, aber er liebte sie genug, um dieses Opfer zu bringen.

Katie hatte mehrfach betont, dass ihre aus den Südstaaten kommenden und daher sehr konservativen Eltern die jetzige Schlafsituation nicht gutheißen würden.

„Oh, noch einmal jung zu sein." Sie schenkte ihm den Kaffee randvoll ein und setzte sich ihm gegenüber an den Tisch. „Ich wollte dich was fragen."

„Schieß los." Bowie nahm seinen ersten Schluck und wartete darauf, dass Maisey fortfuhr. Er hatte sie noch nie schüchtern erlebt, aber er sah die Verletzlichkeit in ihrem Gesichtsausdruck. Die Art, wie sie mit jeder Sekunde, die sie wartete, mehr in sich zusammensank. „Was gibt es, Maisey?"

„Ich habe mich in deinen Vater verliebt und ich möchte sichergehen, dass du nichts dagegen hast", platzte sie heraus.

„Du bist in meinen Vater verliebt? Das ist unglaublich. Du weißt, dass die Bishop-Männer nicht leicht zu lieben sind."

„Vielleicht nicht, aber ihr seid die Mühe wert. Dein Vater ist ein guter Mann. Umso mehr, seit er nicht mehr trinkt. Ich weiß, dass es für euch alle eine schwierige Zeit war, aber ich wollte den Segen seiner Jungs, bevor ich es ihm sage."

„Du hast mir erzählt, dass du ihn liebst, bevor du es ihm gesagt hast?"

Sie rutschte unruhig auf ihrem Sitz hin und her. „Ich wollte sichergehen, dass es okay ist, ihn zu lieben."

Bowie streckte seine Hand aus und berührte Maiseys Arm. Obwohl sie saß, und immer noch die Kaffeekanne in der Hand hielt, schien sie bereit zu sein, aus dem Lokal zu stürmen, denn ihre Beine zeigten zur Restaurantmitte.

„Man liebt, wen man liebt. Ich möchte, dass mein Vater

glücklich ist, und er scheint es zu sein, seit er mit dir zusammen ist. Ich bin sicher, er würde gerne wissen, was du empfindest."

Sie entspannte sich und lehnte sich zurück. „Läuft es gut für dich und Katie?"

„Nun", erklärte nicht annähernd das, was zwischen ihm und Katie geschah. „Sie ist etwas Besonderes."

„Stimmen die Gerüchte?"

Er wusste, dass die Stadt wegen der Herzgeschichte in heller Aufregung sein würde. Es war etwas, wonach die Leute fragten, bis der Reiz des Neuen verflogen war. Er hoffte, dass etwas Aufregenderes passieren und die Aufmerksamkeit der Menschen darauf lenken würde. In den letzten Wochen war er im Laden sehr beschäftigt gewesen, und Katie hatte in der Bäckerei alle Hände voll zu tun gehabt. Sie waren eine echte Liebesgeschichte, die besser für das Fernsehen geeignet war.

„Es ist alles wahr, aber das weißt du ja, weil du in meinen Vater verliebt bist."

Sie hob ihr Kinn. „Ich finde es wichtig, die Fakten zu überprüfen."

„Stimmt. Fakten sind wichtig. Hier sind ein paar für dich. Katie hat ein Spenderherz, aber es spielt für mich keine Rolle, wem es gehörte; es befindet sich in Katies Brust, also ist es ihres. Sie hat mein Leben mit ihrer Liebe verändert. Mir wurde eine zweite Chance gegeben, glücklich zu werden. Ich wäre dämlich, mir das entgehen zu lassen."

„Hört sich an, als wärst du auch verliebt." Sie nahm Schwung und stand auf.

„Das ist eine Tatsache."

Als Maisey sich entfernte, öffnete sich die Tür und Ben und Cannon kamen herein. Da Bowie den größten Teil der Sitzbank einnahm, setzten sich sein Vater und sein Bruder ihm gegenüber.

„Bist du nervös, mein Junge?" Ben drehte einen Becher um und nickte Maisey zu, die mit einer vollen Kaffeekanne auf dem Weg zu ihnen war.

Es entging Bowies Aufmerksamkeit nicht, dass sein Vater seinen Arm ausstreckte und ihn besitzergreifend um Maiseys Taille schlang. Er beobachtete, wie die Gesichtszüge seines Vaters in dem Moment weich wurden, als sie auf ihn herabblickte, und er fragte sich, ob er denselben albernen Gesichtsausdruck bekam, wenn Katie in der Nähe war.

„Nicht wirklich. Ich schlafe ja nicht mit ihren Eltern."

Cannon lachte. „Soweit ich weiß, schläfst du auch nicht mit ihr." Er schob seinen leeren Becher zu Maisey hinüber.

„So, wie wir aussehen, schläft niemand von uns." Ben bewegte seine Augenbrauen und tätschelte Maisey den Hintern.

Sie ignorierte die Geste. „Das Spezialfrühstück für euch alle?"

Die drei Männer nickten, bevor sie wegging.

Bowie nahm sein Messer und richtete es spielerisch auf seinen Bruder. „Wenn das *Bed & Breakfast* ein freies Zimmer hätte, würden ihre Eltern dort übernachten."

„Du hättest sie im Haus unterbringen und Paps hätte babysitten können."

Ben schüttelte den Kopf. „Das Einzige, was ich babysitte, ist dieser dreibeinige Hund von Sage. Er ist so ziemlich alles, was ich bewältigen kann."

„Warte, bis du ein paar Enkelkinder hast."

Es war nicht öffentlich bekannt, dass er und Katie niemals Kinder bekommen würden, also versuchte Bowie nicht zu reagieren. Er hätte gerne eine Familie mit ihr gehabt, aber das würde ihnen leider nicht vergönnt sein. Er wandte sich an seinen Vater. „Apropos babysitten, meinst du wirklich, du kannst mein Geschenk für Katie bis morgen aufbewahren?"

Er hoffte, dass ihr der Welpe, den er für sie adoptiert hatte, gefallen würde. Sie hatte mehr als einmal erwähnt, dass sie gerne eines Tages einen schokoladenbraunen Labrador hätte. Als sie klein war, durfte sie keinen Hund haben. Er wollte ihr helfen, diesen Punkt von ihrer Lebenstraum-Liste zu streichen. Er hatte das Fellknäuel im Tierheim in Gold Gulch entdeckt. Dass er das Tier gerettet hatte, würde den kleinen Bishop besonders machen. Laut Katie verdiente alles und jeder eine zweite Chance.

„Ja, natürlich. Er ist gerade im Badezimmer eingesperrt. Der kleine Scheißer ist heute Morgen ausgebüxt und in den See gerannt. Wir haben zwar schon den zweiten Juli, aber das Wasser ist immer noch kalt."

Bowie fiel es schwer zu glauben, dass er seinem Bruder und seinem Vater gegenübersaß und alle drei eine neue Zukunft planten.

„Was ist mit dir?" Er wandte sich an Cannon. „Hast du Kinder geplant?"

Cannons Gesichtsausdruck nach zu schließen, hätte man vermuten können, dass er aufgefordert wurde, sich mit Benzin zu übergießen und selbst anzuzünden. „Oh nein, ich glaube, das hat noch Zeit. Mir gefällt die Idee zu üben, bis wir unsere Technik perfektioniert haben." Er fingerte an seiner Serviette herum, was ungewöhnlich war, denn Cannon war nicht der nervöse Typ. „Ich wollte dich aber was fragen."

Heute Morgen stellten Bowie viele Leute Fragen. „Es ist okay, wenn du sie liebst", sagte er.

„Ich bitte dich nicht um Erlaubnis, sie zu lieben. Das ist beschlossene Sache." Er riss an seiner Serviette, bis sie in Fetzen vor ihm lag. „Ich habe das Kopfteil im Kurzwarenladen in Kommission gegeben, aber ich hätte dich fragen sollen, ob es dir etwas ausmacht, wenn ich es verkaufe." Cannon senkte den Kopf.

„Das Kopfteil war ein Meisterwerk. Es sollte in einem Museum stehen. Ich finde es toll, dass du es zum Verkauf anbietest."

„Wirklich?"

Bowie nickte. Er hatte es in der Woche zuvor gesehen, als Katie ihn in den Laden geschleppt hatte, um mehr von Abbys Seife und Honig zu kaufen. Sie wollte seine Meinung zu verschiedenen Düften, aber es war ihm egal, ob sie nach Erdbeere oder Mango roch, solange sie bei ihm war und nackt.

„Was machst du mit dem Geld, wenn du es verkaufst?"

„Geld?", wiederholte Dalton, als er sich dem Tisch näherte. „Ich nehme dein Geld." Vor jeden der drei Männer stellte er einen Teller mit Speck, Eiern und Pfannkuchen. Er griff hinter sich und zog einen Stuhl an den Tisch heran. „Wer hat Geld?"

„Niemand von uns", sagte Ben. „Eine Sache, die ich im Laufe der Jahre gelernt habe, ist, dass man nie mehr als genug braucht. Wir haben genug."

„Sobald meine Invaliditätseinstufung da ist, sollte ich regelmäßig einen Scheck bekommen", sagte Bowie.

„Du bekommst einen Invaliditätscheck?", fragte Dalton. „Welcher Teil von dir ist behindert, außer deinem Gehirn?" Er sah Cannon und Ben an. „Und ihr zwei. Ihr seid ein Haufen Weicheier, weil ihr euch von Frauen einwickeln lasst."

Cannon hustete auf seinen Speck. „Sagt der Mann, der wegen einer Frau, die er nicht kannte, ins Gefängnis ging."

Dalton schenkte ihnen ein Was-soll-ich-dazu-sagen-Schulterzucken. „Ich würde jederzeit wieder eine Frau beschützen, aber mich zu verlieben ..."

„Das wirst du, und wenn es passiert, ist es so, als würde

ein Schwerlasttransporter gleichzeitig mit deinem Herzen und deinem Hirn zusammenstoßen."

Dalton sah sich im Lokal um. Es war voll mit Einwohnern, aber unter ihnen befand sich nicht ein einziges Mädchen. „Ihr habt euch alle alleinstehenden Frauen in der Stadt, die eine Verabredung Wert gewesen wären, unter den Nagel gerissen." Er musterte Ben. „Nicht, dass ich mit meiner Mutter ausgehen würde. Das wäre so was von falsch."

„Die Dinge in Aspen Cove ändern sich. Man weiß nie, wer als Nächstes auftauchen könnte", antwortete Cannon.

Ben schluckte seinen Pfannkuchen herunter und trank einen Schluck Kaffee. „Ich glaube nicht, dass Bea noch andere Immobilien besaß. Doktor Parker gehören die leer stehenden Geschäfte auf der *Main Street,* daher würde ich nicht damit rechnen, dass ein weiterer rosafarbener Umschlag eine Frau in deine Richtung lenkt."

Dalton umklammerte den Tisch. „Genau das ist der Punkt. Die Auswahl ist gering, und diejenigen, die es hier gibt, halten sich von mir fern. Wer will schon mit einem Verbrecher ausgehen?"

Bowie konnte seine Belustigung nicht verbergen. Es stimmte, dass Dalton einen Mann getötet hatte, aber es hatte mildernde Umstände gegeben. „Eine Frau, die nicht das Besondere in dem sehen kann, was du getan hast, verdient dich nicht. Du hast eine Strafe für eine Frau abgesessen, die du nicht einmal kanntest. Du hast sie beschützt und ihr höchstwahrscheinlich das Leben gerettet. Wenn ich eine Frau wäre, dann würde ich wissen wollen, was du tun würdest, um das zu beschützen, was dir gehört."

„Ich würde alles geben, um zu verteidigen, was mir gehört", sagte Dalton.

Bowie klopfte seinem Freund auf die Schulter. „Eine gute Frau wird das erkennen."

„Apropos Frauen." Dalton schaute zwischen Cannon und Bowie hin und her. „Wo sind eure?"

„Copper Creek", antwortete Cannon.

„Wieder mal ein Einkauf in ihrem Lieblingskaufhaus *Target*?" Dalton griff über den Tisch und klaute Bowies letztes Stück Speck.

Bowie war zu langsam und konnte es nicht zurückholen, bevor Dalton es verschlang. „Nein, eine Eltern-Abholaktion. Katies Eltern sind heute Morgen eingeflogen und sie und Sage sind hingefahren, um sie abzuholen."

„Verheimlicht sie dich etwa?", fragte Dalton.

„Nein. Da sie sich seit Monaten vor ihnen versteckt hat, wusste sie, dass sie viel Aufhebens um sie machen und sich wahrscheinlich ziemlich beschweren würden. Sie wollte nicht, dass ich diese Seite ihrer Eltern sehe. Hat befürchtet, dass mein erster Eindruck nicht positiv sein würde. Tatsächlich war sie fast krank vor Sorge. Sage ist mitgefahren, weil ich sie darum gebeten habe. Ich wurde zwar nicht als Empfangskomitee eingeladen, aber ich wollte, dass Katie moralische Unterstützung hat."

„Dieses Mädchen hat dich mit Erfolg gezähmt." Dalton hob seinen Blick und forderte jeden heraus, ihm zu widersprechen.

„Du kannst mich mal. Deine Zeit wird auch noch kommen." Bowie schob seinen leeren Teller in die Tischmitte.

„Nicht in absehbarer Zeit." Dalton sah sich wieder im Lokal um. „Ich gehe mal besser zurück in die Küche." Er stand auf und verließ den Tisch.

„Der Plan ist immer noch, sich um fünf Uhr in der Bar zu treffen, oder?" Cannon nahm seinem Vater die Serviette weg und wischte sich den Mund ab.

„Das ist mein letzter Wissensstand", sagte Ben.

Cannon lachte. „Alter, du lernst ihre Eltern kennen. Das ist gigantisch."

Er hatte recht. Es war gigantisch. Die Eltern zu treffen war fast so, als würde man einen Ring kaufen. Etwas, das er in den letzten zwei Wochen in Betracht gezogen hatte. Stattdessen hatte er einen Welpen gekauft.

KAPITEL FÜNFUNDZWANZIG

„Verstehe ich das richtig, deine Eltern haben ein Privatflugzeug?"

Katie ging nervös im winzigen Terminal des Flughafens von Copper Creek auf und ab. Es war weniger ein Terminal als ein kleines Gebäude in der Nähe des Rollfelds.

„Es ist ein Firmenjet." Sie drückte ihre Nase an die Glasscheibe und kniff die Augen zusammen. In der Ferne waren die Lichter eines ankommenden Flugzeugs zu erkennen.

„Welches Unternehmen gehört ihnen?"

Katie ging vor der Fensterscheibe hin und her. „*Integrity*-Versicherungen."

Sage baute sich vor Katie auf und hielt sie davon ab, den Teppich vollständig abzutreten. „*Die Versicherung, der Sie vertrauen können?*" Sie sang den Werbeslogan, der nicht weniger als zwanzig Mal am Tag im Fernsehen gespielt wurde. „*Diese Integrity*-Versicherung?"

„Ja", sagte sie verlegen.

„Gibt es noch etwas, das du für dich behalten hast?"

Katie hasste es, dass sie mit niemandem völlig ehrlich gewesen war. Sie hatte nicht gelogen; sie hatte einfach nicht mehr preisgegeben, als sie musste. Selbst Bowie war nicht über alles im Bilde. Obwohl er wusste, dass ihr Vater Versicherungsmanager war, hatte sie ihm nicht alle Einzelheiten erzählt.

„Ich wollte, dass ihr mich alle um meinetwillen mögt. Ich wollte nicht, dass du mich wegen meiner gesundheitlichen Probleme bemitleidest. Ich wollte auch nicht, dass das Geld meiner Eltern eine Rolle dabei spielt, wie die Leute über mich denken. Für die meisten Menschen ist der Verkauf von Versicherungen fast so anrüchig wie der von Gebrauchtwagen. Ein schmieriger Berufszweig."

„Also, als du sagtest, du hättest in der Datenverarbeitung gearbeitet, stimmte das?" Sage lehnte sich gegen die Scheibe mit dem Rücken zum Rollfeld.

„Ja, ich habe jede Position abgelehnt, die ich nicht verdiente. Ich bin privilegiert aufgewachsen, aber ich wollte schon immer unabhängig sein." Sie blickte über Sages Kopf auf das Flugzeug, das Hunderte von Metern entfernt war. „Stell dir vor, du wärst für alles von jemandem abhängig. Das war bei mir so, und ich habe mir selbst versprochen, auf eigenen Beinen zu stehen, wenn ich gesund würde."

„Deshalb fährst du also so eine Schrottkarre?"

Katie hatte den Geländewagen gebraucht gekauft und liebte ihn, weil sie ihn selbst erworben hatte. „Dieser Schrotthaufen ist meine erste große Anschaffung."

„Deine Eltern haben dir doch sicher ein Auto gekauft. Sie sind so reich wie Gott selbst." Sage zupfte an ihrem Oberteil herum.

Katie bemerkte, wie befangen Sage in den Minuten geworden war, seit sie ihr erzählt hatte, wer ihre Eltern waren. Es war bei allen dasselbe. Deshalb hatte sie nie etwas gesagt.

„Ja, ich habe zu meinem sechzehnten Geburtstag einen Range Rover bekommen. Ich war damals sehr krank und konnte nicht viel fahren, weil meine Mutter befürchtete, dass ich hinter dem Steuer ohnmächtig werden würde. In der Garage sah er allerdings hübsch aus."

„Du hattest einen Rover und hast ihn gegen einen gebrauchten Jeep eingetauscht?" Sage fuhr sich mit den Händen durch ihre Locken, sodass sie in alle Richtungen abstanden.

Katie glättete die Haare ihrer Freundin. „Ich habe ihn nicht eingetauscht. Er steht immer noch in der Garage. Ich glaube, die Haushälterin fährt ihn."

„Haushälterin?" Sage schüttelte den Kopf. „Du hast eine Haushälterin?"

Katie lachte. „*Ich* nicht. Hast du meine Wohnung gesehen?"

Sage stieß ein wenig damenhaftes Knurren aus. „Ich meinte ... du bist mit Dienern aufgewachsen?"

Das Flugzeug rollte vor das Gebäude, hielt an und dann kam die Crew heraus, um die Ankunft ihrer Eltern vorzubereiten.

„Wir hatten Hilfe. Du weißt schon, so was wie einen Gärtner, einen Koch und eine Haushälterin."

Sages Lächeln wurde immer breiter. „Ich habe dich von Anfang an für eine Schönheitskönigin gehalten." Sie streckte die Faust triumphierend in die Luft. „Ich lag genau richtig."

Katie strich eine Falte in ihrem Rock glatt. „Ich habe nur zweimal gewonnen. Habe nie einen Hattrick geschafft."

„Du bist also reich?"

Katies Seufzer klang resigniert. „Genau genommen bin ich reich. Ich habe einen Treuhandfonds, den ich nicht benutze." Sie zeigte auf sich selbst. „Erinnerst du dich? Unabhängig."

Sage zuckte mit den Schultern. „Wir alle brauchen

jemanden. Ich meine, du hast die Bäckerei von Bea angenommen. Das ist kein Akt der Unabhängigkeit."

Katie wusste, dass Sage ihr diese Entscheidung nicht vorwarf, sondern nur versuchte, sie zu verstehen. „Ich habe die Bäckerei angenommen, um all dem zu entkommen." Sie zeigte auf das Paar, das wie Filmstars aus dem Flugzeug stieg. Ihre Mutter trug Prada, während der Anzug ihres Vaters ganz offensichtlich maßgeschneidert war. „Es zu schaffen – wenn auch nicht ganz alleine – war so unabhängig, wie ich nie zuvor gewesen bin."

Sage sah sie an. Ohne Vorwarnung zog sie Katie zu sich heran und umarmte sie. „Ich bin so stolz auf dich."

„Danke."

Sie legte ihre Hand auf ihre Brust, denn ihr Herz schlug eine Million Schläge pro Sekunde. Sie wusste, dass ihre Eltern alles an ihrem neuen Leben hassen würden. Sie hoffte nur, sie könnte sie davon überzeugen, dass es das Richtige für sie war.

„Ich finde es immer noch schade, dass du einen Haufen Geld hast, der nutzlos herumliegt."

Katie lächelte. „Nicht ganz nutzlos, das Geld erwirtschaftet Zinsen. Außerdem habe ich ein paar Ideen, wie es eingesetzt werden könnte."

Die Tür öffnete sich und Katies Eltern kamen herein. Ihre Mutter stürzte sich in die erste Umarmung, während ihr Vater zurückblieb und alles auf sich wirken ließ.

„Oh Schatz, es ist schon viel zu lange her." Sophia Middleton trat einen Schritt zurück und musterte Katie von oben bis unten. „Hast du zugenommen?" Sie lief um ihre Tochter herum, als wäre Katie zum Verkauf ausgestellt. „Du weißt, dass Übergewicht dein Herz belastet."

Sage warf ihr einen Was-zur-Hölle-Blick zu.

„Willkommen in Colorado." Katie streckte ihre Hand aus

und zerrte Sage zu sich heran. „Das ist meine beste Freundin, Sage."

„Schön, Sie kennenzulernen, meine Liebe", sagte ihre Mutter.

Katies Vater nickte einfach in ihre Richtung. „Wo ist das Auto? Wir haben Gepäck."

„Gepäck? Ich dachte, ihr bleibt nur ein paar Tage?"

„Das stimmt, aber ich bin gerne auf alles vorbereitet."

„Meine Wohnung ist sehr klein, aber die Fahrt nach Aspen Cove dauert vierzig Minuten, sodass ihr Zeit habt, euch darauf einzustellen."

Tate Middleton benutzte sein Vermögen wie Thor seinen Hammer. Er hielt ein paar Dollarscheine in die Höhe und bat um Unterstützung. Es war erstaunlich, wie laut Geld zu manchen Menschen sprechen konnte, aber Katie hatte dem Tod ins Auge gesehen. In dem Moment, als das passierte, wusste sie, dass Geld nichts bedeutete.

Es war lustig, ihre Eltern auf den Rücksitz ihres Jeeps zu verfrachten. Sie konnte sich nicht daran erinnern, dass ihre Eltern jemals in etwas anderem als in einer Limousine gefahren waren.

„Ich verstehe nicht, warum du den Range Rover nicht nehmen konntest", sagte ihr Vater.

„Es wäre egal, du würdest immer noch hinten sitzen." Katie warf einen Blick auf Sage, die versuchte, ihr Grinsen zu verbergen. Es war offensichtlich, dass sie diesen Austausch genoss.

Katies Mutter beugte sich vor. „Sagen Sie, Sage, was machen Sie beruflich?"

Sage drehte sich auf ihrem Sitz zu Sophia herum. „Ich bin Krankenschwester und arbeite ein paar Tage die Woche in der kleinen Praxis in der Stadt. Ich betreibe auch das einzige

Bed & Breakfast im Ort. Es war ebenfalls ein Geschenk von Bea Bennett."

Sophia richtete sich auf. „Haben Sie auch ein Spenderorgan?"

Sage schüttelte den Kopf. „Nein. Ich habe mich in Beas letzten Tagen um sie gekümmert."

„Oh, das ist wunderbar." Sophia wartete eine Minute. „Wenn es um Bea geht, bin ich zwiegespalten. Ich bin dankbar, dass ihre Tochter Organspenderin war. Dieses Geschenk hat Katies Leben gerettet. Ihr anderes Geschenk hat uns Katie jedoch weggenommen."

Katie wusste, dass diese Reise schwierig werden würde. Ihre Eltern waren es gewohnt, das zu bekommen, was sie wollten, und was sie gerade wollten, war, dass Katie zurück in Dallas im Nordflügel des Hauses lebte.

„Beas Geschenke haben mir in jeder Hinsicht das Leben gerettet. Ich besitze eine Bäckerei und ich habe einen Freund, den ich liebe. Ich habe Freunde." Sie riskierte einen Blick nach hinten zu ihren Eltern, die emotionslos auf dem Rücksitz saßen. „Ich habe auch noch euch. Ich liebe euch beide, aber als ich geboren wurde, habt ihr jemals wirklich erwartet, dass ich für immer bei euch lebe?"

Dieses Mal war es ihr Vater, der antwortete. Seine Stimme war so ernst, wie während einer Vorstandssitzung. „Als wir dich bekamen, wollten wir nur ein glückliches, gesundes Baby. Das hatten wir für eine Weile. Die Dinge änderten sich, und daraufhin änderte sich der Plan. Das Geheimnis des Erfolges ist, sich anzupassen."

„Ganz genau. Ich lebe jetzt in Colorado und ihr werdet euch anpassen müssen." Es war so einfach, seine Worte gegen ihn zu verwenden. „Außerdem wurde euer ursprünglicher Wunsch erfüllt. Ich bin glücklich und gesund. Ich kann es kaum erwarten, dass ihr Bowie trefft."

„Das ist ein merkwürdiger Name. Ich frage mich, wie er dazu gekommen ist."

Sage kicherte. „Um ehrlich zu sein, wurden die Bishop-Jungs nach den Anfangsbuchstaben der Namen ihrer Eltern, Carly und Ben, benannt, aber ich glaube, Ben hatte eine Faszination für Waffen. Er nannte seinen Erstgeborenen Bowie wie das Messer, und seinen zweiten Cannon."

„Namen faszinieren mich immer. Erinnerst du dich an den Jungen, in den du in der Realschule verknallt warst? Sein Name war Teddy Bear."

Katie erinnerte sich gerne an ihn. „Er war ein molliges Kind, zu dem niemand nett war, außer mir."

„Du hattest immer ein weiches Herz", sagte ihr Vater. „Katies Motto lautet ‚gib mir deine Armen, Verwundeten und Unterdrückten, und ich schenke ihnen mein Herz'."

„Sie hat ein großes Herz. Es ist nichts Falsches daran, Liebe und Mitgefühl zu zeigen", sagte Sage zu Katies Verteidigung.

„Als sie acht war, versteckte sie eine obdachlose Frau in unserem Pool-Haus."

Aus dem Augenwinkel sah sie, wie Sages Mund aufklappte. „Du hattest einen Pool?"

Katie lächelte. „Und einen Bademeister."

Sie ignorierten ihre Eltern für ein paar Minuten völlig.

„Sexy?"

„Nein. Alt, aber sein Sohn war süß. Er gab mir meinen ersten Kuss mit fünfzehn."

„Hat er nicht. Du hast Mannys Sohn geküsst?" Die Stimme ihrer Mutter erreichte das Dezibelniveau, das knapp unter dem Hörverlust lag.

In Katie stieg ein Kichern hoch. „Hast du ihn dir mal angesehen? Er ist bildhübsch. Schon damals hatte er alle

Anlagen, die ihn zu einem attraktiven Mann machen würden. Er konnte gut küssen."

„Sollte ich noch von anderen Angestellten wissen, die ich feuern muss, wenn ich nach Hause komme?" Tate sprach in monotonem Tonfall, aber als Katie ihn flüchtig im Rückspiegel beobachtete, bemerkte sie, wie sich seine Mundwinkel hoben. Er fand den Hang zur Spießigkeit ihrer Mutter immer lustig.

„Weißt du es nicht? Ich habe sie alle geküsst, sogar Delia, die Haushälterin. Sieht so aus, als müsstest du den Abwasch von nun an selbst machen."

„Hör auf zu sticheln", sagte ihre Mutter. „Du weißt, dass ich nicht abwasche."

Katie warf Sage einen Blick zu. „Willkommen bei den Middletons." Die vielen Scherze ließen die Fahrt schnell vergehen. Katie fuhr auf die *Main Stree*t und parkte vor *B's Bakery*. „Wir sind zu Hause."

Ihre Mutter drückte ihre Nase an die Scheibe. „Du wohnst in einer Bäckerei?"

„Nein, ich wohne über der Bäckerei. Kommt schon." Sie sah ihren Vater an. „Du musst das Gepäck selbst tragen, Papa, ich befürchte, wir sind hier in Aspen Cove dienstbotenfrei."

Sage sprang aus dem Auto und öffnete Sophia die Tür, die ausstieg und sich umsah, als wäre sie in den Abgründen der Hölle gelandet.

„Das ist es? Hierfür hast du Dallas verlassen?"

Katie war nicht mehr im Auto, sondern stand auf dem Bürgersteig. Ihr wurde flau im Magen, aber nach heute Morgen war er völlig leer.

„Benimm dich, Mutter. Hier leben viele nette Leute. Es ist auch mein Zuhause."

Ihre Mutter schüttelte sich und setzte ein Lächeln auf, das preisverdächtig war. „Zeig mir dein Schloss, Schatz."

Tate schnappte sich nur das Nötigste und folgte ihnen in die Bäckerei. Ben stand hinter der Theke.

„Katie, bin ich froh, dass du es sicher zurückgeschafft hast." Er sah ihre Eltern mit einem warmen, aufrichtigen Lächeln an. „Ich bin Ben. Katie hat mich adoptiert." Er schüttelte den Kopf. „Das ist nicht ganz die Wahrheit. Katie und Sage haben mir das Leben gerettet." Er ging um die Ecke und umarmte Sophia, die nicht an unerwartete Zuneigungsbekundungen gewohnt war. Dann schüttelte er Katies Vater die Hand.

„Wären Sie so gut und würden unsere Taschen aus dem Kofferraum holen?" Tate legte einhundert Dollar in Bens Hand.

„Papa, Ben ist nicht dein Angestellter."

Ben sah sich den Schein an. „Ich helfe Ihnen gerne mit Ihrem Gepäck, aber ich brauche Ihr Geld nicht." Er legte den Schein zurück in Tates Hand. „Ich bin auch ohne Geld der reichste Mann."

Katie war stolz auf Ben. Er wusste, was einen Wert hatte – Menschen. Sie war zwar nicht für seinen veränderten Lebenswandel verantwortlich, aber sie war froh, dass sie ihn miterleben durfte. Alles, was sie ihm geboten hatte, war eine Chance.

Genau das hatte Bea auch für sie und Sage getan. Was sie mit ihrem Geschenk machten, war ihnen überlassen. Katie hasste es immer, wenn Menschen Lob für den Erfolg anderer einheimsten. Als ihr Cousin Pat die Anwaltsprüfung bestand, sagten alle seinen Eltern, dass ihnen für seine Leistung Anerkennung gebührte, aber seine Eltern hatten die Prüfung nicht abgelegt. Sie hatten nicht monatelang gelernt. Sie waren nicht zur Schule gegangen, um Anwalt zu werden. Pat hatte es getan und er hatte die Anerkennung verdient. Seine Eltern hatten ihm lediglich eine Chance geboten. Pat nahm dieses

Geschenk und verwandelte es in etwas. Es hätte auch anders ausgehen können.

„Ich werde mich jetzt mal verabschieden. Wir sehen uns alle heute Abend in der Bar?“ Sage umarmte Katies Mutter und nickte ihrem Vater zu.

„Wir werden da sein.“ Sie führte ihre Eltern durch die Bäckerei zur Hintertreppe und warf einen Blick auf die Zehn-Zentimeter-Absätze ihrer Mutter. „Kein Aufzug, tut mir leid.“

Oben auf der Treppe hielt sie kurz den Atem an, bevor sie die Tür öffnete. „Bevor ihr reingeht, müsst ihr wissen, dass es mir hier gefällt und ihr nichts tun oder sagen könnt, um meine Meinung zu ändern. Ich schlage daher vor, euch gefällt es auch.“

Sie stieß die Tür auf und betrat den winzigen Raum. Die Anwesenheit ihrer Eltern machte alles noch kleiner. Ihre ganze Wohnung würde in das große Schlafzimmer zu Hause passen.

Die Absätze ihrer Mutter trippelten über den Boden. „Es ist …“, wandte sie sich an ihren Mann, „bezaubernd. Nicht wahr, Tate?“

Er ging durch das Wohnzimmer, blieb am Fenster stehen und schaute auf die *Main Street*. „Bezaubernd“, wiederholte er.

Katie betrachtete ihre Wohnung mit den Augen ihrer Mutter. Es gab keine handgeknüpften Teppiche. Keine Antiquitäten – es sei denn, man zählte den Dosenöffner auf der Küchentheke mit. Die Möbel waren blau. Die Wände beige. Der Teppich war braun. Der Küchenboden bestand aus Kunststoff, nicht aus italienischen Fliesen. Die Arbeitsplatten in der Küche stammten aus einem Baumarkt und waren nicht aus Berggestein geschliffen worden. Katie musterte ihr Zuhause. Es war nicht viel, aber ihr bedeutete es alles und sie liebte es.

Ben stieß die Tür mit einer der schweren Taschen ihrer Eltern auf. „Da wären wir. Wohin soll ich alles stellen?" Ben war noch nie hier oben gewesen, soweit Katie wusste. Er sah sich um, als würde er sich ein Musterhaus ansehen. „Diese Wohnung ist fantastisch. Kein Wunder, dass ihr Kinder so viel Zeit hier oben verbringt."

Bevor ihre Eltern ihn befragen konnten, sagte sie: „Ben ist Bowies Vater."

Ihre Eltern lächelten. „Bezaubernd", sagten sie wie aus einem Mund.

„Erste Tür links, Ben." Katie sah ihre Mutter an. „Hast du etwas weniger ... Elegantes mitgebracht?"

„Ich habe Alltagskleidung dabei." Als Ben aus dem Flur kam, ging ihre Mutter hinein.

„Wir sehen uns später." Ben schloss die Tür hinter sich.

Ihr Vater breitete seine Arme aus, als würde er ihr etwas zeigen, das sie nicht gesehen hatte. „Das macht dich glücklich?" Er ging vom Wohnzimmer zur kleinen Küchenzeile hinüber.

„Es ist nicht die Wohnung. Ich mag sie und sie macht mich glücklich, aber es sind die Stadt und die Menschen. Sie sind echt. Wenn sie lächeln, kommt es von Herzen." Ehrlichkeit war eine der liebenswertesten Eigenschaften der Stadt. Ein Schuldgefühl überkam sie, als sie darüber nachdachte, wie viel sie den Leuten von Aspen Cove vorenthalten hatte.

„Du backst?" Ihr Vater entfernte die Plastikfolie von einem Pappteller, der auf ihrem Küchentresen stand. Darunter befanden sich übrig gebliebene Mohnmuffins.

„Ja, tue ich. Die habe ich gemacht." Sie lehnte sich an den Küchentresen und wartete auf seine Anerkennung. Es war schon komisch, denn obwohl ihre Mutter die Anspruchsvollere von beiden war, bedeutete ihr der Segen ihres Vaters mehr, wenn es um Akzeptanz ging.

Er nahm einen Bissen und kaute. Er schloss die Augen, als ob ihm das irgendwie half, besser zu schmecken. „Donnerwetter noch mal. Du kannst backen."

Stolz erfüllte sie mit Wärme. „Ich backe auch Kekse. Und Mini-Kuchen." Sie griff in den Kühlschrank und goss ihrem Vater ein Glas Milch ein. „Die großen Kuchen beherrsche ich noch nicht. Sie scheinen immer auf einer Seite flacher zu sein."

„Prinzessin, ich habe keinen Zweifel, dass du das auch bald meistern wirst. Du hast vielleicht ein großes Herz, aber du bist auch hartnäckig. Deine Mutter sagt, das hast du von mir, aber ich bin nicht davon überzeugt."

„Was hat sie von dir?" Sophia betrat die Küche in maßgeschneiderten Hosen, einer Seidenbluse und Lacklederpumps – ihrer Freizeitkleidung.

„Ihre Backkünste. Probier das." Tate reichte seiner Frau die zweite Hälfte des Muffins. „Ich gehe mich umziehen." Er sah Sophia an, dann Katie. „Sind Jeans okay?"

„Perfekt, Papi." Sie wusste, dass es albern war, einen so kindlichen Namen für ihren Vater zu verwenden, aber wenn sie mit ihm zusammen war, fühlte sie sich immer wie ein kleines Mädchen.

Zehn Minuten später kam ihr Vater wieder heraus und sah aus, als gehöre er nach Aspen Cove. Nun ... beinahe, wenn es da nicht die Zehntausend-Dollar-Uhr und den Zweihundert-Dollar-Haarschnitt gegeben hätte.

Tate nahm auf dem Stuhl neben der Couch Platz. „Wann treffen wir deinen Freund? Ich dachte, er würde dich begleiten, um uns abzuholen."

„Er wollte mitkommen, aber ich habe Nein gesagt. Ich wollte euch ganz für mich alleine haben."

Sie wusste, dass es eine dumme Antwort war, weil sie Sage mitgebracht hatte. Ihre Eltern erwiderten nichts, was ihr widersprochen hätte. Monatelang zu verschwinden, hatte ihre totalitäre Beziehung aus dem Gleichgewicht gebracht. Sie war überzeugt, dass sich ihre Eltern in dem Moment, in dem sie ihr Leben selbst in die Hand nahm, der Konsequenzen ihres Erziehungsstils der totalen Kontrolle bewusst wurden.

„Wie geht es Isabella und Nick?" Ihre beiden Geschwister besuchten noch das College. Sie studierten beide schon etwas länger und Katie hoffte, dass sie sich in der Zeit, die sie fern von zu Hause verbrachten, selbst finden würden.

Ihre Mutter sprudelte über bei der Gelegenheit, von ihren Kindern zu sprechen. „Isabella liebt die Universität in Los Angeles und Nick ist bereit, nach Dallas zurückzukehren. Sie sind beide den Sommer über zu Hause, wollen aber diesen Abschnitt in ihrem Leben zu Ende bringen."

Nick besuchte die Universität in New York für einen Abschluss in Betriebswirtschaft. Er würde das Versicherungsgeschäft ihres Vaters übernehmen, wenn er dazu bereit war, während Isabella zwischen verschiedenen Studiengängen wechselte. Zuerst hatte sie es mit Kunstgeschichte versucht, dann mit Ökologie, jetzt studierte sie Filmwissenschaften. Wie Katie musste Isabella nicht arbeiten. Im Gegensatz zu Katie arbeitete Isabella nicht gern.

Katie sah auf die Uhr, die auf dem Beistelltisch stand. „Apropos Leben, möchtet ihr die Menschen in meinem kennenlernen?"

KAPITEL SECHSUNDZWANZIG

„Trink ein Bier, es wird dich beruhigen." Cannon zapfte ein Pils in einen geeisten Bierkrug und stellte ihn vor Bowie. „Du siehst aus wie ein Tier, das in der Falle sitzt."

Er war minutenlang durch die ganze Bar getigert. „Ich bin es nicht gewohnt, so lange von Katie getrennt zu sein." Er umschloss das kalte Glas mit den Händen, aber er trank nicht.

„Wenn du das Bier nicht trinkst, mein Junge, dann gib es weiter", sagte der Doktor. „Und hör auf, mein Bier mit deinen Händen zu wärmen."

Bowie schob den Krug über den glatten Tresen. Als er in der Hand des Doktors ankam, spritzte der Schaum über den Krug und auf die Bar.

„Sage ist wieder wohlbehalten zurück, also geht es ihnen gut. Sie ist nach Hause gegangen, um nach Otis zu sehen."

Bowies Handy summte in seiner Tasche. Er zog es heraus und las Katies Nachricht. „Sie sind auf dem Weg." Er war noch nie zuvor so nervös gewesen, jemanden zu treffen, aber als Katie ihm heute Morgen erzählte, dass ihr Vater Versicherungsmanager war, hatte er Nachforschungen angestellt. Es schien, dass ein Spenderherz nicht die einzige Information war, die Katie zurückgehalten hatte. Ihr Vater war einer der reichsten Männer in den Vereinigten Staaten.

„Gib mir ein Bier", rief er seinem Bruder zu.

„Ich habe dir gerade eins gegeben, Spinner, und du hast es verschenkt." Cannon zapfte noch ein Helles und stellte es vor Bowie.

Er hob den Krug hoch. „Auf alles."

„Darauf trinke ich auch", sagte der Doktor.

Die Tür öffnete sich und Bowies Herz blieb stehen. Katie sah in ihrem Kleid wunderschön aus. Die untergehende Sonne reflektierte ihr blondes Haar, sodass sie zu strahlen schien. In seine besten Jeans und ein Button-down-Hemd gekleidet, eilte Bowie zu ihnen hinüber, um ihre Eltern zu begrüßen.

Er reichte zuerst ihrer Mutter die Hand, weil er Manieren hatte und Damen immer zuerst begrüßt wurden. „Es ist mir eine Freude, Sie kennenzulernen, gnädige Frau. Ich bin Bowie Bishop, der Freund Ihrer Tochter." Als er die Worte sagte, klangen sie falsch, weil Katie so viel mehr war als seine Freundin. Sie war sein Ein und Alles. Er wandte sich an ihren Vater, der ihn musterte, seit Bowie zu ihnen hinübergegangen war. „Ich freue mich auch sehr, Sie kennenzulernen. Ich habe viel von Ihnen gehört."

Das entsprach nicht ganz der Wahrheit. Er hatte viel über den Mann gelesen – genug, um Bowie das Gefühl zu geben, Katies Liebe nicht würdig zu sein. Er würde ihr nie das bieten können, woran sie gewohnt war, aber er erinnerte sich den ganzen Tag daran, dass sie hier war, weil sie etwas gefunden hatte, das sie sonst nirgendwo finden konnte. Er hoffte, dass er es war.

„Kann ich Ihnen einen Drink holen?" Bowie führte sie zu einem Tisch in der Nähe der Theke.

„Ich nehme irgendeinen Whisky, den es gibt", sagte Tate.

„Ich hätte gerne ein Glas *Duckhorn*", antwortete Sophia.

Als er sie verwirrt ansah, sagte Katie: „Sie nimmt den Hauscabernet."

Als er zum Tresen ging, lachte Cannon. „Du bist so was von am Arsch", flüsterte er.

„Halt die Klappe, Du Armleuchter, und hol mir die Getränke", flüsterte er zurück. Er wusste, dass sein Bruder die Bestellung gehört hatte. Außer Doktor Parker waren sie die einzigen Gäste im Lokal.

Bowie kehrte mit kohlensäurehaltigem Wasser für Katie, Wein für ihre Mutter und einem Glas *Jack Daniels* für ihren Vater zurück. Er hasste Small Talk, aber er beteiligte sich trotzdem daran, um das Eis zu brechen.

„Wie war der Flug?" Er hätte sich am liebsten selbst geohrfeigt. Er war sich sicher, dass der Flug großartig gewesen war. Wie könnte es anders sein, wenn es sich um einen Privatjet handelte?

„Er war gut. Kennen Sie sich mit Flugzeugen aus?"

Bowie sandte ein stilles *Dankeschön* an die Gesprächsgötter. „Ja, das tue ich. Flugzeuge haben mich schon immer fasziniert. Ich habe acht Jahre damit verbracht, aus ihnen herauszuspringen."

„Tatsächlich?"

„Es ist eine Art Voraussetzung, um in einer Spezialeinheit zu sein."

Tate sah seine Tochter an. „Ich wusste nicht, dass er Soldat war, Katie."

Sie sah ihre Mutter an, die einen Schluck Wein trank und ein Gesicht zog, als hätte sie gerade Autowachs verzehrt. „Ich habe es Mama erzählt. Ich dachte, sie würde das weitergeben."

Tate sah seine Frau kopfschüttelnd an und wandte sich

dann wieder Bowie zu. „Waren Sie an Kampfeinsätzen beteiligt?"

Die Schmerzen, die Bowie in seinem Bein, seinem Rücken und Bauch verspürte, erinnerten ihn daran, wie viel Kampfgeschehen er gesehen hatte.

„Mehr als ich wahrhaben möchte."

„Er hat eine ganze Schachtel mit Orden und Medaillen." Unter dem Tisch verschränkte Katie ihre Finger mit seinen. „Er ist ein Held, Papi."

„Ein Held?"

Bowie stieß Katie spielerisch mit seiner Schulter an. „Sie übertreibt."

„Das tue ich nicht. Ernsthaft, er hat drei von diesen *Purple Heart*-Verwundetenabzeichen."

Bowie war peinlich berührt, denn angeschossen zu werden war nichts, worauf er jemals stolz gewesen war. Seine Kameraden zu retten war das, woran er seinen Erfolg maß.

Tates Hand schlug ihm hart auf den Rücken. „Ich bin sehr stolz auf Sie. Ich wollte auch immer in der Armee dienen, aber mein Vater hatte andere Pläne für mich."

„Wenn Sie ein *Purple Heart* haben, dann wurden Sie tatsächlich verwundet." In Sophias Stimme klang ein besorgter Unterton.

Bowie nickte mit dem Kopf. „Ja, gnädige Frau. Ich wurde angeschossen und niedergestochen, aber ich bin lebend zurückgekommen."

Es gab einen Moment der Stille, bevor Sophia erneut sprach. „Das mag unsensibel erscheinen, aber nach meinem Verständnis gehörte das Herz in der Brust meiner Tochter einst Ihrer Verlobten."

Bowie hatte das erwartet. Er war überrascht gewesen, dass es nicht das Erste war, was aus dem Mund ihrer Eltern kam.

„Sie haben recht. Es war, gelinde gesagt, ein Schock. Bin ich vielleicht in das Herz Ihrer Tochter verliebt?“ Bowie lehnte sich zurück und trank einen Schluck Bier. „Das bin ich, aber nicht, weil es Brandy gehörte. Ich liebe Ihre Tochter, weil sie das größte Herz hat, das ich kenne. Es ist *ihr* Herz.“ Er wandte sich an Doktor Parker. „Dieser kluge Mann hier, den ich kenne, hat mir eine wichtige Frage gestellt, und ich werde Ihnen dieselbe stellen. Wenn Ihr Flugzeug einen neuen Motor bräuchte und Ihr Freund einen unbenutzten in seiner Garage liegen hätte und ihn Ihnen geben würde, wäre es jetzt sein Flugzeug oder immer noch Ihres?“

Tate antwortete direkt: „Es wäre mein Flugzeug.“

Sophia nickte zustimmend.

Bowie legte seine Hand über Katies Herz. „Das ist Katies Herz und meins gehört ihr auch.“

Sie verbrachten eine Stunde in der Bar, wo sie den größten Teil der Einwohner kennenlernten. Niemand kam unbemerkt nach Aspen Cove. Während Katies Mutter eher abweisend war, wurde ihr Vater schnell heimisch.

Nachdem sie ihre Getränke zu sich genommen hatten, gingen sie die Straße entlang zu *Maisey's Diner*. Maisey hatte eine Saisonhilfe eingestellt. Eine Frau namens Meg nahm ihre Bestellung entgegen, aber es war Dalton, der sie ihnen brachte. Er kam immer heraus ins Lokal, wenn seine Freunde da waren.

Katie stand auf und warf ihre Arme um seinen Hals, nachdem er die Teller serviert hatte. „Das ist Dalton. Er war mein zweiter Freund in der Stadt.“

Wäre es ein anderer Mann gewesen, hätte Bowie vor Eifersucht gekocht, aber er verstand, dass die Beziehung zwischen den beiden eher geschwisterlich war.

Er zog einen Stuhl heran, während die Gruppe aß und über Kochen und die Stadt sprach. Es war lustig zu sehen, wie sich ein so großer Mann für paniertes Steak und Aspen Cove begeistern konnte, aber Dalton hatte eine schwierige Kindheit gehabt. Ohne Aspen Coves Mantra „Wir kümmern uns um unsere eigenen Leute", hätten Dalton und seine Mutter es nicht geschafft. Es war Doktor Parker gewesen, der den *Diner* damals für eine gute Idee hielt. Er und seine Frau finanzierten den Laden, bis Maisey den Kredit tilgen konnte. Als er aufwuchs, war Dalton auch für Bowie immer mehr wie ein Bruder gewesen. Verdammt, wenn sein Vater seine Gefühle für Maisey legalisieren würde, wäre Dalton sein Stiefbruder.

Als eine Touristengruppe hereinkam, verabschiedete sich Dalton.

Tate verschlang seinen Teller mit Hausmannskost, während Sophia in ihrem Essen herumstocherte. „Isst du oft hier?", fragte sie Katie.

„Oft genug."

„Das ist wahrscheinlich der Grund, warum du zugenommen hast."

Bowies Nacken wurde vor Verärgerung heiß. Katie war perfekt.

„Ich bin nicht zu dick, Mama. Doktor Parker hat mich vor ein paar Wochen untersucht und gesagt, ich sei so gesund wie ein Pferd."

„Du vertraust dem Urteil eines Landarztes? Du gehst nicht mehr zum besten Kardiologen der Welt, sondern lässt dich von einem Mann untersuchen, der sich wahrscheinlich um Menschen, Schweine und Kühe kümmert."

„Und Vögel", witzelte Katie.

Gerüchten zufolge hatte er einen Vogelflügel zu Hause bei Sage behandelt. So wie sie es beide erzählten, war das der Beginn ihrer Freundschaft gewesen. Bowie wünschte sich nur, er hätte Sage mit dem Vogel in ihren Haaren gesehen.

„Aber mal im Ernst", sagte ihre Mutter. „Hierzubleiben wird deinen Tod bedeuten."

Tate legte seine Hand auf die seiner Frau. „Nun Schatz, du kannst sehen, dass sie gesund und glücklich ist."

Katie nahm sich eine Minute Zeit und wandte sich dann an ihre Mutter. „Papa kann den Jet in einer Stunde startbereit haben, wenn du nicht aufhörst. Aspen Cove ist nicht mein Tod. Es ist mein Leben."

Als Tate einen größeren Geldbetrag aus seiner Brieftasche zog, um das Abendessen zu bezahlen, hielt Bowie ihn zurück.

„Sie sind alle eingeladen." Er bezahlte bei Meg und erhob sich vom Tisch. „Ich bringe dich und deine Eltern über die Straße." Es brach ihm das Herz, sie mit ihnen allein zu lassen. Ihr Vater schien in Ordnung zu sein, aber ihre Mutter war eher schwierig.

Tate sah auf seine Uhr. „Für uns ist es schon eine Stunde später. Warum bleibt ihr Kinder nicht und amüsiert euch?" Er lächelte Katie an. „Ich bringe deine Mutter nach Hause und ins Bett. Vielleicht ist sie morgen ausgeruht und netter."

Sophia schnappte nach Luft. „Ich bin nett. Ich mache mir nur Sorgen um meine Tochter."

Tate lachte. „Schau dich um, Sophia. Sie könnte nicht sicherer sein als hier. Zum Teufel, ihr Freund ist ein verdammter Elitesoldat. Ich denke, das verdient unser Vertrauen." Er half seiner Frau beim Aufstehen. „Ist die Tür abgeschlossen?"

Katie nickte, gab ihnen aber ihre Schlüssel. „Bis später, Papi." Sie stand auf und küsste ihn auf die Wange. „Danke." Sie wandte sich an ihre Mutter und tat dasselbe. „Hab dich lieb, Mama."

Sobald sie aus der Tür gegangen waren, drückte Katie ihr

Gesicht an seine Brust und atmete ihn ein. „Es tut mir so leid. Ich habe dir gesagt, dass sie unmöglich ist."

„Herzogin, sie benimmt sich einfach wie eine Mutter." Bowies Mutter war nie so gewesen, aber andererseits war er in Aspen Cove aufgewachsen.

Sie spazierten die nächste Stunde durch die Stadt, bis sie an einem leeren Grundstück am anderen Ende der *Main Street* ankamen.

„Das hier war mal der Park." Er konnte immer noch die Umrisse des ehemaligen Baseballplatzes erkennen.

„Was passierte damit?"

Er brachte sie zu einer Rasenfläche, setzte sich und zog sie auf seinen Schoß. Seine Hände lagen auf ihren Hüften. Sein Kinn ruhte auf ihrer Schulter. Er konnte sich nicht erinnern, dass er sich jemals zufriedener gefühlt hatte. Am liebsten hätte er sie mit zu sich nach Hause genommen und mit ihr geschlafen, aber da wartete ein kleiner, pelziger Teufelskerl darauf, morgen auf ihrer Geburtstagsparty sein Debüt zu geben.

„Als die Papierfabrik geschlossen wurde, verschwanden auch die Arbeitsplätze und die Dienstleistungen. Die Stadt konnte sich das alles nicht mehr leisten, und so wurde die Abteilung für Parks und Freizeitgestaltung aufgelöst." Er war zu diesem Zeitpunkt fast erwachsen gewesen, aber er hatte schöne Erinnerungen an endlose Tage in diesem Park.

Sie lehnte sich an ihn und schaute über das mondbeschienene Gelände. „Was machen die Kinder jetzt?"

„Ich stelle mir vor, sie bleiben drinnen und schauen fern oder spielen Videospiele."

„Das ist furchtbar. Sie brauchen einen Ort zum Laufen, Wachsen und Spielen."

„Ich würde auch gerne spielen." Bowie schlang seine

Arme um ihre Mitte und ließ sie beide zu Boden gleiten. „Vielleicht machen die Kinder im hohen Gras rum wie wir."

Er zog sie an seine Seite, sodass sie ihn anschaute. Sie war so wunderschön im Mondschein. Als er sie küsste, entfuhr ihr dieses kleine Stöhnen, das sein Blut wie Lava durch seine Adern fließen ließ. Keine Frau hatte ihn jemals mit einem Kuss so erregt.

KAPITEL SIEBENUNDZWANZIG

„Herzlichen Glückwunsch zum Geburtstag, mein Schatz." Katies Vater überreichte ihr eine kleine weiße Schachtel.

Da Sage ihre Mutter zur Hausbesichtigung in das *Bed & Breakfast* mitgenommen hatte, waren sie eine Minute unter sich. Am Ende des Bootsstegs von Bowies Elternhaus öffnete sie ihr Geschenk. Auf einem Bett aus Samt lag ein zerbrochenes goldenes Herz, das mit dem Wort „Liebe" zusammengefügt war.

„Es ist perfekt."

Sie nahm die Halskette heraus und drehte sich um, damit ihr Vater sie ihr anlegen konnte. Sie reichte bis über die gezackte Narbe auf ihrer Brust – eine Narbe, die sie mit Stolz trug, nachdem sie Bowie ihr Herz geschenkt hatte.

„Wo ist das Geburtstagskind?", brüllte der Doktor vom Ende des Stegs. Er hielt einen Karton in die Höhe. „Ich habe Geschenke mitgebracht."

Sie sah ihren Vater an.

„Geh und hol dein Geschenk. Es ist dein Geburtstag." Katie rannte bis zum Ende, wo der Doktor wartete.

„Am besten nicht vor Ihrem Vater aufmachen."

„Warum?“ Sie öffnete eine Ecke und wusste es sofort. „Ernsthaft, Doktor Parker? Kondome?“

„Was schenkt man einem Mädchen, das alles hat?“

Sie legte ihren Arm in seinen und geleitete ihn zu Sages Terrasse, wo Cannon Hamburger und Bratwürste grillte.

„Hey, Geburtstagskind. Wo ist mein Bruder?“

Katie sah sich um. „Er ist vor ein paar Minuten mit deinem Vater verschwunden.“ Sie sah sich die riesige Kondomschachtel an. „Kannst du die für mich verstecken?“

Cannon schaute auf die Stelle, wo sie die Ecke geöffnet hatte. „Ahhh. Ich lege sie für später weg.“ Er reichte die Grillzange an Doktor Parker weiter. „Sie sind der neue Grillmeister.“

Katie ging die Stufen hinunter und schaute auf das Wasser. Seine Oberfläche kräuselte sich mit der leichten Brise. Die Espen und Kiefern ragten rund um das Ufer in die Höhe und umschlossen den See in einer grünen Umarmung. Sie war auf der ganzen Welt gewesen, aber kein Ort war so friedlich und anheimelnd wie Aspen Cove.

„Da bist du ja wieder.“ Bowie ging mit einem Geschenk in der Hand auf sie zu. „Du musst das jetzt sofort öffnen. Ich bin mir nicht sicher, wer aufgeregter ist, ich oder das Geschenk.“

Sie lachte, weil Bowie ihr einmal gesagt hatte, dass er nicht gut im Rätselraten sei, und doch gelang es ihm, selbst ein paar Rätsel aufzugeben. Hinter ihm gingen Sage und Cannon, Ben und ihre Eltern. Der Doktor hob sein Bier und die Zange grüßend von seinem Standort auf der Terrasse. Maisey und Dalton bildeten das Schlusslicht. In Daltons Händen befand sich ein mit brennenden Kerzen bestückter Kuchen. Es war erstaunlich, wie viel Hitze neunundzwanzig Kerzen erzeugen konnten, aber sie spürte sie aus der Entfernung.

Als die Gruppe näherkam, begannen sie mit einem Ständchen für sie. Sie atmete tief ein und pustete die Kerzen aus. Sie brauchte zwei Versuche, aber sie schaffte es. Manch einer würde daher sagen, dass sie sich ihren Wunsch daher nicht verdient hatte, aber wenn sie sich die Menschen um sie herum ansah, war dieser bereits in Erfüllung gegangen.

„Wer hat den Kuchen gebacken?" Er war perfekt und sie wusste, dass es auf einer Seite keinen zentimeterhohen Zuckerguss geben würde, um einen Fehler zu vertuschen.

„Dalton hat den Kuchen gebacken", sagte Bowie. Er stolperte zur Seite und ließ beinahe den Karton fallen. „Du musst ihn jetzt aufmachen." Die Kiste wackelte wieder in seinen Händen. „Ich halte sie. Du nimmst den Deckel langsam ab."

Katie griff nach dem Deckel. „Bowie Bishop, wenn mir jetzt irgendwas ins Gesicht springt, um mich zu erschrecken, steckst du in großen Schwierigkeiten."

„Das werden wir sehen." Er schenkte ihr ein Lächeln, das ein schwächeres Herz zum Stillstehen bringen könnte.

Aus Angst, dass er ihr einen Streich spielte, beugte sie sich zur Seite, bevor sie den Deckel hochhob. „Oh, mein Gott." Sie nahm das braune, zappelnde Fellbündel heraus und in ihre Arme. „Du hast mir einen Welpen geschenkt!"

Bowie warf die Kiste zu Boden und schlang seine Arme um sie und den Welpen. „Ich habe dir ein Kind geschenkt." Er griff zwischen sie und hob die kleine Hundemarke in Form eines Knochens hoch, auf dem „Bishop" eingraviert war.

„Ich liebe dich." Sie hob ihr Kinn, damit sie ihn küssen konnte.

Bowie kam ihr auf halbem Weg entgegen und gab ihr einen Kuss, an den sie sich noch lange erinnern würde. Sie ignorierte die Menge um sie herum und verlor sich in seiner Liebe.

Als der Doktor rief: „Die Würstchen sind fertig", lachten alle.

Aus Bowies Gesäßtasche kam eine Leine zum Vorschein, die er an Bishops Halsband befestigte. „Paps hat ihm beigebracht, an der Leine zu laufen. Er ist ein kluger Hund."

Katie lächelte ihn an. „Natürlich ist er klug. Er ist unser Sohn." Sie setzte Bishop auf den Boden und brachte ihn zur Terrasse, wo Sage Tische mit Salaten, Chips und Brötchen gedeckt hatte. Jeder stapelte Essen auf seinen Teller und suchte sich eine Sitzgelegenheit.

Katie saß neben Bowie. Bishop lag ihr zu Füßen. Ihr war schwindlig vor Glück, aber sie war müde. Die ganze Aufregung des Tages hatte sie erschöpft. Sie gab Sage ein Zeichen, die sofort herüberkam.

„Brauchst du etwas, Geburtstagskind?"

Katie spürte, wie die Welt anfing, sich zu drehen. „Ich muss mich kurz hinlegen. Kann ich dein Zimmer benutzen?" Sage war diese Woche aufgrund des Feiertags am vierten Juli ausgebucht.

Ein besorgter Ausdruck zerfurcht ihre Stirn. „Ich bringe dich hin."

Katie gab Bowie die Hundeleine. „Kannst du auf unser Kind aufpassen? Ich gehe für ein paar Minuten rein."

„Bist du okay?"

Sie nickte und stieß sich vom Stuhl hoch, aber die Welt drehte sich wieder. „Bowie?" Röte bedeckte ihre Haut, und ihre Knie gaben unter ihr nach, als sie nach ihm griff, um sich festzuhalten.

Innerhalb von Sekunden hatte er sie auf seine Arme genommen und Sage führte sie in Cannons und ihr Schlafzimmer. „Ich fühle mich nicht gut."

Bowie legte sie aufs Bett und legte seine Hand auf ihre

Stirn. Er wandte sich an Sage. „Hol den Doktor, sie hat Fieber."

Innerhalb von Sekunden war der Raum voller Menschen. Es erinnerte Katie an die Nacht vor ihrer Operation, als alle kamen, um sie zu besuchen.

„Macht Platz, alle miteinander." Doktor Parker schlurfte herein und stellte seine schwarze Tasche auf den Nachttisch.

„Sie machen Hausbesuche?", fragte Katie mit schwacher Stimme.

„Nicht, wenn ich es vermeiden kann." Er zog das Stethoskop aus seiner Tasche. „Wollen Sie Publikum?"

Katie sah sich im Zimmer um. Die Hand ihrer Mutter bedeckte ihren Mund. Ihr Vater schien Sophia zu stützen.

„Mir geht es gut, ich bin nur müde. Geht und genießt das Grillen. Ich bin in ein paar Minuten wieder draußen."

Katies Vater schleifte seine Frau fast aus dem Zimmer. Die anderen folgten, bis auf Bowie.

„Ich bleibe." Es war eine Tatsachenfeststellung. Er legte seine große Hand um ihre kleine und setzte sich auf die Bettkante.

Der Doktor schob Katies Bluse hoch und drückte das kalte Stethoskop auf ihre Brust. Sein Kopf bewegte sich schnell. Seine Augen beobachteten den Sekundenzeiger auf seiner Uhr.

„Die kleine Pumpe ist in Ordnung." Er legte sich das Instrument um den Hals. „Wie haben Sie sich in letzter Zeit gefühlt?"

Katie rutschte zurück und lehnte sich an das Kopfteil – eines vergleichbar mit dem, das Cannon für Bowie und Brandy angefertigt hatte.

„Ich war müde, aber ansonsten ging es mir großartig."

Bowie schüttelte den Kopf. „Sie hat sich heute Morgen übergeben."

Der Doktor runzelte die Stirn. „War es nur heute Morgen oder ist das schon öfter passiert?"

Bowie starrte in ihre Richtung.

„Schon ein paarmal."

„Morgens?"

„Was? Nein." Sie sah Bowie an, dessen gebräunte Haut gespenstisch weiß wurde. „Ernsthaft?"

Der Doktor öffnete seine Tasche und warf das Stethoskop hinein. „Kondome haben eine Versagerquote von zwei bis fünfzehn Prozent. Zwei, bei sachgemäßer Verwendung."

Katie setzte sich auf. Ihre Hände flogen zu ihrem Bauch. War es möglich, dass sie schwanger war? „Sie glauben, ich bin schwanger?"

„Moment mal", sagte Bowie. Er stand vom Bett auf und fuhr sich mit den Händen durch seine Haare. „Sie hatte ihren Zyklus."

„Normal?", fragte der Arzt.

Katie zuckte mit den Schultern. „Ich bin mir nicht sicher, was normal ist. Mit meinen Immunsuppressiva ist nichts normal."

„Du bist schwanger. Ich habe dich geschwängert." Die Worte waren wie ein gequältes Aufheulen. „Verdammt! Ich habe dich so gut wie umgebracht."

„Was? Nein, du hast nichts dergleichen getan. Du hattest keinen Sex mit dir alleine."

„Vielleicht hätte er es tun sollen, dann wären Sie jetzt nicht in dieser misslichen Lage."

„Einen Augenblick mal", schrie sie. „Sie wissen ja gar nicht, dass ich schwanger bin."

Die Tür öffnete sich weit und Katies Mutter stand da, schreckensbleich und mit einem entsetzten Gesichtsausdruck. „Was meinen Sie damit, dass sie schwanger ist?" Das letzte Wort wurde zu einem Schrei.

„Ich bin nicht schwanger." Katie schwang ihre Füße aus dem Bett und versuchte aufzustehen, aber der Positionswechsel ließ sie schwanken.

Bowie eilte zu ihr und nahm Katie schwungvoll in seine Arme. „Sie ist schwanger. Ich weiß es."

„Es gibt nur einen Weg, das herauszufinden." Der Doktor schloss seine Tasche und ging zur Tür. „Wir treffen uns in der Praxis."

Als Doktor Parker im Flur verschwand, stürmte Sophia auf Bowie zu. „Wenn Sie meine Tochter wirklich lieben würden, hätten Sie sich um sie gekümmert. Eine Schwangerschaft ist so gut wie eine Pistole an ihrem Kopf."

Katie befreite sich aus Bowies Armen und stellte sich neben ihn. „Mutter. Ich werde es nicht dulden, dass du mir alles verdirbst. Du gehst jetzt besser." Katie wies mit dem Finger auf die Tür.

„Ich, alles verderben?" Sophia stand herausfordernd vor Bowie. „Er verdirbt alles." Sophia zog ihre Hand zurück, holte aus und traf Bowies Wange mit genug Kraft, dass sein Kopf zurückschleuderte. „Wenn sie schwanger ist, bringe ich Sie eigenhändig um."

„Sophia!" Tate stand in der Tür. „Du kommst jetzt mit mir."

Katies Mutter ging auf ihren Ehemann zu.

„Mama. Du hörst mir jetzt zu und zwar gut. Ich würde jede Minute meines Lebens für eine weitere mit ihm eintauschen."

Die Tür schloss sich hinter ihnen und Bowie fiel vor Katie auf die Knie. „Es tut mir so leid."

Katie hatte nur einmal einen Mann weinen sehen. Es war an dem Tag gewesen, an dem man sie in den Operationssaal schob. Ihr Vater hatte bis zur letzten Minute ihre Hand gehalten, und als sie ihn anschaute, konnten seine Augen die

Tränen nicht mehr zurückhalten. Sie schaute auf Bowie herab und seine sahen ganz genauso aus.

„Ich kann ohne dich nicht leben."

Katie fiel vor ihm auf die Knie. „Du musst nicht ohne mich leben. Jetzt hol unseren Sohn und lass uns herausfinden, ob du Papa wirst."

„Katie, du kannst dieses Baby nicht bekommen. Selbst du hast mir gesagt, dass es nicht empfohlen wird. Es ist nicht sicher. Es ist nicht richtig."

„Bowie Bishop, haben wir jemals etwas richtig gemacht?"

Sie lehnte sich an seine Brust und atmete seinen beruhigenden Duft ein. Sie hatte noch nie solche Angst gehabt, aber sie fürchtete nicht um ihr Leben, sondern um das des ungeborenen Kindes, das vielleicht in ihr lebte.

KAPITEL ACHTUNDZWANZIG

Die Praxis zu betreten war, wie vor ein Erschießungskommando zu treten. Bowie hielt Katies Hand in seiner. Obwohl sie äußerlich komplett ruhig wirkte, verriet die Art und Weise, wie ihr Körper zitterte, das Gegenteil.

„Wir bringen das hier hinter uns, damit wir uns um dich kümmern können."

Sie warf ihm einen Blick zu, der so tödlich war wie ein gezielter Schuss. „Hast du nichts gelernt?" Sie zog ihre Hand aus seiner. „Ich kann auf mich selbst aufpassen."

Sie marschierte durch die Tür, die zum Untersuchungsraum führte. Er war ihr dicht auf den Fersen, gefolgt von Tate und Sophia. Letztere hatte ihm wüste Beschimpfungen entgegengeschleudert, seit sie in Sages Zimmer gestürmt war. Zweifellos hatte Sophia die ganze Zeit vor der Tür gestanden und gelauscht.

„Ich weiß, dass du das kannst, aber ist es so schlimm, dass ich mich um dich kümmern will?"

„Dich um mich kümmern? Nein. Mich kontrollieren? Ja." Sie hüpfte auf den Tisch. „Wenn du helfen willst, sag dem Doktor, dass wir hier sind."

Bowie nickte und ging hinaus, aber er hörte, wie Katie sich mit ihrer Mutter anlegte. Da der Laden des Doktors leer war, entging ihm keines ihrer Worte.

„Weißt du, warum ich fortgegangen bin, Mama?“

„Ja. Du wolltest Unabhängigkeit.“

„Das bedeutet, Entscheidungen für mich selbst zu treffen. Wenn du ein Teil meines Lebens sein willst, musst du dich zurückhalten und es mich leben lassen.“

Ihre Stimmen verblassten, als Bowie nach oben zur Wohnung des Arztes rannte. Sie war ähnlich ausgestattet wie Katies, obwohl ihre bei Weitem schöner war.

„Alles in Ordnung, mein Junge?“

Bowie drückte sich an die Wand, damit der Doktor in dem engen Treppenhaus an ihm vorbeikommen konnte. „Nein, nicht wirklich. Ich habe endlich mein Herz geöffnet und Liebe gefunden und ein Todesurteil über sie verhängt.“

„Spann nicht den Karren vor das Pferd. Lass uns sehen, was los ist. Wenn sie schwanger ist, werden wir den besten Plan austüfteln.“

„Sie muss das Baby loswerden.“

Doktor Parker atmete heftig aus. „Hast du wirklich nichts über Frauen gelernt – insbesondere über diese Frau? Sie möchte nicht kontrolliert werden, sie möchte unterstützt werden. Die Entscheidung liegt nicht bei dir. Es ist ihre. Wenn sie schwanger ist und dieses Baby haben will, wird sie es tun. Ich habe noch nie in meinem Leben eine entschlossenere Frau getroffen. Sie macht Phyllis Konkurrenz mit ihrer Sturheit.“ Der Doktor nahm einen langen Atemzug und seufzte laut beim Ausatmen. „Liebst du sie?“

Bowie folgte ihm die Treppe hinunter. „Mehr als alles andere.“

„Dann wirst du sie unterstützen, egal was passiert.“

Bowie schluckte den Kloß herunter, der in seinem Hals steckte. „Das werde ich."

Der Doktor schnappte sich ein paar Schwangerschaftstests aus dem Regal und ging in das Zimmer, in dem Katie immer noch mit ihrer Mutter sprach.

„Du hattest dein Leben, Mama. Lass mich meins haben, egal, wie lang es sein wird." Sie blickte an ihren Eltern vorbei zu Bowie. „Ich bin glücklich. Ich bin verliebt."

Bowie ging auf sie zu und legte einen Arm um ihre Schulter. „Bist du okay?"

Ein schwaches Lächeln hob ihre Mundwinkel. „Ja, aber kannst du mir helfen, etwas zu klären?"

„Alles, was du willst, Herzogin."

Sie legte ihre Hand über ihr Herz. „War Brandy gesund?"

„Ja. Sie hatte keine medizinischen Probleme, von denen ich wusste."

Katie reichte ihrer Mutter ihre freie Hand. „Sie war gesund, Mama. Sie ist an diesem Tag gesund, glücklich und verliebt aufgewacht."

Ihre Augen richteten sich auf Bowie. Er konnte die Liebe in ihren strahlendblauen Augen sehen, aber er sah auch Traurigkeit. Er war sich nicht sicher, ob es daran lag, dass sie möglicherweise vor einer schweren Krise standen oder weil sie es hasste, über seine alten Wunden zu reden. So, wie er Katie kannte, lag es daran, dass sie ihm nicht wehtun wollte.

„Was willst du damit sagen?", fragte Sophia.

„Ich will sagen, dass es für niemanden Garantien gibt. Brandy erwachte an einem ganz normalen Tag. Sie erledigte ihre alltäglichen Arbeiten und stieg in ein Auto, um eine Besorgung zu machen, und im Bruchteil einer Sekunde war ihr Leben vorbei."

Bowie berührte mit der Hand die Narbe in seinem

Gesicht. Es war eine sichtbare Erinnerung daran, wie schnell sich die Dinge ändern konnten.

„Ich habe ein Spenderherz. Mein Leben ist mit Risiken behaftet, aber nicht gefährdeter als jedes andere Leben auch. Also hör auf damit.“ Sie sah sich im Zimmer um und schaute ihre Eltern und ihn an. „Soll ich diesen Test machen und sehen, wohin uns das nächste Kapitel führt?“

„Ich werde Blut abnehmen und es ins Labor schicken, aber mal schauen, ob wir mit diesen Dingern hier kein vorläufiges Ergebnis erzielen können.“ Der Doktor gab ihr zwei verschiedene Schwangerschaftstests und zeigte auf das Badezimmer.

Bowie schleppte mehrere Stühle aus dem Flur heran und stellte sie an die Wand, damit sie alle sitzen konnten. Er setzte sich und wandte sich an Sophia.

„Ich liebe Ihre Tochter wirklich und egal wie das Ergebnis aussieht, ich werde sie unterstützen und auf sie aufpassen.“

Bowie konnte den Moment der Niederlage und der Resignation in dem Moment erkennen, als er Katies Mutter überkam. Ihre Gesichtszüge wurden weicher, und die scharfen Blicke, mit denen sie ihn durchbohrt hatte, wurden stumpfer.

„Ich weiß, dass Sie das tun. Und sie liebt Sie. Da sie kein eigenes Kind haben, können Sie nicht verstehen, was ich empfinde. Ich habe neunundzwanzig Jahre damit verbracht, sie zu beschützen.“

Tate räusperte sich. „Vielleicht ist es Zeit, dass du die nächste Phase ihres Lebens damit verbringst, sie zu genießen. Sie hat recht, weißt du. Das Leben ist keine Garantie. Lebe im Augenblick.“

Katie kam mit zwei Stäbchen aus dem Badezimmer. Eines in jeder Hand. „Was ist, wenn wir kein eindeutiges Ergebnis bekommen?“ Sie reichte beide dem Doktor, der sie auf den

Labortisch stellte und sich darauf vorbereitete, ihr Blut abzunehmen.

„Ich habe einen Dritten da draußen, den wir als Entscheidungshilfe verwenden können." Er legte ihr ein elastisches Band um den Arm und ließ sie einen Gummiball festhalten. Er klopfte ein paarmal auf ihre Armbeuge, stach die Nadel in die Vene und zog die Kanüle auf, bis sie sich füllte. Der Doktor klebte ein Snoopy-Pflaster auf die Einstichstelle und schob ihr ein Pfefferminzbonbon in den Mund, bevor sie ein Wort sagen konnte.

Sie warteten. Katie und Bowie starrten die Tests auf dem Tisch an, während der Doktor, Tate und Sophia ihre Augen auf die Uhr geheftet hatten. Als die vorgegebene Zeit verstrichen war, verkündete der Doktor die Ergebnisse.

„Es ist eindeutig." Er hob die beiden Tests, vor der Gruppe stehend, in die Höhe. Einer hatte zwei hellrosa Streifen, und auf dem anderen stand ganz deutlich schwanger, 3+. „Sie können Ihr Geburtstagsgeschenk gerne gegen Windeln eintauschen, da Sie das, was ich Ihnen geschenkt habe, eine Weile nicht brauchen werden."

Bowie wusste nicht, wie er sich fühlen sollte. Ein Teil von ihm wollte sich in eine Ecke verkriechen und dort sterben. Ein anderer Teil wollte vor Freude in die Luft springen. Sein Kind wuchs in Katie, aber könnte er riskieren, ein Leben zu verlieren, in der Hoffnung, ein anderes in die Welt zu setzen? Dann erinnerte er sich daran, was sie ihnen Minuten zuvor gesagt hatte. Nichts im Leben war sicher.

„Oh mein Gott … ich bin schwanger?" Verschwunden war das schwache Lächeln und an dessen Stelle trat die Sonne, die sie von innen heraus strahlen ließ. „Ich wäre nie auf die Idee gekommen, das auf meine Lebenstraum-Liste zu setzen." Sie griff nach ihrer Tasche und holte das Tagebuch heraus, in dem sie ihre Träume niederschrieb.

Bowie sah zu, wie sie *ein Baby bekommen* auf eine leere Zeile schrieb.

Sophia stand auf und kam zu ihrer Tochter herüber. „Katie, bist du –“

„Mama, ich weiß, was du sagen wirst. Tu es nicht.“

Sophia stöhnte frustriert auf. „Du irrst dich. Ich wollte fragen, ob du dir nächsten Monat für eine Woche freinehmen kannst, damit wir für das Baby einkaufen können.“

„Wirklich?“ Tränen liefen über Katies Wangen.

„Ich schicke den Jet“, sagte Tate. Er sah Bowie an. „Mein Junge, was sind deine Absichten bezüglich meiner Tochter?“

„Ich habe vor, sie zu lieben und für den Rest meines Lebens für sie zu sorgen.“

„Das klingt großartig, aber willst du sie heiraten? Wir sind in dieser Hinsicht altmodisch.“

„Papi“, kreischte Katie. „Bowie und ich machen nichts auf traditionelle Weise.“

Sie hatte recht. Sie hatten sich geküsst, bevor sie Händchen hielten. Sie hatten zusammen geschlafen, bevor sie eine Verabredung hatten. Sie hatten ein Baby gezeugt, bevor sie über eine Ehe nachgedacht hatten. Es war unkonventionell, aber es funktionierte für sie.

„Ich heirate sie noch heute, wenn sie mich will.“

„Auf gar keinen Fall“, sagte Katie mit einem Anflug von Humor. Alle sahen sie überrascht an. „Wenn du denkst, dass ich es dir leicht machen werde, indem ich meinen Geburtstag und Hochzeitstag am selben Tag feiere, bist du verrückt. Ich werde mich nicht um ein zusätzliches Geschenk oder einen zusätzlichen Tag zum Feiern bringen.“

Bowie nahm ihr Gesicht zärtlich in seine Hände. „Ich liebe dich. Jeder Tag ist ein Tag zum Feiern, aber ich werde dich heiraten.“ Er legte eine Hand auf ihren Bauch. „Ich werde der beste Vater und Ehemann sein, der ich sein kann.“

Ihr Vater wandte sich an Doktor Parker. „Was schulde ich Ihnen, Doktor?“ Tate zog seine Brieftasche heraus und versuchte, ihm einen größeren Schein zu geben.

Der Doktor winkte ab. „Nichts. Geld ist nicht die wertvollste Währung hier in Aspen Cove. Wir kümmern uns um einander.“

„Sicher kann ich mich irgendwie erkenntlich zeigen?“

Der Doktor lächelte. „Habe ich richtig gehört, dass Sie einen Jet besitzen?“

Tate lachte. „Steht zu Ihrer Verfügung.“

KATIES ELTERN BLIEBEN LANGE GENUG, um ihren neuen Kardiologen kennenzulernen, Dr. Holland in Copper Creek. Nachdem er sie gründlich untersucht hatte, erklärte er allen, dass Empfänger von Spenderherzen zwar ein hohes Risiko für eine Schwangerschaft hätten, es jedoch keinen Grund zu der Annahme gebe, dass Katie kein gesundes Kind zur Welt bringen würde.

Während er den Ultraschall vorbereitete, skizzierte er die Risiken von einer Infektion bis zu einer vorzeitigen Entbindung. Er erklärte Katies Fieber und die Notwendigkeit, ihre Medikamente gegen Abstoßung anzupassen. Als er Gel auf ihrem Bauch verteilte und dann die Sonde darauf legte, wurde es still im Raum, bis auf den schnell pochenden Rhythmus, der durch die Luft schwebte.

Alle Augen richteten sich auf den Monitor, auf dem ein klar erkennbares Baby in Katies Mutterleib kuschelte, sein Herzschlag ein schnelles Flackern auf dem Bildschirm.

„Ihr Baby sieht perfekt aus“, sagte Doktor Holland. „Er oder sie ist ungefähr elf Wochen alt, wiegt circa dreißig Gramm und hat die Länge Ihres kleinen Fingers.“

Sophia brach in Tränen aus, gefolgt von einem Lachen. „Ich habe dir doch gesagt, du hast zugenommen."

Alle lächelten über ihren Scherz.

„Können Sie schon das Geschlecht feststellen, Doktor Holland?", fragte Tate.

„Mit diesem Apparat geht das noch nicht, aber wir sollten es beim nächsten Termin erkennen können. Das heißt, wenn Sie es wissen wollen."

Katie sah Bowie an. „Willst du es wissen?"

„Natürlich will er es wissen", sagte Sophia. „Es erleichtert das Einkaufen."

„Lass es uns dann entscheiden", sagte Bowie.

Der Arzt druckte mehrere Exemplare des Babyfotos aus und verteilte sie an alle. Bowie faltete seines zusammen und steckte es in seine Brieftasche. Während er einstmals ein Bild von Brandy bei sich getragen hatte, um sich an seine Vergangenheit zu erinnern, war dies ein Ausblick in seine Zukunft.

„Lass uns nach Hause gehen", sagte Katie. „Ich vermisse unser Fellbaby."

Es stellte sich heraus, dass Otis für Bishop eine gute Vaterfigur war. Er hatte den Welpen so angenommen, als wären sie zusammen aufgewachsen. Mike hingegen war kein Fan des kleinen Fellknäuels, aber das könnte daran liegen, dass Bishop zahnte und Cannons einäugigen Kater für ein gutes Kauspielzeug hielt.

Sie setzten Katies Eltern am Flughafen ab, mit dem Versprechen, Dallas nach den Ergebnissen des nächsten Ultraschalls einen Besuch abzustatten.

Auf dem Heimweg griff Bowie nach Katies Hand. „Das ist alles meine Schuld."

„Fangen wir wieder damit an?"

Bowie dachte an das Gespräch mit seinem Freund Trig zurück, über Sledge und sein Sandbaby. „Ja, aber nicht, was du denkst. Du wurdest schwanger, als ich das erste Mal mit dir geschlafen habe. Ich glaube, ich wusste damals schon in meinem Herzen, dass ich dich liebe, aber ich war nicht bereit, es zuzugeben."

„Mein Herz hat dich immer geliebt." In dieser Aussage steckte viel Wahres. „Wie kommst du darauf, dass es in dieser Nacht passiert ist?"

„Ich habe ein Kondom benutzt, das ich seit einem Jahr in meiner Brieftasche hatte. Es hatte die Hitze in der Wüste und ein Dutzend Sandstürme überdauert. Als du mich gewarnt hast, dass Hitze Latex zersetzen kann, warst du bereits schwanger."

Sie legte ihre Hand über ihren Bauch. „Ein Wüstenbaby, was?"

„Unser Wüstenbaby", antwortete er.

KAPITEL NEUNUNDZWANZIG

SECHSUNDZWANZIG WOCHEN SPÄTER ...

Der gefrorene Boden war gnadenlos, als sich der Bagger in die Erde grub.

„Bist du sicher, dass dies die beste Jahreszeit dafür ist?", fragte Bowie, als er seine Arme um ihren Bauch schlang. Katie spürte, wie sich der kräftige Fußtritt ihres Kindes wellenförmig bis in ihren Rücken ausbreitete.

Sie standen mit Bishop in der Mitte des alten Parks und sahen zu, wie die Baumannschaft den ersten Spatenstich machte. Katie wollte ihr Glück weitergeben. Anstatt ihren Treuhandfonds zu verwenden, um ein Haus zu bauen oder Dinge zu kaufen, die sie nicht brauchte, setzte sie einen Teil des Geldes für Verbesserungen der Gemeinde ein, wie Hope Park.

Sie drehte sich zu ihrem Mann herum und sah ihm in die Augen. Augen, die die Farbe eines Frühlingshimmels hatten. „Es muss jetzt sein. Ich möchte, dass die Kinder von Aspen Cove diesen Sommer einen Platz zum Spielen haben." Sie stellte sich rechts neben ihn und zeigte mit dem Finger. „Dort kommt das neue Baseballfeld hin." Sie drehte sich um und zeigte hinter sie beide. „Dort werden ein Klettergerüst und

Schaukeln aufgestellt.“ Sie drehte sich nach links. „Genau dort wird es einen Pavillon geben, in dem die Stadt Veranstaltungen wie Picknicks oder Konzerte abhalten kann.“

„Wie viel Geld steckt eigentlich in diesem Fond?“

Weil das Geld für sie nie wichtig gewesen war, hatte sie es bis jetzt nie erwähnt. Sie hatte sich an den Bibelvers erinnert, den man bei Beas Beerdigung rezitiert hatte und in dem es darum ging, mit Geld Gutes zu tun. Dass die Menschen großzügig an Bedürftige spenden und immer bereit sein sollten, das zu teilen, was sie besaßen. Geld in einem Treuhandfonds half niemandem, aber dieser Park würde es tun.

„Wir sind reich.“

„Wie reich?“, fragte er sie.

„Wir werden nicht in die Top Ten der Welt kommen, aber es geht uns gut.“

„Du willst dein Geld für einen Park ausgeben?“

Sie beugte sich zu ihm und atmete seinen Duft ein. „Ich möchte in Menschen investieren. Ich möchte die Geschenke, die ich erhalten habe, an andere weitergeben.“

„Du willst kein neueres Haus? Ein besseres Auto?“ Er sah auf ihren Ehering. „Einen größeren Diamanten?“

Obwohl der Diamant klein war, war die Geste riesig. Sie wusste, dass Bowie jeden Cent, den er hatte, für diesen Ring ausgegeben hatte, und sie würde ihn bis zu ihrem letzten Atemzug tragen.

„Ich bin die reichste Frau der Welt und das hat nichts mit Geld zu tun.“

Sie rieb sich den schmerzenden Lendenwirbelbereich. Sie war sich sicher, dass es der kalte Januartag war, der die anhaltenden Beschwerden verursachte.

„Lass uns nach Hause gehen und ich mache dir deinen Lieblingstee.“

„Nach Hause klingt gut.“

Es war nicht mehr die Wohnung oberhalb der Bäckerei. Ben hatte diese übernommen und ihnen das Haus am See zur Hochzeit geschenkt. Die meisten von Katies Lieblingsmomenten ereigneten sich dort. Es war der Ort, an dem sie das neue Leben in ihr gezeugt hatten.

Sie hatte so viele Lieblingsmomente mit Bowie, aber der Tag, an dem sie am Ende des Bootsstegs standen und sich das Jawort gaben, war ganz oben auf ihrer Liste. Es war dieselbe Stelle, an der sie einen leeren Haken ins Wasser geworfen und sich dabei irgendwie den Mann ihrer Träume geangelt hatte. Doktor Parker übernahm an diesem Tag noch eine weitere Funktion und führte die Trauung durch.

Seitdem hatte sie Hunderte Wünsche von ihrer Lebenstraum-Liste gestrichen, von Rollschuhlaufen bis zum Liebesspiel unter freiem Sternenhimmel. In ihrem neunundzwanzigsten Lebensjahr hatte sie ein ganzes Leben gelebt.

Sie gingen zusammen zum Truck und Bowie hob sie auf den Sitz. Bishop rollte sich zu ihren Füßen zusammen. Er hatte kaum Platz. Der arme Hund war davon überzeugt, noch immer ein Welpe zu sein.

Als Bowie einstieg, stellte er die Heizung höher. „Dann wollen wir dich mal auftauen." Er beugte sich vor, um ihr mit dem Sicherheitsgurt zu helfen, und hielt inne. „Herzogin?" Seine Augen fielen auf den Platz zwischen ihren Beinen. „Du schmilzt."

Katie sah genau in dem Moment nach unten, als sich ein Schwall warmen Wassers aus ihr ergoss. Bishop sprang vom Boden hoch auf den Sitz.

„Oh, oh."

Bowie grinste. „Es ist so weit."

Dr. Holland hatte das Baby um die siebenunddreißigste Woche herum erwartet, und jetzt waren sie in der achtunddreißigsten. Alles in der Welt war in Ordnung, bis auf den unglaublichen Schmerz, der ihre Körpermitte erfasste.

Bowie schaltete sofort in den Militärmodus. Er war für Situationen mit hohem Stresspotenzial trainiert worden, was gut war, weil Katie überhaupt nicht darauf eingestellt war. In dieser Sekunde fühlte sie sich völlig unvorbereitet, Mutter zu werden.

„Oh mein Gott, was ist, wenn ich als Elternteil völlig unfähig bin?"

Sie packte den Türgriff und hechelte durch die nächste Wehe hindurch.

„Du wirst eine erstaunliche Mutter sein. Das Keksebacken hast du ja schon gemeistert." Bowie rief Sage und Cannon an und sagte ihnen, sie sollten ihn draußen zur Übergabe treffen. Cannon würde Katies Koffer bringen und Sage den Hund mitnehmen.

Als Nächstes rief er Sophia und Tate an und sagte ihnen, sie sollten den Jet startklar machen. Ihr Enkelkind war auf dem Weg. Sehr zu Sophias Leidwesen kannten sie das Geschlecht nicht. Das Baby war ein Geschenk, und es spielte keine Rolle, ob es ein Junge oder ein Mädchen war. Es war ja nicht so, als könnten sie es zurückgeben.

Der letzte Anruf, der der erste hätte sein sollen, galt Dr. Holland, der versprach, dass bei ihrer Ankunft alles vorbereitet sein würde.

Als sie im Krankenhaus von Copper Creek eintrafen, wartete Dr. Holland bereits mit einem Rollstuhl.

„Wie geht es der werdenden Mama?", fragte er Katie. Dann wandte er sich an Bowie. „Was ist mit Ihnen, werdender Vater? Bereit, Ihr Baby kennenzulernen?"

Bowie teilte die relevantesten Informationen mit, während Katie durch eine weitere Wehe hechelte. Nach vier Stunden, die ihnen wie eine Ewigkeit vorkamen, eilten ihre

Eltern in den Kreißsaal. Sie hielten sich in ihrer Kopfnähe auf, während Bowie sie durch die letzten Geburtsphasen betreute. Da sie als Risikoschwangerschaft eingestuft war, standen mindestens ein halbes Dutzend Spezialisten abrufbereit. Katie war dankbar für ihre Anwesenheit, aber zuversichtlich, dass sie sie nicht brauchen würde. Sie hatte Bowie, sie hatte ihre Eltern und sie hatte das stärkste und liebevollste Herz der Welt.

Als Dr. Holland ihr sagte, sie solle pressen, fühlte sie einen zusätzlichen Energieschub. Zehn Minuten später wurde Sahara Brandelyn Bishop geboren. Wenn sie alt genug war, um es zu verstehen, würden Bowie und Katie ihr von den vielen Menschen erzählen, die ihre Existenz ermöglicht hatten. Davon, wie Träume wahr werden können, und dass Liebe die einzige Währung ist, die es wert ist, gesammelt zu werden.

Sie blickte auf ihre Tochter herab, die Augen wie ihr Vater hatte und eine Stimme, um Tote aufzuwecken, und sie lächelte. In ihren Gedanken hakte sie einen weiteren Punkt von ihrer Lebenstraum-Liste ab.

Als sie tief durchatmete, spürte sie, wie Wärme ihre Brust durchflutete. Man könnte sie für verrückt halten, aber sie war sich sicher, dass Brandy bei ihnen war und mit Liebe auf sie herunterschaute. Sie war sich sicher, dass ihr Geschenk noch viele Jahre lang schlagen würde.

Katie dachte über die letzten Monate nach. Sie war sich so vieler Dinge sicher gewesen, als sie in Aspen Cove ankam, aber sie hatte auf ihrer Reise viele Lektionen gelernt.

Die Hoffnung steckte nicht in einem rosafarbenen Briefumschlag. Sie zeigte sich in den Augen des Mannes, der sie liebte, und im Herzschlag des Kindes in ihren Armen.

Der Traumprinz fuhr vielleicht eine Harley, aber er hatte auch einen Truck und ließ ihre Gefühle Achterbahn fahren.

Geheimnisse sollten niemals unausgesprochen bleiben. Die Wahrheit machte sie frei.

Es gab noch eine letzte Sache, die sie gelernt hatte, vielleicht die wichtigste seit ihrer Ankunft. Unabhängig zu sein bedeutete nicht, allein zu sein. Es bedeutete, sich mit Menschen zu umgeben, denen sie wichtig war, Menschen, die ihre Meinung schätzten und die ihre Erfolge zusammen mit ihren Misserfolgen feierten.

Bowie schaute auf seine Frau und sein Kind herunter. Sie sah die Tränen in seinen Augen. Freudentränen.

„Deine Lebenstraum-Liste ist abgearbeitet", sagte er. „Was kommt als Nächstes?"

Während Tate und Sophia Saharas Finger und Zehen zählten, kicherte Katie. „Wie wäre es mit einem Jungen?"

ÜBER DEN AUTOR

Als internationale Bestsellerautorin von mehr als fünfzig Romanen schreibt Kelly Collins mit dem Vorsatz, die Liebe am Leben zu erhalten. Als überzeugte Romantikerin verbindet sie reale Ereignisse mit ihrer lebhaften Vorstellungskraft und erschafft so Charaktere und Geschichten, die Liebhaber von zeitgenössischen Liebesromanen, „New Adult“ und romantischen Spannungsromanen immer wieder aufs Neue begeistern werden. Erfahren Sie mehr über Kelly unter www.authorkellycollins.com.

BÜCHER VON KELLY COLLINS

Einhundert Gründe

Einhundert Herzschläge

Einhundert Wünsche

Printed in France by Amazon
Brétigny-sur-Orge, FR

20418421R00167